로크미디어가
유혹하는
재미있는 세상

ROK
MEDIA
로크미디어

南宮魔帝 남궁마제

남궁마제 10

2022년 8월 8일 초판 1쇄 인쇄
2022년 8월 11일 초판 1쇄 발행

지은이 문운도
발행인 김정수 강준규

기획 이기헌 왕소현 박경무 강민구 조익현
책임편집 백승미
마케팅지원 이원선

발행처 (주)로크미디어
출판등록 2003년 3월 24일
주소 서울시 마포구 성암로 330 DMC첨단산업센터 318호
Tel (02)3273-5135 **편집** 070-7863-8595 Fax (02)3273-5134
홈페이지 rokmedia.com E-mail rokmedia@empas.com

ⓒ 문운도, 2021

값 8,000원

ISBN 979-11-354-7210-7 (10권)
ISBN 979-11-354-7200-8 04810 (세트)

차례

구휼할 진賑 죄 화禍 : 이전과 다른 출발

청룡단과 적호단이 정의맹에 들어왔다.

한차례 위기가 있긴 했지만, 사람들은 제때 적호단을 보낸 군사부의 작전을 칭찬했다.

청룡단원은 의선문에서 준 해약을 먹고 무사히 회복했고, 정의맹은 광마제까지 완전히 부활한 것을 기정사실로 보고 군사부를 움직이기 시작했다.

모든 것이 아무 문제 없이 수습된 상황.

그런데 유일하게 청룡단주 남궁현만이 심각한 얼굴을 하고 있었다.

"소가주께서 보낸 전서가 아니라는 말입니까?"

"예. 하지만 누가 보냈는지는 알 것 같습니다."

"……."

덤덤하게 웃으면서 말하는 남궁진휘를 보며 청룡단주가 미간을 찌푸렸다.

청룡단주의 뇌리에도 한 사람이 떠올랐기 때문이다.

제 코앞으로 검기를 날리던 어린 청년.

'제왕무적단주의 아들이라 했던가.'

검기의 사용이 다소 과격하긴 했지만, 남궁세가에서도 익힌 자가 드물다는 천뢰제왕검법을 자유자재로 구사하던 후기지수였다.

흐름을 역행하는 기운의 운행이나 힘의 강약, 빈틈을 파고드는 뇌전의 운용이 실로 놀라웠다.

하지만 그런 기특한 모습과 동시에 이미 사로잡은 적을 거리낌 없이 베어 버리던 푸른 검강이 떠올랐다.

'그때 그건 분명, 앞을 막아선 것은 그게 무엇이든 베어 버릴 듯한 눈이었다!'

위험한 눈이었다.

'그런 자가 과연 남궁세가의 직계로 있어도 될까?'

청룡단주의 눈빛이 점점 깊게 가라앉았다.

그때, 남궁진휘의 목소리가 청룡단주의 상념을 깼다.

"괜찮습니다."

"……!"

청룡단주가 고개를 들자, 소가주 남궁진휘가 조용히 미소를 머금고 그를 보고 있었다.

마치 제 속을 훤히 꿰뚫고 있는 듯.

어린 시절부터 귀애하던 조카는 어느새 지금의 남궁가주만큼이나 깊이를 알 수 없는 눈을 하고 저를 보고 있었다.

"당숙께서도 조금만 지켜보면 아실 수 있을 겁니다, 어째서 모든 남궁이 그 아이를 사랑할 수밖에 없는지."

"……소가주께서 그리 말씀하신다면, 한번 지켜보겠습니다."

남궁진휘의 말에 청룡단주가 마지못해 고개를 끄덕였다.

한번 뱉은 말은 꼭 지키는 청룡단주이니, 편견을 가지지 않고 제대로 진화를 봐 줄 터였다.

그것만으로 괜찮았다.

남궁진휘는 머지않아 청룡단주도 자신들만큼이나 진화를 사랑하게 되리라 확신했다.

그만한 애정을 받으면, 돌려주고 싶어지는 것이 인지상정이니까.

"오래 걸리지 않을 겁니다. 후후후."

군사부를 나가는 청룡단주의 뒤로 남궁진휘의 확신에 찬 웃음소리가 들렸다.

청룡단주는 문을 나서려다 결국 참다못해 뒤를 돌아보았다.

"왜 다들 그 모양으로 큰 거지? 역시 남궁경이 문제인 건가?"

"……."

다들이라니, 저 말은 대체 무슨 뜻일까.

모른 척하기엔, 자신을 보는 청룡단주의 눈빛이 진혜와 진화에 대해 이야기할 때와 한 치도 다르지 않았다.

게다가 자신과 진혜가 남궁경 숙부의 제자이고, 진화가 숙부의 아들이니…….

남궁진휘는 진혜가 사고 칠 때마다 '이게 전부 네 탓이야!'라며 남궁경을 타박하던 아버지의 얼굴이 떠올라, 아무 말도 할 수 없었다.

진화는 어쩐지 몹시 억울한 기분이었다.

"대체 왜……."

기껏 암림혈귀갑을 두 개나 빼앗아 왔건만, 의선이 왜 저를 이렇게 탐탁지 않게 보고 있는 건지 이해할 수가 없었다.

마치 각우가 만두 봉지를 들고 있는 현오를 보는 듯한 시선이랄까.

들고 있어선 안 되는 것을 자꾸 들고 있는데, 사정 때문에 빼앗을 수도 없는 듯한.

"소공자께서는 목숨을 내놓고 사는 게요?"

"네?"

"여기저기에서 귀천성이 부활했다 난리를 치는데 어찌하여 소공자께서 자꾸 앞장서서 나서는가, 이 말이오!"

역시 그런 것이었던가.

의선은 물론이고, 그의 뒤에 서 있는 백소하도 열렬하게 고개를 끄덕이고 있다가 진화와 눈이 마주치자 슬그머니 시선을 돌렸다.

"내가 바로 그 시절 자네를 치료했던 사람이오! 놈들이 자네를 어찌 다뤘는지 뻔히 아는데, 그러다가 광마제 손에 잡히면 어쩌려고 그 앞에 나서길 자꾸 나서!"

죽어 가는 놈을 겨우 살려 놨더니, 자꾸 제 발로 죽을 자리를 찾아 나선다?

의원으로서는 속 터지는 일이 아닐 수 없었다.

게다가 진화는 그 당시, 저를 살리기 위해 의선이 얼마나 전심전력을 다했는지 기억하고 있었다.

사정이 있어 의선에게 혼돈지체에 대해서 숨기게 되었지만.

'살아라. 살아라! 아가, 살아라!'

수백 개의 침을 꽂으면서 수만 번도 더 그렇게 말하던 의선의 마음만큼은 아직도 감사하고 있었다.

"죄송합니다."

의선의 잔소리에 담긴 걱정을 알기에, 진화는 군말 없이 꾸벅 고개를 숙였다.

"얼마 전에 검강을 발현했다지요? 팔! 이리 내미시오!"

"예?"

"이번엔 도저히 넘길 수 없소! 명을 갉아먹고 있는 것은 아닌지 확인을 해야겠단 말이오!"

"아, 예."

무림 고수의 맥을 잡는 것은 본인의 허락이 있기 전까지는 금기시되는 사항이었지만, 진화는 의선의 대찬 요구를 거절할 수 없었다.

"흐음······."

사실 맥을 잡혀 봤자 달라질 것도 없었다.

잠시 후.

심각한 얼굴로 진화의 맥을 살피며 혹시 상한 부분은 없는지 짚어 가던 의선이, 한숨을 쉬며 손목을 놓아 주었다.

"여전히 맥이 없군."

의선이 안타까운 눈빛으로 진화를 보았다.

"이런 몸으로 한계를 뛰어넘다니······ 장하십니다. 제왕검과 남궁에서도 크게 자랑스러워할 만합니다."

의선이 진화를 향해 눈물까지 글썽이며 그를 대견해했다.

독하긴 해도 그렇게 대견한 인간은 아닌데.

진화를 겪어 본 백소하가 안타까운 눈빛으로 제 조부를 보았다.

이쯤 되면 진화도 조금 죄책감이라는 것이 느껴졌다.

"......"

없어진 맥이 경지를 넘어섰다고 해서 다시 생겨나지 않았다.

다만 그것은, 지금 진화의 몸이 진화에게 가장 알맞은 상태였기 때문이다.

한계를 뛰어넘은 혼돈지체.

탁기 하나 없이 타동된 임독양맥은 진화의 몸에서 일어나고 있는 기운의 충돌에도 끄떡하지 않을뿐더러, 단전에서 충돌하는 기운의 여파를 훌륭하게 온몸으로 흘려 내고 있었다.

진화가 자신 있게 맥을 내밀 수 있었던 이유였다.

진화는 더 이상 기운의 부조화나 충돌에 휘둘리지 않았다.

그 말은 곧, 기운의 부조화나 충돌의 힘을 진화가 자유자재로 사용할 수 있게 되었다는 뜻이었다.

'게다가 요즘엔 힘을 쓰는 것도 완전해졌지.'

진화가 은근히 저를 노려보는 백소하에게 웃어 보였다.

진화의 눈에서 푸른 번개가 내리치자, 백소하가 깜짝 놀라 시선을 피했다.

그 모습을 보며 진화가 정말로 웃어 버리고 말았다.

조금 짓궂어 보이는 웃음이었다.

하지만 이제 잔소리는 들을 만큼 들었으니, 진화가 원하는 것을 들을 시간이었다.

"암림혈귀갑이 놈의 피를 먹고 움직이는 듯했습니다. 실제로 놈은, 소리마제의 암림혈귀갑 안에 있는 혈정에 대해 말했습니다."

"흐음……."

진화의 말에 의선이 잠깐의 고민 끝에 석벽 한쪽을 눌렀다.

놀랍게도 석벽이 안으로 움푹 들어가면서, 그 안에 작은 상자 하나가 있었다.

"공자 덕분에 마침 암림혈귀갑이 두 개나 있는 터라, 하나를 완전히 분해해 보았지요. 안에서 이것을 빼내자, 마치 심장을 뽑힌 생물처럼 발버둥 치다 죽어 버리더군요."

의선이 조심스럽게 상자의 뚜껑을 열었다.

우우웅---!

기묘한 붉은 빛의 구슬이 울음을 울듯 기운의 공명을 일으켰다.

"그것이 놈이 말한 혈정이로군요!"

진화가 구슬을 보며 눈을 크게 떴다.

사람을 홀리는 듯, 감각을 흐리는 느낌.

동시에 심장이 두근거릴 정도로 강력한 기운이 느껴졌다.

'사기다!'

환마제의 환각 속에 빠졌을 때처럼 정신이 흐려지는 느낌에, 진화는 붉은 구슬이 뿜고 있는 기운이 무엇인지 알아차렸다.

동시에 의선이 탁—! 하고 상자를 닫았다.

"소공자라면 믿을 수 있어서 보인 것인데, 역시 잘 견뎌 내시는군요. 녹아내린 암림혈귀갑에서 피가 쏟아졌습니다. 몇 사람의 것인지 알 수 없을 정도로 농축된 피가."

의선이 끔찍하다는 듯 얼굴을 찌푸리며 말했다.

"이 혈정 속에 얼마나 많은 사람들의 피와 원기가 들어갔는지 알 수 없을 정도더군요."

의선의 말에 진화가 잠시 생각에 잠겼다.

그리고 천천히 말을 꺼냈다.

"환마제를 없앨 때, 혼현마제는 다른 누군가를 데리고 있었죠. 당시 환마제는 사기가 섞인 내공을 퍼뜨려 환각을 만들어 내는 대신 육체가 붕괴되고 있었습니다. 그들은 마치, 환마제와 제물의 육체를 바꿀 듯 말했습니다. 또한 광마제는 약을 통해 제 몸의 맥을 없앴습니다. 그리고 끊임없이 제 몸의 상태를 살폈습니다."

"역천마제의 비록은 해석이 모두 끝났습니다. 천살성을 가진 자들의 생명과 운명을 가져가는 사악한 비법이었습니다."

"어떤 이는 피와 원기, 어떤 이는 육체, 어떤 이는 생명력과 운명."

그렇다면 결론은 하나였다.

"역천대법은 남의 생명과 힘을 앗아 오는 비법인 겁니까?"

진화의 머릿속에, 이전 생의 마지막 기억이 떠올랐다.

광마제가 온몸으로 쏟아 낸 검은 광룡이 입을 벌리고 저를 삼키려 들던 바로 그 광경.

온몸이 찢어지는 고통을 느끼느라 두려움조차 잊어버리고 보았던 광경이었다.

그 광룡은 아마도 제 몸을 삼키려던 광마제 그 자체였으리라.

"영생(永生)은 고금 이래 가장 오래된 인간의 욕망이지요."

의선이 씁쓸하게 말했다.

영생.

그 얼마나 광오한 말인가!

최초로 천하를 움켜쥔 황제조차 그것을 갖지 못해 미쳐 갔다.

사술이든 무엇이든, 이 사실이 밖으로 알려진다면 무림이 크게 요동칠 것이었다.

수많은 욕망이 부딪히게 되리라.

하지만 진화는 달랐다.

남궁세가의 복수를 하기 위해 온몸을 찢었던 진화는, 귀천성과 광마제의 욕망 앞에 분노만 끓어올랐다.

'그런가. 고작 그런 것을 위해 나를, 남궁세가를 집어삼켰단 말인가.'

으드득.

끓어오르는 분노에 저도 모르게 이를 갈고 말았다.

제 소리에 놀란 진화가 그제야 의선과 백소하의 눈치를 보았다.

그들은 진화의 분노를 이해한다는 듯 그를 보고 있었다.

"무수히 많은 생명을 희생시킨 것이 그들의 그릇된 욕망을 위해서라니, 참으로 사악한 존재들이 아닌가. 비법이 아니라 사술이오! 영생이 아니라, 생명과 힘을 탐한 사술일 뿐이오!"

의선이 단호하게 말했다.

생명을 귀이 여기는 의원으로서, 역천대법의 과정을 연구한 사람으로서, 의선 또한 역천대법의 존재를 용납할 수 없었다.

"사술이라면…… 혹, 역천대법을 파훼할 수 있습니까?"

진화가 흔들리는 눈빛으로 의선을 보았다.

"모든 마제들의 역천비록이 도착한다면. 물론이오, 의선문의 명예를 걸고 파훼법을 찾아낼 것이오!"

의선이 단호하게 답했다.

진화의 격정도 가라앉기 시작했다.

"……부탁드립니다."

진화가 조용히 의선에게 고개를 숙였다.

사실 놈에게 들었던 말을 알려 주기 위해 들렀던 길.

의선은 진화에게 이 모든 것들을 알려 주지 않아도 되었다.

더욱이 정의맹에서 특급 기밀로 다룰 만한 사안이 아닌가.

하지만 의선은 당연한 듯 진화에게 모든 것을 알려 주었다.

남궁세가 출신에 역천비록에 관한 공로가 많은 것, 황실을 대표해서 정의맹과 협력하게 된 점 등등.

이유를 대려면 수많은 것을 찾을 수 있겠지만, 의선은 진화에게 희망을 전하고 싶었던 듯했다.

진화는 의선의 마음을 향해 깊이 고개 숙여 감사했다.

이전 생과 달리 진화가 희망을 가질 부분은 많았다.

놈들은 이전과 같이 돌아왔지만, 분명 이전과 같지 않았다.

"안녕하십니까, 황자님."

"아. 예."

진화는 얼굴도 모르는 누군가의 인사를 무심하게 받아넘겼다.

무림에서는 남궁진화로 살아가기로 했건만, 구태여 황자라 부르는 그 속셈을 모르지 않았다.

다만 아는 척도 하지 않았다.

남궁진휘나 진혜의 걱정과 달리, 진화는 그들을 무시하는 것이 전혀 힘들지 않았다.

현재 진화는 정의무학관 관도생 출신이지만, 제국의 황자라는 신분이 사라지는 것은 아니니까.

오히려 파군대장군이라는 직위를 이용해서, 정의맹 수뇌부나 의선문에 대한 접근이 자유로운 이점을 만끽하고 있었다.

"형님!"

진화가 남궁진휘를 향해 반갑게 손을 흔들었다.

이전 생과 달리, 정의맹의 부군사이자 남궁세가의 소가주로서의 역할을 모두 잘 수행하고 있는 남궁진휘였다.

남궁진휘가 이렇게 헐레벌떡 달려올 일은, 저와 관련한 일뿐이었다.

"너 이 녀석! 또 청룡단 지원에 간다고?"

"저는 다만 적호단 소속이니, 차별 없이 임무에 임하겠다는 것뿐입니다. 이번에는 청룡단주님도 가시고, 누님도 가시지 않습니까?"

"진화야!"

남궁진휘가 한숨 섞인 말투로 진화를 불렀다.

그 뒤로 남궁진휘는 '그 들소 같은 놈이랑 네가 같으냐!'라는 말을 당연한 듯 내뱉었다.

진화는 그런 남궁진휘의 모습에 웃음을 터뜨리고 말았다.

그러다 이내 진지한 얼굴로 말했다.

"형님, 광마제가 청룡단을 공격한 건 저 때문입니다."

"그러니까!"

"놈은 저를 무너뜨리려고 계속해서 제 주변을 노릴 것입니다."

"황실은 물론이지만, 남궁은 절대 무너지지 않는다!"

남궁진휘의 단호한 말에, 진화의 얼굴에 저절로 미소가 피어올랐다.

"예."

이전과 다른 남궁세가.

이전과 다른 저.

"그러니 제가 숨을 이유가 없지요. 광마제의 뜻대로 되지 않을 테니까요. 광마제가 저를 무너뜨리려면 천하를 무너뜨려야 할 것입니다."

이제 천하를 남궁세가의 방패로 둘 것이라!

진화가 황자의 자리를 얌전히 받아들인 이유였다.

"광마제가 남궁을 공격하기 위해 누굴 보내는지 확인하러 갈 참입니다."

진화가 환하게 웃었다.

이번에야말로, 제가 먼저 광마제의 모든 것을 부수고 그를 갈가리 찢을 차례였다.

출발 전.

걱정을 놓지 못하던 남궁진휘가 기어이 적호단을 찾아왔다.

"거기! 이 코딱지만 한 건 누구 코에 붙이라고 챙긴 거야?"

"어? 그거 단주님 육포 가루인데요."

수하의 말에 남궁진혜는 제가 제기 차듯 발로 툭툭 차던 주머니를 보았다.

어쩐지 느낌이 쎄-하더라니.

"남궁진혜."

"우아악!"

"이 망아지 같은 놈! 내 귀중한 식량을 발로 찼겠다? 네놈 아가리에 전부 넣어 주마!"

"누가 단주님 건지 알았어요? 미안해요!"

"그게 미안해하는 놈의 태도냐!"

남궁진혜가 도망을 가고, 적호단주가 바닥에 굴러다니던 육포 가루 주머니를 남궁진혜의 머리를 향해 집어 던졌다.

적호단원들은 늘 있는 소란인 양, 단주와 부단주 없이 임무에 나설 준비를 해 나갔다.

오직 남궁진휘만이 적호단주와 남궁진혜의 모습에서 눈을 떼지 못했다.

남궁진휘의 곁으로 다가온 진화도, 조금 복잡한 심경으로 그 모습을 보았다.

"시집은 좀 늦게 가셨으면 좋겠어요."

진화의 말에 남궁진휘의 눈빛이 크게 흔들렸다.

"가주님의 말씀처럼 안 가는 것도 나쁘지 않아."

"에이, 아무리 누님을 아껴도 그건……."

진화가 웃으며 고개를 저었다.

하지만 남궁진휘는 사뭇 진지한 얼굴로 진화를 보았다.

"진화야, 혹 떼려다 혹 붙였다는 말을 들어 봤느냐? 잘못 하다가 팽가 망나니까지 우리가 떠안을 수 있단다."

"……."

진화는 그제야 남궁진휘와 저의 '복잡한 심경'이 출발부터 다른 종류의 것임을 깨달았다.

신양현.

서주에서 연주를 넘어가는 이들이 산맥을 넘을 때 지나는 첫 관문이었다.

장애물 같은 어려운 고비를 말하는 것이 아니라, 관군의 검문이 현이라는 의미였다.

특히 관문 근처에 있는 고진마을은 여행자들의 마을이라 해도 과언이 아니었으니.

마을에는 마을 사람들보다 검문을 기다리면서 산맥을 넘기 전 몸을 추스르는 상인 일행이 더 많을 정도였다.

꾸에에엑――!

마을 중앙 공터에서 돼지의 멱을 따는 소리가 크게 울리고, 각 객잔과 식당에서 양동이를 든 사람들이 몰려들었다.

"넓적다리! 일곱 냥!"

"머리! 머리, 두 냥―!"

"내장! 내장 닷 냥!"

사람들이 양동이까지 들고 목청껏 소리를 쳤다.

아수라장이 따로 없었지만 규칙은 있었다.

양동이를 든 사람이 목소리를 높여 원하는 부위와 가격을 말하면, 돼지의 주인이 마음에 드는 가격을 말한 사람에게 부위를 표시해 둔 나무 조각을 주고 돈을 받아 왔다.

돼지를 손질하고 나면 그 표식을 받고 부위별로 나눠 주는 방식이었다.

손님이 많은 마을이라 이런 일이 비일비재하다 보니 그들 나름대로 만들어 낸 질서였다.

할 일 없이 기다리고 있던 손님들에게도 그것은 좋은 볼거리였다.

이 층 객잔에서 광장의 소란을 보고 있던 사내의 곁으로, 한 여인이 다가왔다.

몸 선이 드러나는 흑색 무복에 흑백의 구분이 뚜렷한 이목구비 외에 특징이 별로 없는 얼굴이었다.

다만 사내를 부르는 목소리가 노인의 그것처럼 거칠었다.

"흑표(黑彪)."

흑표라 불린 사내가 무심한 눈길로 자신을 부른 여인을 보았다.

검고 긴 머리칼에, 머리카락을 늘어뜨려 얼굴 한쪽을 가린 것조차 우수에 찬 듯 보일 정도로 깊은 눈이 인상적인 미남자였다.

몸에 딱 맞게 입은 검은 무복 아래로 탄탄하고 날렵한 몸에서, 식당 이 층에서 누구도 사내 가까이 다가오지 않을 정도로 위험한 분위기를 풍기고 있었다.

이름처럼 나무 위에 웅크린 흑표범 같은 사내였다.

"너냐?"

잠에 취한 듯 나른한 목소리가 여인을 반겼다.

슬쩍 입꼬리를 올리는 모습이 꽤나 유혹적이었지만, 여인은 눈 하나 깜짝하지 않았다.

그녀는 무심한 눈빛으로 흑표의 앞에 뭔가를 꺼내 놓았다.

탁.

그것은 사나운 원숭이가 새겨진 가면이었다.

가면은 검게 그을려 한쪽이 쪼개져 있었다.

움찔.

흑표가 오른쪽 눈썹을 꿈틀거렸다.

동요하는 흑표에게 여인이 무심한 목소리로 정보를 전달했다.

"원승이 죽었다. 천뢰제왕검법에 당한 흔적이 있었다. 앞에서 목을 베었더군."

"……청룡단주의 무위가 그 정도였던가?"

"청룡단은 독에 당했지만, 청룡단주는 멀쩡했고 늦지 않게 적호단의 지원도 있었던 것으로 보인다. 하지만 원승을 죽인 건 청룡단주가 아니야."

여인의 말에 흑표가 고개를 번쩍 들었다.

"……그놈인가?"

"천뢰제왕검을 쓰는 두 사람 중 남궁조는 정의맹을 벗어나지 않았으니까."

"허!"

흑표가 기가 찬 듯 코웃음을 쳤다.

그리고 이내 어깨를 들썩이며 진짜 웃음을 터뜨렸다.

"크흐흐흐흐, 그놈, 그놈이라고? 흐흐흐, 간이 큰 건 여전하군. 숨어 있어도 모자랄 판국에 제 발로 기어 나와? 크흐흐흐, 큭큭큭. ……미친놈."

고개를 숙이고 웃던 흑표가 짧은 욕지거리를 뱉는 순간 얼굴을 돌변했다.

흑표가 사납게 일그러진 표정으로 여인을 보았다.

아니, 노려보았다는 게 옳았다.

"난 반드시 그 배신자 놈을 죽여 버릴 거다."

흑표가 살기를 번들거리며 말했다.

여인은 여전히 무심한 눈으로 그를 보았다.

"그놈은 건드릴 수 없다, 주군의 제물이니까."

"알 게 뭐야!"

타―앙!

지극히 원론적인 여인의 말에, 흑표가 분노를 터뜨리며 팔을 휘둘렀다.

탁자에 있던 원숭이 가면이 한쪽 벽에 처박혔다.

그것을 보는 여인의 눈매가 가늘어졌다.

"하!"

흑표가 여인을 노려보며 한쪽 입꼬리를 비틀었다

"그러고 보니 그 제물 양육실에 있을 때부터 네가 그놈이랑 정이 깊었던가? 자식처럼 품에 안아 보살폈지. 그놈 때문에 죽게 생겼을 때에도 그놈 걱정을 했던가. 왜, 이제라도 보게 되어서 좋아?"

흑표는 여인을 조롱하려는 듯 이죽거렸다.

여인의 눈빛이 서늘하게 가라앉았다.

"……."

"그래 봐야 제물 새끼야. 아, 그러고 보니 환마제가 죽고 혼현마제가 환마제를 대신해서 그 제물을 키우고 있다지? 그놈도 그렇게 될까 봐, 엉? 그걸 기대해?"

"흑표, 불충한 말은 삼가라."

"불충! 불충! 불충은, 씨―발!"

쾅!

흑표가 두 주먹으로 탁자를 내리쳤다.

흑표의 눈 안에서 불길이 이글거리고 있었다.

"혼현마제가 제물 따위 빨리 죽여서 갈아치우면 그만이라고 했다지? 주군의 제물도 훨씬 쓸모 있는 걸로 고르면 그만이야! 우린 그 빌어먹을 새끼 때문에 온몸이 녹아 뒈질 뻔했는데, 놈을 그냥 둬? 그렇게는 못 하지! 손가락까지 잘근잘근 찢어 버릴 거다! 그러니까 효서(嘵鼠), 네년은 방해하지 마라."

흑표가 여인, 효서에게 경고를 남기고 매몰차게 돌아섰다.

잔뜩 흉흉한 기세를 풍기며 내려가는 흑표의 뒷모습을 보며 효서가 조용히 한숨을 쉬었다.

"멍청한 놈. 알아서 명을 재촉하는구나."

효서의 얼굴 위로, 검은 쥐의 형상을 한 가면이 내려왔다.

검은 쥐의 눈이 그림자 속에서 서늘하게 빛났다.

산에는 하나의 길이 있었다.

하지만 걸어가는 방향에 따라 누군가에겐 내리막이 되었고, 다른 누군가에겐 오르막이 되었다.

그곳은 올라갈 때엔 힘들고 고된 길이지만, 내려올 땐 위험한 길이었다.

하나의 길이었지만, 결국 내가 '어느 방향에서 길을 바라보는가'가 중요한 것이다.

청룡단주 남궁현의 시선이 진화를 향했다.

천진한 얼굴로 뭔가를 오물오물 먹고 있었다.

"뚱뚱땡중, 너는 또 만두냐? 그때처럼 또 산에서 굴러떨어질라고!"

남궁구가 이곳에 와서도 만두 봉지를 들고 있는 현오를 타박했다.

물론 현오는 남궁구의 타박쯤은 아침 타종 소리처럼 흘려 버렸다.

"내 살의 태반은 만두의 공로임을 인정하지만, 지금 먹는 이 만두는 아직 죄가 없네."

"대신 나흘쯤 뒤에 새로운 살이 되겠지."

남궁교명이 현오의 변명을 비웃자, 현오가 그제야 조금 침울한 기색을 했다.

"나무아비타불 관세음보살."

현오가 제 뱃살을 쓰다듬으며 염불을 외자, 남궁구가 답답한 듯 가슴을 두드렸다.

"만두의 명복이 아니라 네놈의 명복이나 빌라고! 저번엔 운이 좋아 진혜 누님한테 잡혔지만, 이번에 진짜 적진 한가운데로 굴러떨어지면 어쩔 거야?"

"뱃살이 명복을 빌어준다고 없어지는 거라면, 당혜군이

새벽에 그렇게 뛰지도 않겠지."

"뭐야!"

뜬금없는 불똥을 맞은 당혜군까지 가세하며, 네 사람은 현오의 뱃살에 대해 다시 토론을 이어갔다.

"올해 초에 맞춘 관도복이 벌써 이렇게 터질 듯이 살이 찐 거야?"

"아니, 관도복이 터질 듯하지는……."

"아니긴. 옷 여밈 끈이 간신히 달려 있구먼. 너는 이 끈에게 미안하지도 않냐?"

"아, 왜 내게만 이리 가혹한 겐가? 저기 남궁 시주도 같이 먹고 있는데!"

현오가 곧 삐져나올 듯한 퉁퉁한 뱃살을 숨기며 억울하다는 듯 진화를 가리켰다.

아까부터 만두를 먹고 있기는 진화도 마찬가지였기 때문이다.

오랜만에 둘이서 꼭두새벽에 오성반점 앞에 줄을 선 덕분이었다.

"저건…… 됐어!"

당혜군이 진화와 눈이 마주칠세라 입술을 씹으며 고개를 돌렸다.

"우리 도련님은…… 하아, 먹어도 살이 안 찌잖아."

"무엇보다 넌 스님이다."

남궁구와 남궁교명도 진화를 외면했다.

진화가 줄 서서 가져온 만두를 그들도 한 봉지씩 받았던
터였다.

소란스러운 속에서 조용히 자리를 지키며 어울리고 있는
모습.

진화를 보고 있던 청룡단주는 점점 더 혼란스러웠다.

'천진하고 유순한 아이 같군.'

이전까지 진화에 대해 들려오던 소문 그대로였다.

청룡단주는 지난번 제가 보았던 그 위험하게 눈을 빛내던
모습은 꿈인가 싶었다.

남궁진휘와의 약속대로 제대로 지켜보고 있었지만, 보면
볼수록 점점 혼란스러워졌다.

그때 청룡단주와 눈이 마주친 진화가 조심스럽게 청룡단
주의 곁에 다가왔다.

"이거……."

"뭐지?"

"만두입니다."

"……."

청룡단주는 수줍은 듯 귓불을 붉힌 진화와 만두를 번갈아
보며, 점점 더 알 수 없는 기분이었다.

어쨌든 주는 만두를 집어 한 입 베어 물자, 입안 가득 고기
의 육향과 육즙이 퍼졌다.

"······맛이 괜찮군."

"오성반점의 아침 특제 만두입니다. 인시부터 줄을 섰습니다."

"······."

대남궁세가 직계, 아니 황자 주제에 고작 만두 때문에 새벽에 줄을 서다니.

청룡단주는 황당하다는 눈빛으로 진화를 보았다.

"식구들과 나눠 먹으려고 사 왔는데······ 누님은 적호단주님과 나눠 드시네요."

진화의 말에, 청룡단주가 진화의 시선을 따라 남궁진혜를 찾았다.

남궁진혜는 늘 그렇듯 적호단주 팽치와 투덕거리고 있었다.

"이거 먹고 화 좀 풀어요!"

"헹! 하나로 될 것 같아? 두 개 내놔."

"아 씨, 이게 어떤 건데······."

남궁진혜가 투덜거리며 적호단주에게 만두 하나를 더 내주었다.

"누님이 제가 드린 것을 다른 사람과 나눠 먹는 건 처음입니다."

그렇게 말을 하는 진화의 말투가 어쩐지 섭섭한 듯 들렸다.

제가 준 것이라면 남궁진휘와도 나누지 않으려고 무리를 해서라도 한입에 털어 넣던 남궁진혜였다.

그런 남궁진혜가 적호단주와 사이좋게 만두를 나눠 먹고 있다니.

진화는 남궁진혜를 보내 줘야 할 날이 점점 다가오고 있는 느낌에, 기쁘면서도 아쉬운 마음이 들었다.

"나눠 먹고 있다고?"

청룡단주가 고개를 갸웃거렸다.

제 눈에는 아무리 좋게 봐도 적호단주 팽치는 남궁진혜에게 직책을 남용하여 만두를 강탈하고 있었고, 남궁진혜는 상사의 명에 불복종 중이었다.

"시집은 조금 더 천천히 가셨으면 좋겠는데 말입니다."

진화의 말에 청룡단주가 뜨악─한 눈으로 진화를 보았다.

전혀 예상치 못한 말에, 청룡단주의 눈동자가 급히 흔들리며 남궁진혜와 적호단주에게 향했다.

그리고 한참 만에, 청룡단주가 무겁게 입을 뗐다.

"……아예 안 가는 것도 나쁘지 않은 방법이다."

"예? 하하하, 당숙께서도 형님과 같은 말을 하시는군요."

청룡단주의 말에 진화가 재미있다는 듯 웃었다.

그리고 남은 만두를 모두 청룡단주에게 넘기고, 친우들이 있는 곳으로 갔다.

청룡단주는 제 손에 남은 만두 봉지와 진화를 번갈아 보았다.

갑작스럽게 다가와서 뭔가 충격적인 대화를 나누긴 했지만, 청룡단주의 손에는 만두가 남아 있었다.

"식구들끼리 나눠 먹으려 샀다고? ……맛은 괜찮군."

청룡단주는 진화의 말을 곱씹으며, 기분 좋은 얼굴로 만두를 먹었다.

어째 남궁진휘의 말처럼 휘말리는 느낌이었지만, 나쁜 기분은 아니었다.

분명 나쁜 기분은 아니었는데.

"적이다! 남은 청룡단원들을 보호하라!"

청룡단주가 다급하게 소리치며 수하들을 이끌었다.

그리고 미끄러지듯 산을 내려가 쓰러져 있는 사내를 끌어안았다.

"부단주!"

"크읏, 단주님!"

"해신단부터 씹어라! 전부, 해신단을 먹여라!"

청룡단주는 입술이 새파랗게 변한 부단주를 보며 다급하게 소리쳤다.

그 또한 부단주의 목구멍 안으로 해신단을 밀어 넣었다.

쉐에에엑————!

퍼———엉!

펑! 펑! 펑———!

"죽여라——!"

"적호단은 들어라! 무적진이다———!"

"푸하-! 단주, 그게 무슨 진이에요!"

적호단주의 입에서 익숙한 단어가 들리는 듯하더니, 적호단 전체가 물 만난 고기처럼 날뛰었다.

무적진은 진화의 아버지 남궁경이 만든 제왕무적단의 공격진으로, '아무 생각 하지 말고 닥치는 대로 적을 죽이라'는 명령이었다.

아마도 남궁진혜를 통해 전해진 듯했다.

독이 퍼지지 않도록 수하들에게 점혈을 해 준 청룡단주가, 그제야 정신을 차리고 주변을 둘러보았다.

그들이 도착하기 전에 이미 공격을 받아 죽은 수하들의 시신이 눈에 들어왔다.

수하들을 공격했던 흑의인들은 적호단이 상대하는 중이었다.

"젠장!"

청룡단주가 욕지거리를 내뱉었다.

쉐에엑-!

채-앵!

청룡단주가 순식간에 오른손으로 검을 빼어, 자신을 노린 공격을 막았다.

그리고 상대와 검을 맞댄 그대로 팔을 휘둘렀다.

퍼———억!

절대적인 힘의 차이에 순식간에 뒤로 날아간 흑의인이 바위에 부딪혀 쓰러졌다.

검은 가면 밖으로 피를 뱉어 내는 모습을 보며, 청룡단주가 사납게 이를 갈았다.

'광룡귀면대!'

쉐에에엑———!

검푸른 기운이 날아가 흑의인의 검은 가면과 함께 그의 몸을 반으로 갈라 버렸다.

"감히 청룡단을 먹이로 삼은 걸, 죽어서도 후회하게 해 주마!"

청룡단주의 분노가 다음 적을 찾았다.

그때, 청룡단주의 눈에 새파란 불꽃이 눈에 띄었다.

퍼—엉!

검은 기운이 번개를 집어삼켰다.

"죽어라! 이 배신자———!"

쉐에에엑———!

챙! 챙!

검은 기운이 매섭게 진화를 몰아붙이고, 진화는 그의 공격을 막아 내며 점점 뒤로 물러났다.

"오랫동안 기다렸다. 그 희고 고운 모가지를 꺾어 버릴 날을!"

표범의 가면을 쓴 사내가 붉게 증오를 불태웠다.

그 증오를 마주하며 진화는 조금 당황스러운 눈으로 사내를 보았다.

"허! 날 기억 못 하나?"

어리둥절한 눈으로 저를 보는 진화의 모습에, 사내의 가면 속에서 바람 빠지는 소리가 들렸다.

"……이렇게 한다면?"

사내가 천천히 가면을 들어 올렸다.

비틀린 입 위로 사내의 얼굴이 드러나고, 그것을 본 진화의 눈이 찢어질 듯 커졌다.

"넌…… 제물 양육실의 그…… 죽지 않았나?"

진화가 자신을 알아보자, 사내가 기쁜 듯 사납게 웃었다.

설마 광마제가 저를 위해 보낸 자가 저 사내일 줄이야.

그때, 사내가 시커먼 살기를 일렁이며 물었다.

"효서도 살아 있는데. 아, 효서라면 너는 잘 모르려나?"

약을 올리는 듯한 사내의 말에 진화의 눈빛이 서늘하게 가라앉았다.

하지만 사내는 악의에 찬 미소를 지으며, 광대처럼 쥐 가면을 쓴 여인 하나를 소개했다.

"오랜만이야."

"……!"

여인이 가면을 벗자, 진화의 눈동자가 크게 일렁거렸다.

광마제가 보낸 이들은, 진화의 과거였다.

누구든 처음은 있었다.

한 살을 겨우 넘겨 납치된 진화는 세상 모든 처음을 제물 양육실 안에서 겪었다.

탕-! 탕-!

"씨발! 잡소리 말고 밥 처먹어!"

간수들이 뿜어내는 폭력적이고 거친 목소리에 진화가 인상을 찌푸리자, 누군가 진화를 품에 껴안았다.

"아기야, 밥 먹자. 맘마! 맘마 먹는 거야."

땀에 쩐 듯 짭짤한 냄새와 함께 조용히 귓가에 울리던 목소리.

"옳지! 그래, 그렇게 하는 거야! 잘했어!"

다정한 목소리가 진화에게 걸음마를 가르쳤고.

"자, 이렇게 쥐고, 입에 넣는 거야!"

팟-!

"아! 거봐, 잘 안 되지? 그러니까 자, 아— 해 봐! 먹여 줄게."

작은 소녀는 귀찮은 기색도 없이 진화의 밥을 챙겨 먹이고, 제물 양육실에서 생활하는 모든 것을 진화에게 가르쳐 주었다.

진화는 소녀의 모든 것을 보고 배웠다.

"웅크려! 간수와 눈이 마주치면 안 돼!"

소녀가 불안한 듯 진화를 끌어안고 웅크리면.

"이 새끼들이 어디서 눈깔을 똑바로 뜨고 보는 거야?"

퍽! 퍽! 퍽!

"아악! 악!"

"살려 줘! 살려 줘—!"

거친 폭력과 비명이 진화의 귀에서 조금 멀어졌다.

"누나, 누나라고 해 봐."

"……."

소녀는 제물 양육실에서 진화의 보호자가 되었다.

"누, 나."

"꺄—! 잘했어!"

진화에게 웃는 모습을 보여 준 최초의 사람이기도 했다.

소녀가 구덩이에 빠진 것이 열세 살 때였다.

그녀는 그때와 그다지 달라진 것 없는 모습이었다.

다만, 다정하던 목소리가 변해 버렸다.

"잘······ 지냈니, 내 동생?"

병든 노인처럼 거칠고 힘없는 목소리.

진화가 놀란 눈으로 소녀, 아니 효서를 보았다.

그 모습에 흑표가 사나운 이를 드러내며 입꼬리를 비틀었다.

"왜? 쟤 목소리가 놀라워? 듣기 거북해? 씨발! 쟤가 왜 저렇게 됐는데! 너 때문이잖아!"

흑표의 말에, 효서가 진화를 보며 조금 씁쓸한 얼굴로 웃었다.

"야, 너도 말 좀 해! 구덩이 속에서 저 새끼한테 살려 달라고 살려 달라고 소리 지르다가 그렇게 된 거잖아? 그때 왜 안 살려 줬냐고! 형, 누나 소리 잘도 뱉더니, 우리가 죽어 갈 때 왜 모르는 척했냐고 물어봐야지!"

흑표가 효서를 다그치듯 소리쳤다.

그가 한 말은 효서를 향했지만, 사실 진짜 들어 줬으면 하는 건 진화인 듯.

붉게 달아오른 흑표의 눈이 진화를 향했다.

"우릴 다 구덩이에 처넣고 혼자 살아남으니 좋더냐, 이 개새끼야?"

흑표가 진화를 노려보며, 한 자 한 자 곱씹듯 물었다.

새빨간 분노가 금방이라고 쏟아질 듯 일렁거렸다.

말없이 흑표를 마주하던 진화가 효서에게도 시선을 던졌다.

그리고 사르륵- 입꼬리를 말아 올렸다.

"이름도 없는 애들끼리 호칭 좀 챙겼다고, 진짜 형, 누나라도 돼?"

진화의 질문에 효서와 흑표의 눈이 커졌다.

그리고 흑표의 눈에서 불꽃이 넘쳐흘렀다.

"그걸 말이라고 하는 거야! 이 개-새끼야! 씨발! 네가 개돼지만도 못한 새끼라도, 그게 효서한테 할 소리야? 네 입에 밥 처넣어 주고 똥 치워 주며 키워 준 게 누군데!"

진화는 흑표가 분노하는 모습을 덤덤한 눈으로 보았다.

그러다 피식- 터지는 웃음을 구태여 막지 않았다.

"그래, 키웠지, 개처럼…… 평범한 애들이 새끼 개를 욕심내듯, 그냥 날 가지고 싶어 한 거잖아, 누나. 아니, 이제 효서랬나?"

진화의 말에 흑표의 눈동자가 크게 흔들렸다.

흑표의 시선이 방황하듯 헤매다 효서를 찾았다.

이제까지 가장 피해자라고 생각해 왔던 효서는 저 개소리를 듣고 어떻게 반응할까? 나보다 더 기가 막히겠지…….

흑표의 기대와 달리, 효서는 그저 담담한 눈으로 진화를 보고 있을 뿐이었다.

누구든 처음은 있다.

남들보다 조금 더 자란 나이에 제물 양육실에 들어온 소녀는, 처음 만난 무지막지한 세상에서 살아남아야 했다.

"끄어어어어———!"

"쿨럭! 우엑—!"

"이런 씨발! 이 새끼, 뒈지라면 그냥 좀 뒈지지, 더럽게 꼭 피를 토해요! 젠장!"

하루가 다르게 옆에 있던 누군가가 죽어 나가고, 입에 들어오는 것 하나에도 경계심을 가져야 했다.

안 먹을 순 없지만, 소녀는 영악하게 다른 사람의 상태를 살피고 나서야 음식을 입에 대었다.

간수들의 눈에 띄지 않기 위해 숨소리도 줄였다.

퍼—억!

"이 새끼들이 왜 오늘따라 거치적거리고 지랄이야! 죽어! 죽어, 이 벌레 같은 놈들아!"

퍽! 퍽! 퍽!

"아악!"

"악!"

무지막지한 폭력이 있는 날에는, 모르는 척 구석에 숨거나 다른 애의 밑을 파고들어 몸을 피했다.

그러던 어느 날.

"야, 저기 봐!"

"뭔데 그래, 개새끼야."

"저기."

"와아!"

순식간에 탄성이 쏟아졌다.

아름다움을 표현하는 단어는 배운 적이 없었기에, 아이들은 아무 말도 없이 눈만 휘둥그레 떴다.

세상에서 처음 보는 예쁜 아이였다.

소녀는 아이가 예쁘고, 귀여웠고, 귀했다.

소녀는 아이를 표현할 만한 말을 알고 있었지만, 누구에게도 가르쳐 주지 않았다.

'나만 알 거야! 나만 가질 거야!'

제물 양육실 안에서도 가장 큰 아이들 중 하나였던 소녀는, 자연스럽게 아이를 독차지했다.

내 것.

소녀가 처음으로 독차지한 '내 것'이었다.

아주 어릴 적 옆집에서 키우던 개보다 예쁘고, 귀엽고, 귀티가 나는 것이었다.

소녀는 아이를 보듬어 주고, 아이에게 밥을 주고, 똥을 닦아 주고, 걸음마를 가르쳤다.

"잘한다! 잘한다, 내 아기!"

"야, 이 개 같은 새끼들아! 저거 봐! 아기가 걸어!"

아이들은 금방 아기를 좋아했다.

순수한 이들은 금방 예쁘고 좋아 보이는 것에 관심을 가졌다.

소녀는 그들의 관심이 싫었다.

이건 소녀의 것이었기 때문이다.

그래서 소녀는 아기에게 가르쳤다.

"누나, 누-나 해 봐."

"……."

말똥말똥한 눈으로 저를 보고만 있는 아기에게 소녀는 끈질기게 말을 가르쳤다.

밥을 안 주거나 독이 든 밥을 주자, 영리한 아기는 곧 소녀가 원하는 것을 알아차렸다.

"누, 나."

"꺄-! 잘했어!"

그래, 이건 내 거야.

소녀가 환하게 웃었다.

처음 남궁세가에 가서도 진화가 웃는 방법 하나 몰랐던 이유였다.

진화는 서늘하게 웃으며 흑표의 분노를 부정했다.

"나 때문에 죽었다고? 천만에. 그냥 죽을 때가 되었던 것뿐이잖아."

진화는 제대로 웃는 법 하나 배우지 못했지만 그렇다고 바보는 아니었다.

이기적으로 살아남는 소녀의 방식을 보며, 진화도 살아남는 법을 배웠다.

"능교가 아무리 대단하다고 해도, 광마제의 제물을 아무렇게나 죽일 순 없어. 만약 죽일 수 있다면, 그건 처음부터 아무렇게나 죽여도 되는 제물이었던 거지. 그때 능교가 구덩이에 밀어 넣었던 아이들 전부, 죽을 때가 되었다는 걸 알고 있었잖아?"

진화의 물음에 흑표는 비수에 찔린 듯 아무 말도 하지 못했다.

"배신자? 웃기네. 그러면 내가, 대신 죽어 주길 바랐어? 다른 사람을 밟아 살아남아 놓고 너는 살려 주길 바랐나?"

진화가 싸늘한 비웃음을 던졌다.

독수에 닿으면 즉시 살이 녹아내린다.

최후에 어떤 방법을 쓰든, 어쨌든 처음에 죽지 않으려면 다른 아이들을 밟고 독수에 닿지 않는 방법뿐이었다.

그때 즈음해서, 소녀는 이상할 정도로 진화를 안고 구석에 몸을 웅크렸다.

마치 눈에 띄면 당장이라도 죽을 사람처럼.

소녀만이 아니라 조금 자란 아이들은 유난히 간수들을 겁냈다.

열 살이 넘도록 비약을 마시고도 죽지 않은 아이들은 간수들이 구덩이에 던져서 죽여 버린다는 걸 아이들도 알고 있었기 때문이다.

"형? 누나? 하! 이것들 봐라? 여기서 가족 놀이 중이었어? 푸하하하하! 야, 얘들 다 끌어내!"

"예!"

탕—! 탕!

"아악! 사, 살려 주세요!"

"씨발, 빨리 기어 나와, 이것들아! 꾸물거리지 마 ! 짜증 나게!"

"싫어! 싫어—!"

귀 아프게 울리는 폭력과 비명.

"아악!"

순식간에 진화의 몸에서 뜯겨 나가듯 소녀가 끌려 나갔다.

그리고 수많은 아이들이 구덩이로 던져졌다.

철—썩.

"아아악——!"

퍽! 퍽!

쉽게 가라앉지 않는 늪과 같은 독수 속에서, 아이들이 발버둥 치는 소리가 들렸다.

그때, 능교가 비릿한 웃음을 머금고 진화에게 물었다.

"어쩔래? 형, 누나를 위해 네놈이 대신 죽을래?"

"……"

누군가를 위해 대신 죽는 것 따위, 진화는 전혀 알지 못하는 것이었다.

"원래 가족들은 그래. 서로를 위해 목숨을 바친다고. 너 하나만 죽으면, 저 녀석들을 모두 살려 주지. 어떠냐?"

"……"

가족이 어떤 건지 진화는 알지 못했다.

"아니야! 대답하지 마―!"

진화가 뭐라 말하기도 전에 효서가 구덩이 속에서 소리쳤다.

그때 흑표는 진화가 끝내 대답하지 않았다고 생각했다.

그는 살 수 있었는데, 진화가 그를 살려 주지 않았다고.

하지만 내내 궁금했었다.

진화는 죽기 싫어서 대답을 하지 않았던 걸까, 아니면 뭐라 할지 고민하는 동안 효서 때문에 입을 다물었던 걸까.

"그래. 손톱이 빠져라 벽을 잡고 밑에 놈들을 밟고 며칠을 버텼지. 그랬더니 우릴 꺼내 주더라고. 그런데 씨―발! 그렇다고 네 새끼가 우린 배신한 게 없는 일이 되는 건 아니지!
네놈! 끝까지 대답하지 않았잖아!"

흑표가 분노를 토하듯 소리쳤다.

진화는 그런 흑표를 덤덤하게 보고만 있었다.

그때.

"허어, 시주는 어째 한 치도 자라지 않으셨소?"

"넌……!"

흑표가 인상을 찌푸렸다.

현오가 어슬렁거리듯 진화의 곁으로 다가왔다.

"쯧쯧쯧, 그때 그 난폭한 애새끼 그대로구려."

"너…… 누구냐? 날 알아?"

"웅? 나, 모르오? ……하하하, 하긴 그땐 삐쩍 말라서 눈
만 동그랬지."

흑표가 현오를 알아보지 못하자, 현오가 민망한 듯 머리를
긁적였다.

진화는 현오의 설명으로도 흑표가 전혀 알지 못할 거라 확
신했다.

"간수 손을 붙잡던 놈."

"뭐? 네놈이?"

진화의 설명에, 다시 현오를 본 흑표가 더 놀란 눈을 떴다.

"허허허! 사정을 묻지 마시오."

여러 의미가 담긴 시선에 현오가 배를 쓰다듬으며 말했다.

시종일관 덤덤하던 효서도 눈을 가늘게 뜨고 현오를 살폈다.

현오가 효서와 눈을 마주쳤다.

"시주들은 여전히 괜한 분노를 품고 사는구려."

투명하리만치 또렷한 시선이 효서에게 닿자, 효서가 슬쩍 현오의 시선을 피했다.

"괜한 분노? 살아남아서 떵떵거리는 놈들이 괜한 분노인지 아닌지 어떻게 알아!"

흑표가 잔뜩 흥분한 눈을 현오를 노려보았다.

현오는 청명하리만치 단호한 얼굴로 흑표를 마주 보았다.

"살아남은 것이 배신이오?"

"저 새끼는 달라! 우릴 살릴 수 있었다고!"

"아니, 살릴 수 없었소. 시주도 그걸 알고 있지 않소?"

"아니라잖아——! 씨발, 네가 뭘 알아!"

"당신을 살릴 수 있었던 건 광마제지. 죽이려 했던 것도 광마제고! 광마제의 개가 된 주제에 감히 어디다 분을 쏟는 게야! 너도 알고 있잖아!"

소리를 지르는 흑표에게 현오 또한 지지 않고 소리쳤다.

처음으로 소리를 지르는 현오의 모습에 진화가 놀란 눈을 뜨고 그를 보았다.

흥분한 줄 알았지만, 그게 아니었다.

현오는 시종일관 단호한 얼굴로 흑표의 분노를 마주하고

있었다.

현오의 얼굴에서 각우의 모습이 떠올랐다.

"정신 차리시오! 진정 분노해야 할 곳이 어디인지 알고 있
잖소! 아직 늦지 않았소. 이제라도 시주의 인생을 찾으시오.
각자 출신과 배경이 적힌 장부를 확보했소. 친부모와 형제를
찾을 수 있단 말이오."

현오가 간곡한 말투로 흑표를 설득했다.

애달픈 눈빛 가득 진심을 품고 있었다.

진화는 처음으로 현오가 소림의 제자라는 것을 실감했다.

흑표 또한 현오의 진심에 눈빛이 흔들리는 듯했다.

"……달라. 우리는 저 새끼랑 달리 선택받은 게 아니라 팔
려 왔으니까. 그건, 너도 마찬가지잖아."

흑표의 목소리가 흔들렸다.

하지만 곧 다시 시커먼 악의로 물들었다.

"그런데도 저 새끼 옆에 있다니. 넌 배알도 없어? 사실 따
지고 보면 우린 그냥 곁절이야. 다 저 새끼 때문에 일어난 일
이라고. 억울하지 않아? 너야말로, 배신감 들지 않냐고!"

흑표가 비릿한 웃음을 달고 현오를 떠보았다.

"……죽이고 싶지 않아?"

흑표의 시선이 진화를 향하고, 현오의 시선도 진화를 향했
다.

사실 흑표의 말이 틀린 것은 아니었다.

광마제의 제물은 진화였고, 다른 이들은 그저 독수를 위해 남겨 둔 실험작들일 뿐이었으니.

진화와 현오의 눈이 마주쳤다.

"난 저 시주를 늘 죽이고 싶소."

현오가 담담하게 말했다.

흑표는 마치 그럴 줄 알았다는 듯 씨익 웃었다.

현오는 자신의 말에도 덤덤한 진화를 보며, 씨익 웃었다.

"나는 천살지체거든. 난 뭐든 죽이고 싶네. 특히, 시주같이 쥐뿔도 없는 평범한 인생을 쓰레기같이 허비하고 있는 종자들은 대가리를 터뜨려 죽이고 싶네."

현오의 몸이 순식간에 앞으로 튀어 나갔다.

현오의 주먹에는 어느새 염주가 단단히 감겨 있었다.

"이 배신자 새끼들—!"

퍼—억!

흑표가 창을 들어 현오의 주먹을 막았다.

그사이, 시퍼런 검기가 흑표의 배를 찔러 들어왔다.

"배신한 적 없다. 처음부터 같은 편인 적도 없었으니까. 괜히 친한 척하지 마, 가당치도 않게."

진화의 눈동자에 새파란 번개가 내리치고, 동시에 진화의 검이 뒤로 물러나는 흑표의 창을 사정없이 갈라 버렸다.

쉐에에에엑————!

과거의 기억이라면 제 발목을 잡을 수 있을 거라고 생각했던 걸까.

광마제의 생각을 추측하던 진화의 입가에 서늘한 살기가 맺혔다.

'실로 가당치 않지.'

귀천성에서 있었던 과거 따위, 진화에겐 언제든 죽여 없앨 수 있는 흔적일 뿐이었다.

진화의 눈이 효서에게 향했다.

챙——! 챙챙——!

진화의 몸이 회전하며 흑표를 몰아쳤다.

챙! 챙챙!

폭풍처럼 주변의 공간을 집어삼키면서 몰아치는 진화로 인해 흑표가 점점 뒤로 물러섰다.

겉보기에는 흑표가 진화보다 한 뼘은 더 크고 우람했지만, 둘의 움직임은 그 반대였다.

진화가 힘으로 흑표를 누르고 있었다.

비결은 진화가 만들어 내는 속도와 회전의 힘이었다.

점점 빨라지는 회전만큼 진화의 검과 마룡삭이 부딪치면서 번쩍이는 불꽃도 늘어만 갔다.

하지만 흑표가 가진 건 마룡삭만이 아니었다.

쉐에에엑--!

순식간에 진화의 가슴을 노리고 들어오는 단검을 보며, 진화가 급히 몸을 반대로 회전했다.

"헛!"

흑표가 놀라 신음을 내고 말았다.

절호의 기회라 생각하고 온 힘을 실어 공격한 터라, 앞으로 기울어진 몸을 곧바로 세우지 못했던 것이다.

그렇게 단 한 걸음.

한 걸음 더 앞으로 내딛고 만 것이, 진화의 눈에 띄었다.

타앗.

진화가 반대로 회전하면서 생긴 반발력을 그대로 이용하여 공중으로 몸을 띄웠다.

당황한 흑표와 진화의 눈이 마주쳤다.

진화가 공중에서 제비를 돌듯 몸을 돌리며 순식간에 일어난 일이었다.

파지직-!

진화의 눈에 번개가 내리치고.

진화의 눈동자에 흑표가 재빨리 허리를 젖히고 몸을 틀려는 것이 그대로 비쳤다.

진화는 그대로 몸에 반동을 주고 힘을 실어, 공중에서 양다리를 휘젓듯 내리찍었다.

퍼-억!

스치듯 피한 왼발.

하지만 이어진 오른발은 피하지 못했다.

빠––악!

"크억!"

기운이 제대로 실린 공격에, 마룡삭의 창대가 부러지고 흑표의 몸이 뒤로 밀려났다.

절묘한 내공 운용에 제대로 속도와 힘이 실린 공격은 사람의 둥글고 말랑한 다리조차 날카로운 칼날처럼 만들었으니. 흑표의 가슴팍에는 짐승의 발톱에 할퀸 듯, 날카롭게 찢어진 흔적이 남아 있었다.

"크웃, 네놈!"

흑표가 가슴을 잡고 진화를 노려보았다.

진화의 발끝에 스치듯 머리를 맞은 탓에, 흑표의 얼굴에는 붉은 피가 빗물처럼 흘러내리고 있었다.

진화가 덤덤한 눈으로 그를 내려다보았다.

한 번의 경합.

두 사람의 차이는 보이는 그대로였다.

진화는 여전히 여유가 있었고 흑표는 상처를 입고 간신히 죽을 위기를 피했으니.

이대로 두 사람이 싸움을 이어 갔을 때의 결과는 말하지 않아도 알 수 있었다.

진화와 흑표의 수준 차이는 순식간에 드러났지만, 진화는 솔직히 흑표의 실력에 감탄하고 있었다.

'제법이군.'

견자현이었던가.

소리마제의 후인이라던 암살자와 맞먹는 몸놀림이었다.

많아 봐야 진화보다 네댓 살 많은 나이.

광마제가 제물실 출신에 구덩이에 빠져 있는 저들을 왜 데려갔는지는 뻔했다.

광룡귀면대는 낙오자를 희생시켜 정예 대원을 만들어 내는 곳이었다.

광마제의 입장에선 독수 속에서 살아남은 저들이 좋은 희생양이 되든지 혹은 살아남아 좋은 대원이 되든지 상관이 없었을 것이다.

다만 죽든 말든 아무도 기대하지 않는 상황 속에서 살아남아 이곳까지 온 것을 보면, 흑표가 좋은 무재를 지닌 것만은 확실했다.

'첫발을 피하던 허리의 힘과 유연성, 빠른 발과 안력. 전부 타고난 재능이지. 이런 무재를 이전 생에서 보지 못했던 건…… 그런가, 무맥에게 도전하다가 죽었던 거였나?'

진화의 눈이 흑표가 들고 있는 마룡삭을 향했다.

쇠로 된 창대가 부러지면서 마룡삭과 마룡아는 완전히 분리되었는데, 단검을 쓰는 흑표가 마룡삭과 마룡아를 버리지 못하고 들고 있었기 때문이다.

"커억! 퉤엣!"

흑표가 입에서 핏물을 뱉었다.

"꽤 건방진 눈깔로 날 보는데, 이걸로 이겼다고 생각하나? 그렇게 생각한다면 오산이야. 애초에 돈 많은 정파에서 곱게 자란 네놈들을 이겨 보려고 한 게 아니니까."

흑표가 비릿한 웃음을 흘리며 의기양양하게 말했다.

허세나 허풍 같지 않은 당당한 태도.

눈빛에도 여전히 자신감이 가득했다.

'이겨 보려 한 것이 아니라고?'

흑표의 말에 이번엔 진화의 눈썹이 꿈틀거리며 반응했다.

하지만 이어지는 흑표의 말에 진화의 눈빛은 금방 차갑게 식어 버렸다.

"네놈들을 죽일 거다, 죽이려고 온 거라고!"

시뻘건 핏물이 맺힌 이를 드러내며 흑표가 신이 난 듯 떠들었다.

"씨-발, 정파 새끼들이랑 짝짜꿍 멋지게 칼싸움이나 하러 온 게 아니라고. 네놈들을 전부 죽여 버리려고 온 거다!"

"헛된 망상이군."

진화가 차갑게 일갈했다.

흑표가 그런 진화를 비웃었다.

"옆을 보지그래?"

"뭐? ……저건!"

흑표의 말대로 옆으로 고개를 돌린 진화의 눈이 커졌다.

"크흐흐, 우리가 아무 준비도 없이 네놈들을 노렸을까. 저놈들이 다 죽을 때까지, 그동안 너는 내가 특별히 짝짜꿍해주지. 전부 죽인 다음에 네놈을 마지막으로 죽여 주마!"

타앗--!

흑표가 양손에 단검 대신 마룡삭과 마룡아를 들고 달려들었다.

휘이익- 챙!

오른손으로 긴 창을 쓰던 때보다 훨씬 빨라진 몸놀림이었다.

흑표의 공격을 막아 내며 진화의 눈이 자꾸 옆을 향했다.

촤르르르르르---!

전생에도 들었던 불길한 소리가 울리고 있었다.

"크하하하하-! 죽음의 소리다!"

챙-! 챙-!

카―앙!

마룡삭과 마룡아가 진화의 검과 얽히며 두 사람이 얼굴을 마주했다.

파지직-.

아주 작은 번쩍임과 이질적인 소리.

흑표는 왠지 모르게 불길했다.

그때, 검을 맞댄 진화가 흑표를 향해 사르륵- 미소를 지어 보였다.

"과연 그럴까?"

파지지직---!

마룡아와 마룡삭을 맞댄 진화의 검에 뇌전이 번뜩였다.

흑표는 손바닥이 타들어 가는 고통에 화들짝 놀라 팔을 휘둘렀다.

퍼엉! 퍼-엉!

촤르르르르----!

흙바닥이 튀어 오르면서 발밑에서 쇠사슬이 움직이는 소리가 들렸다.

휘-익! 휙휙!

순식간에 공중으로 날아오는 쇠사슬이 달린 갈고리.

"피해--!"

"아악!"

쇠사슬에는 날카로운 가시까지 달려 있어서, 청룡단과 적호단 사이를 가로지르는 동안 단원들의 살갗을 찢어 놓았다.

착. 착. 착!

순식간에 사슬에 달린 갈고리가 다른 곳에 감기고.

촤아아악−!

서로서로 엮여서 팽팽하게 떠오른 쇠사슬은 커다란 거미줄처럼 청룡단과 적호단을 가뒀다.

"나와라!"

타−앙!

적호단원을 노리는 사슬을 보며, 적호단주가 달려가 사슬을 때렸다.

적호단주의 파갑추에 맞은 사슬이 옆으로 쏠리면서 적호단원은 무사히 안으로 피했다.

"젠장! 더럽게 질기군."

적호단주의 입에서 욕지거리가 새어 나왔다.

적호단주는 사슬을 끊어 낼 생각으로 사슬을 때린 것이었기 때문이다.

적호단주의 파갑추가 사슬을 때리는 순간, 사슬이 늘어지며 적호단주의 파갑추 충격을 흡수했다.

광룡귀면대의 귀형진 운용이 적호단주의 예상보다 훨씬 능숙하고 유연하다는 의미였다.

"광룡귀형진이다! 안으로 더 모여라−!"

"충!"

"물러나!"

"충!"

청룡단주가 빠르게 광룡귀면대의 귀형진을 알아보고 명령

을 내렸다.

적호단주 또한 빠르게 명령을 내렸다.

그리고 청룡단주를 보았다.

귀천성과의 전투에 있어서는 적호단보다 청룡단의 경험이 더 풍부했다.

정확하게는 적호단주보다 한눈에 광룡귀형진을 알아본 청룡단주의 경험이 더 풍부했다.

"저거, 부수는 법을 알고 있습니까?"

적호단주 팽치가 진지하게 물었다.

위아래 없는 망나니에 적호단의 폭군이라 불리는 팽치였지만, 적을 앞에 두고 선배에게 조언을 구하는 걸 망설일 멍청이는 아니었다.

"저 사슬 전체가 백련현철로 만들어진 것이네. 안에서부터 조금씩 끊어 가는 수밖에 없을 걸세."

말처럼 하는 것이 얼마나 위험한지 알았기에, 청룡단주의 얼굴도 심각하게 굳어 있었다.

초절정의 고수들이 나서서 사슬을 끊고, 남은 단원들은 적의 공격으로부터 앞선 고수들을 지키고 스스로의 몸을 보호한다.

위험하면서, 무엇보다 시간을 잡아먹는 방법이었다.

시간이 흐를수록 불리한 쪽은 청룡단과 적호단이었고, 특히 그동안 광룡귀면대의 공격을 막아 낼 일반 단원들의 희생이 예상되었기 때문이다.

하지만 적호단주의 반응은 청룡단주의 예상과 달랐다.

"전부 안으로 들어가서 검 들어라! 남궁진혜, 나하연, 팽신, 팽수!"

"예!"

적호단주의 명에 남궁진혜와 나하연, 팽가 형제가 단원들의 앞으로 나섰다.

"나눠서 매듭을 끊어라!"

"충!"

"나는 왼쪽!"

"하핫! 내가 줄은 안 넘어 봤어도 끊어 먹는 건 해 봤지!"

적호단주의 명을 따라 남궁진혜와 나하연, 팽가 형제가 사방으로 흩어졌다.

그 모습을 본 후, 적호단주가 청룡단주를 돌아보았다.

"안에 단원들 지휘 부탁드립니다."

"이봐, 자네, 설마, 저들만으로 광룡귀형진을 끊을 생각인가?"

"예!"

당황한 청룡단주의 물음에 적호단주가 시원하게 답을 하고 청룡단주의 앞을 막아섰다.

"가자--!"

"우아아아---!"

청룡단주가 뭐라 더 말을 하기도 전에, 적호단주가 소리쳤다.

적호단주의 외침과 함께 남궁진혜, 나하연, 팽가 형제가 움직이기 시작했다.

먼저, 불이 붙은 양 붉은 기운에 휩싸인 적호단주가 검은 사슬을 잡고 양쪽으로 당겼다.

파—앙!

붉게 달아오른 사슬이 순식간에 끊어졌다.

그리고 적호단주가 그대로 사슬을 안듯 앞으로 달려 나갔다.

"크아아아———!"

촤아아아아아——!

적호단주가 사슬들을 끌어모으면서, 사슬들이 팽팽하게 당겨졌다.

검은 가시가 적호단주의 살을 파고들려 했지만, 적호단주 경격권 팽치를 멈추진 못했다.

"크아아아아———!"

적호단주는 서로 떨어지려는 사슬을 더욱 단단하게 붙잡았다.

그 덕에 사슬을 잡고 움직이던 광룡귀면대원 열 명이 땅바닥에 널브러졌다.

"지금이다—! 가자!"

카———앙! 카앙! 카앙!

남궁진혜가 제왕무적검을 마치 도끼질을 하듯 움직였다.

남궁진혜의 검에서 하얗게 피어오르던 아지랑이가 점점 새파랗게 변해 가고, 마침내 푸른 기운이 일렁이며 그녀의 검을 감쌌다.

"죽을 때까지 패 주지!"

파—앙!

남궁진혜의 앞에서 검은 사슬이 실타래처럼 끊어져 나갔다.

"용기 있는 여협이 미인도, 사슬도 얻는다!"

카아아아악————!

용수십팔반 화룡전기의 연속기가 그 반대편에서 사슬을 감아 당겼다.

나하연이 움직일 때마다 그녀의 몸에 칭칭 감기던 그것은, 그녀의 기운에 따라 새빨갛게 달아올랐다.

그리고.

파—————앗!

터져 나가듯 산산조각으로 흩어졌다.

"형님, 내가 위."

"내가 아래."

팽수와 팽신은 적호단주와 마찬가지로 도를 쓰지 않았다.

팽가의 도법은 사실 양손과 양발로 펼치기에 조금의 무리도 없었기 때문이다.

우스갯소리로 팽가 도법이 힘없는 후손들을 위한 도구 사용법이라는 말이 나오는 이유였다.

파---앗!

쾅! 쾅!

팽수의 혼원권이 사슬 위를 넘나들며 유려하게 매듭을 벌리고, 그 뒤에서 팽신이 맹호의 발톱처럼 다섯 손가락의 거력권을 휘두르며 사슬을 끊었다.

촤아아아----!

퍼-억!

"크아아악!"

순식간에 광룡귀형진이 흔들리며, 사슬을 잡고 있던 광룡귀면대원들이 힘에 휘둘리다 부딪히고 쓰러졌다.

"앞으로 나간다!"

청룡단주가 때를 놓치지 않고 단원들을 이끌고 끊어진 사슬진을 뚫고 광룡귀면대원들을 죽이기 시작했다.

파파파-팟!

청룡단주 남궁현의 천뢰제왕검법 낙엽은 진화의 그것과 달리 전광석화처럼 날아들었다.

"크윽!"

풀썩.

사슬을 잡고 있던 이들의 얼굴로 빨간 피가 흘러내리며 쓰러졌다.

그 광경을 보며 흑표의 얼굴이 경악을 금치 못했다.

"어, 어떻게……!"

광룡귀면대의 귀형진은 경지를 넘어선 고수조차 쉽게 풀려나지 못하는 움직이는 감옥이었다.

그런데 그것이 어떻게…….

흑표는 도무지 방법을 이해하지 못했다.

그때, 한눈을 판 그의 뒤로 섬뜩한 바람이 느껴졌다.

"헉!"

흑표가 마룡아를 나무에 박아 그것을 딛고 높이 솟구쳤다.

피투성이에 왼팔이 부러져서 덜렁거리는 그가 당장 할 수 있는 것이었다.

파파파파팟――!

쾅!

뇌전이 나무의 밑동부터 터뜨리며, 결국 나무를 쓰러뜨렸다.

흑표의 몸도 함께 아래로 떨어졌다.

그 순간, 착지를 준비하는 흑표의 귓가에 서늘한 숨소리가 들렸다.

"이제 진짜 죽음의 소리를 알겠구나."

푸―욱!

귓가에 뭔가 터지는 소리가 연이어 들린 듯했다.

흑표는 믿을 수 없는 눈으로 제 가슴을 뚫고 나온 푸른 번개를 보다가, 천천히 고개를 돌렸다.

시릴 정도로 차디찬 눈동자가 천천히, 흑표를 따라 땅으로 내려가고 있었다.

"커헉!"

흑표가 가슴을 붙잡고 피를 토했다.

'효, 효서는?'

흑표의 눈이 오갈 데 없는 아이처럼 효서를 찾았다.

그 앞으로 짙고 선명한 그림자가 드리웠다.

"그 여자는 진즉에 튀었어. 네게 남아 있는 구원은 없다."

푸—욱!

"억울해하지 마라. 그 여자에게도 구원 같은 건 없으니까."

진화의 검이 흑표의 심장을 멈추었다.

진화가 숨이 끊어진 흑표의 얼굴을 보았다.

매끄럽게 잘생긴 얼굴.

못 먹고 큰 것치고 타고난 신체가 크고 곧았다.

명문 정파에서 태어나 자랐다면, 젊고 잘생긴 인재로 명성을 날렸을지도 몰랐다.

하지만 단지 그것뿐이었다.

이렇게 아까운 목숨이 제물 양육실에만 수두룩했다.

하다못해 구덩이의 독수에 녹아든 목숨만도 수천 명이 넘었다.

그 구덩이에서 살아남은 것만도 흑표에겐 기적과 같은 일이었을 것이다.

진화는 마지막까지도 뭔가를 찾아 헤매던 흑표의 눈을 떠올렸다.

'효서, 그 여자에게 구원을 바랐나?'

흑표에게 남은 구원 같은 건 없었다.

아니, 애초에 흑표에게 구원이 있긴 했었던가.

구덩이에서 살아남았지만, 그걸 구원이라 할 순 없었다.

광마제가 이렇게 써 버릴 심산으로 그의 죽음을 유예한 것뿐이었으니까.

'운명은 가혹할 정도로 불공평하지.'

그런 의미에서 진화에게 닿은 남궁세가의 구원이 얼마나 기적과 같은 것이었는지.

진화는 창백하게 식어 가는 흑표의 주검을 보며 가슴이 서늘하게 식어 갔다.

'네게 일어난 기적이 불공평했을지언정, 그걸 잡지 못하고 광마제의 꼭두각시로 산 건 네 선택이었다.'

진화의 이전 생도 그러했다.

구원의 기적을 잡지 못하고, 비참하게 허비하다 죽어 버렸다.

'다음 생에라도 네게 두 번째 구원이 오거든, 놓치지 마라.'

소유욕이 전부였던 효서와 달리 어린 진화에게 진짜 정을 주었기에, 진화는 흑표의 주검에 그가 할 수 있는 최대한의 명복을 빌어 주었다.

흑표의 심장에서 검을 뽑은 진화가 단호하게 돌아섰다.

상황은 모두 끝나가고 있었다.

광룡귀형진이 무너지면서, 진에 갇힌 쪽은 사슬을 잡고 있던 광룡귀면대가 되었다.

사슬과 함께 무너진 그들은 남은 청룡단과 적호단의 먹잇감이 되어 죽임을 당했다.

과거 무적의 위용을 자랑하던 광룡귀형진이었다.

경지를 넘어선 고수들의 무덤.

수많은 정파 무단을 몰살시킨 거미 지옥.

그 광룡귀형진의 파훼법이 저렇게 단순할 줄은 아무도 예상하지 못했을 것이었다.

'설마 인외의 거력을 내는 인간들이 저렇게 모여 있을 줄은 몰랐겠지.'

진화의 입에서 피식 웃음이 새어 나왔다.

생각만으로도 황당하기 짝이 없는데, 그게 실제 일어난 상황이었다.

"아오, 씨ㅡ! 살살 빼!"

"엄살은! 가만히 있어 봐요! 그러게, 누가 사슬을 그렇게 무식하게 끌어안으래요?"

남궁진혜가 적호단주의 몸에 박힌 사슬을 빼 주며 고소를 숨기느라 애쓰고 있었다.

다른 쪽에선 당혜군과 남궁구, 남궁교명이 투덜거리며 나하연과 팽가 형제의 몸에 박힌 사슬을 떼어 내고 있었다.

"아! 윽! 아윽! 헙!"

"구, 자네의 신음은 듣고 싶지 않은데……."

"끔찍하지."

"소름 끼치는군."

"닥쳐, 이 웬수들아."

사슬이 박힌 사람들보다 빼 주는 사람들의 얼굴이 더 고통스러워 보이는 모습에, 진화는 결국 웃음을 터뜨리고 말았다.

그런 진화의 곁으로 현오가 다가왔다.

"저게 사람인가? 지옥신장이 따로 없는 인간들일세."

현오도 적호단주와 남궁진혜, 나하연, 팽가 형제를 보며 감탄을 금치 못했다.

그러다 제법 진지한 눈으로 진화를 돌아보았다.

"자네가 그 여자를 놓치라고 해서 놓아주긴 했다만, 정말 그걸로 되었나?"

싸우기 전, 진화는 현오에게 효서를 놓치라 전음으로 알렸다.

현오는 그런 진화의 전음대로 효서를 놓치고 온 참이었다.

"자네가 보내 준다고 결코 고마워할 여자가 아니네."

그들이 어떤 자들인지 아는 만큼, 광마제와 관련한 일엔 한없이 진지해질 수밖에 없는 현오였다.

현오의 눈에는 걱정스러운 기색이 역력했다.

진화는 그런 현오의 걱정을 마주하는 대신, 효서가 있었던 장소를 보았다.

"……."

주변으로 산사태가 난 듯 온갖 나무들이 죄다 쓰러져 있는 광경에, 진화의 눈이 현오를 향해 돌아갔다.

"허허허, 생색내자는 것은 아니고. 내 그 시주 대가리 대신 나무를 깨느라 꽤 힘들었다네."

이놈이나 저놈이나.

현오가 머리칼도 없는 머리를 긁적이며 하는 말에, 진화가 고개를 절레절레 저었다.

"저길 봐."

진화가 대답 대신 죽은 흑표를 가리켰다.

정확히는 흑표의 비어 있는 왼손이었다.

마룡아는 흑표의 오른손에 있었지만, 마룡삭은 어디에도 없었다.

효서가 도망을 가며 마룡삭을 들고 간 것이었다.

"가당치도 않지."

진화의 입꼬리가 사르륵 올라갔다.

"광마제는 내가 일부러 효서를 살려 보낸 걸 알아챌 거야."

그렇게 착각해 주면 되는 것이었다.

과거를 이용할 수 있는 건 광마제만이 아니었다.

진화에겐 이용할 만한 과거가 훨씬 길었다.

"헉. 헉……."

마룡삭을 들고 도망친 효서는 안전하다고 생각된 장소에서 걸음을 멈추었다.

추격의 기미가 없으니, 지금부터는 숨을 좀 골라도 될 것이었다.

이제부터는 다음이 걱정이었다.

실패(失敗).

'도망을 가야 하나?'

효서의 머릿속에 도망칠 경우를 대비해서 짜 놓은 경로가 떠올랐다.

하지만 이내 고개를 저었다.

삐이이———!

어느새 효서의 머리 위에 검은 새가 날고 있었다.

'그러면 그렇지.'

광마제가 그렇게 자유롭게 그들에게 임무를 맡겨 두었을 리 없었다.

광룡귀면대 중에서도 세뇌가 완전히 끝나지 않은 이들에겐 언제나 감시꾼들이 따라붙었다.

그건 효서의 손에 '쥐' 가면이 들린 이후에도 마찬가지였다.

"……쳇."

제 아기는 여전히 반짝반짝 빛이 났다.

그런데 제 손에 들린 것은 겨우 이딴 쥐 가면이라니.

꽈—득.

짜증이 복받친 효서가 가면을 쥔 손에 힘을 주었다.

그러다 문득, 제 다른 쪽 손에 들린 것이 눈에 들어왔다.

마룡삭(魔龍削).

'그래, 이게 있었지!'

효서의 눈에 화르륵 불꽃이 피어올랐다.

광룡귀면대 대주의 상징이나 다름없는 이것이 제 손에 있었다.

'광룡귀면대!'

그래, 이제 와서 제가 어딜 갈 수 있단 말인가.

세뇌가 완전하지 않다는 것뿐이지, 광룡귀형권 자체가 광마제의 기운에 복종하게끔 만들어진 것이었으니. 주기적으로 광마제의 기운을 얻지 않는다면 그녀의 몸에 가해진 금제가 발동할 것이었다.

도망쳐 봐야 죽지도 살지도 못할 인생이라면, 차라리 제 발로 복귀하는 것이 맞았다.

광룡귀면대의 대주 자리라면, 제 인생도 반짝반짝 빛나지 않겠는가.

효서가 결연한 눈빛으로 마룡삭을 쥐고 걸음을 옮겼다.

신 제국의 선건궁.

신 제국 궁궐에서 귀천성 마제들이 머물고 있는 별궁이었다.

광마제는 선건궁에서 가장 외진, 서거전에 자리를 잡았다.

"그래, 실패라……."

"……."

송구하다, 잘못했다, 다시 기회를 달라.

광마제의 수하들은 그 어떤 말도 허락받지 못했다.

그들이 할 수 있는 일이라곤 광마제가 내리는 처단을 받아들이는 것뿐.

반으로 부러진 마룡삭을 보며 광마제가 혀를 찼다.

"쯧, 쓸모없는 것들."

무맥을 잃은 빈자리가 크게 남았다.

아마도 광마제는 지금쯤 그런 생각을 하고 있지 않을까.

고개를 숙이고 있는 효서의 눈동자가 부지런히 움직였다.

그때, 광마제의 시선이 효서를 향했다.

"용케 살아 돌아왔구나. 아니, 그놈이 살려 보낸 건가?"

움찔.

광마제의 말에 효서가 몸을 떨었다.

"저를 놓친 자는 현오라는 소림 중이었습니다."

"그러니! 소림 선승이 거두고 각우가 제자로 받은 놈이다. 역천마제의 제물로 선택받은 천살지체라고! 크크크, 그런 놈이 너 따위를 놓쳐? 천만에!"

움찔.

미친 사람처럼 소리를 지르는 광마제의 목소리에 효서의 몸이 떨렸다.

광마제는 두려운 자였지만 그렇다고 효서가 겁쟁이처럼 벌벌 떨 정도는 아니었다.

전부, 광마제의 목소리에 들어 있는 그의 기운에 몸이 반응한 것이었다.

광마제의 눈이 효서를 향해 붉게 빛났다.

"크흐흐, 잘되었구나. 어찌 보면 청룡단에 있는 남궁 놈들을 죽이는 것보다 훨씬 나아! 그놈이 널 살려 보낸 것을 보면 네게 정이 남은 것 아니겠느냐."

효서는 광마제의 기운에 몸의 기운이 동요하는 것을 겨우 억눌렀다.

그리고 최대한 냉정한 목소리로 입을 열었다.

"놈은 흑표를 단번에 죽였습니다."

효서의 모습을 지켜보던 광마제가 씨익- 입꼬리를 말았다.

자신의 기운을 받고도 광기에 휘둘리지 않는 모습이 제법 강단이 있어 보였기 때문이다.

'당분간은 쓸 만하겠구나.'

효서를 향해 붉게 물들었던 광마제의 눈빛이 잠잠하게 가라앉았다.

"그러니! 오로지 너만 살렸으니 네가 그만큼 그놈에게 특별하다는 뜻이겠지."

광마제의 말에 효서의 눈빛이 흔들렸다.

'나만 살렸다? ……정말 그런 건가?'

효서는 냉정한 눈으로 저와 흑표를 보던 진화를 떠올렸다.

그는 제가 그를 보살핀 이유가 욕망 때문인 걸 이미 알고 있었다.

하지만…….

그래, 그의 실력이라면 저와 흑표 둘 다 죽이고도 남았다.

거기에 현오까지 합류했으니.

광마제의 말처럼 일부러 저를 살린 것이 분명했다.

'나만 특별했던 거야!'

효서의 눈에 광기가 일렁였다.

광마제가 그런 효서를 만족스러운 눈으로 보았다.

"네가 올해로 십오 년이던가?"

효서가 광룡귀형권을 익힌 세월이었다.

"그렇습니다."

"그 마룡삭을 네게 주마."

"……!"

"새로 대주를 뽑을 때까지다. 물론, 새로운 대주를 뽑기 전에 네 쓸모를 보인다면 그 자리는 네 것이 될 것이고."

"추, 충성을 다하겠습니다!"

효서가 진동하는 마음을 가라앉히며 부복했다.

"나가 봐라."

"충!"

잔뜩 들뜬 마음을 누르느라 정신이 팔린 효서는 끝내 알지 못했다.

검은 창 따위.

귀한 백련현철로 만들어졌다는 것 외엔 광마제에게 아무

의미도 없다는 것을.

효서가 나가고, 광마제의 눈이 다시 붉게 변했다.

"무맥."

"충."

아무것도 그려지지 않은 검은 가면을 쓴 사내가 아무 기척도 없이 모습을 드러내었다.

죽은 무맥의 이름과 함께 그 자리를 이어받은 자였다.

"그 녀석과 저년을 계속 얽히게 해야겠구나. 남궁의 핏줄 중에 권마제의 제물이 있다지? 저년을 그곳으로 보내라. 그 녀석이 나오지 않고는 못 배길 것이야. 계속, 계속 밖으로 나와야 다시 데려올 틈이 보이지 않겠느냐. 크흐흐흐흐!"

"충!"

광마제에게 검은 가면을 쓰고 충성을 바치는 허수아비는 언제라도 만들 수 있는 것이었다.

동의생이 된 이후, 진화는 남궁세가 정의맹 지부 장원에서 지내고 있었다.

당연하게도 그곳엔 남궁구와 남궁교명이 있었고, 소림에 복귀하기 싫었던 현오가 자연스럽게 여기에 빌붙었다.

"살아 돌아온 여자를 보며 광마제는 내가 인정(人情)에 휘둘리고 있다고 생각하겠지."

"그렇게 착각하게 만들어서 뭘 하려고?"

"임무를 주겠지, 내가 나설 수밖에 없는."

"……그게 좋은 건가?"

현오가 고개를 갸웃거리며 물었다.

남궁구와 남궁교명도 진화의 생각을 알 수 없기는 마찬가지였다.

"그 여자에게 욕망(欲望)은 생존본능 같은 거나 마찬가지다. 충성심 따위로 움직일 여자가 아니야."

진화는 효서가 구덩이 속에서 소리친 이유를 알고 있었다.

그 여자는 제가 가졌던 소유물에게서 버림받는 것을 용납하지 못한 것이다.

"그럼, 그 여자를 회유하거나 첩자로 써 먹을 생각인가?"

"광마제가 시켜서든, 그 여자 스스로 원해서든, 그 여자가 먼저 내게 접근하겠지."

제게 다시 모습을 드러낼 효서를 생각하며 진화가 한쪽 입꼬리를 끌어 올렸다.

"계속 실패할 거다. 그 여자의 수라면 뻔하니까. 하지만 그 여자를 계속 살려 보내면, 광마제도 포기하지 못하겠지."

진화의 말에 현오와 남궁구, 남궁교명은 여전히 어리둥절한 얼굴들이었다.

"이번에 청룡단이 가져온 역천비록. 일부이기는 하지만

광마제의 것이었어."

"정말?"

"잘됐네! 그게 광마제의 것이라면 너도……!"

진화의 말에 현오와 남궁구, 남궁교명이 놀라면서도 반가움을 감추지 않았다.

다만 남궁구가 말을 끝마치지 못한 것은, 의선문이 역천비록의 파훼법을 알아낸다고는 하지만 그게 언제까지 가능할지, 성공할지 실패할지조차 불투명했기 때문이었다.

"그래서다. 그 여자가 내게 접근하는 한, 광마제도 내게서 숨지 못할 테니까!"

숨바꼭질을 할 때, 숨어 있는 친구를 발견한 술래의 얼굴이 이러할까.

진화가 해사하게 웃어 보였다.

현오와 남궁구, 남궁교명의 얼굴도 딱 술래에게 잡힌 듯 떨떠름한 표정으로 변했다.

진화가 남궁진휘의 부름에 밖으로 나가고.

현오와 남궁구, 남궁교명이 더욱 말이 없어졌다.

"……자네들은 왜 아무 말이 없나? 저 시주의 말이 이해가 되나? 역천비록 파훼법이 나올 때까지 광마제의 신변을 잡고 있겠다니! 저치가 제정신인가? 광마제에게 죽을 뻔한 사람 맞아?"

현오는 연신 염주를 돌렸다.

속으로 진화에 대한 욕지거리를 하고 있는 것이 분명했다.

"우리는 애초에 너희가 제물 양육실에서 저를 키워 준 애들을 어떻게 했다 어쨌다 할 때부터 이해하길 포기했어. 흐흐흐흐, 어쨌든 생각은 재밌잖아? 귀천성 마제의 목줄을 잡고 있겠다니, 아슬아슬해서 완전 아찔해. 흐흐흐!"

남궁구의 입에서 실실 웃음이 새어 나왔다.

현오는 이제 와서 남궁구가 진화에게 꼭 붙어 있는 이유를 떠올렸다.

"……."

남궁교명은 끝까지 아무 말도 하지 않았다.

광룡귀면대의 습격으로 생각보다 많은 청룡단원들이 죽었다.

하지만 남은 광룡귀면대를 전멸시키고 광마제의 역천비록 일부를 무사히 회수했다는 데에서, 정의맹의 분위기는 그다지 나쁘지 않았다.

다소의 희생은 있었으나, 귀천성의 부활이 확실시된 이후 연이은 승리였기 때문이다.

"위령제는 어찌 되었는가?"

"소림에서 준비하고 있습니다."

"전쟁은 이제 시작인데 이런 식으로 가다간 숭산에 위령비가 빼곡하겠군."

제갈가주의 말에 남궁진휘는 그저 씁쓸하게 웃으며 말을 아꼈다.

모두에게 알려졌듯 정의맹이 승리했고 무사들의 희생도 크지 않았다. 제갈가주도 그것을 모르지 않았다.

다만 제갈가주는 당장 해야 할 일이 산재한데, 죽은 무사들의 장례에 아까운 연맹회의 시간을 쓴다는 사실이 불만인 것이었다.

제갈가주의 인정머리를 논하기 전에 효율성의 문제였다.

오늘 연맹회의만 해도 귀천성의 움직임을 파악하는 데에 주력해야 할 군사부에서 위령제 준비까지 챙기느라 시간을 허비했으니.

총군사인 제갈가주가 답답해하는 것도 당연한 일이었다.

귀천성과의 전쟁을 위해 제갈가주가 얼마나 많은 일을 희생하고 물렸는지 아는 남궁진휘는 그의 마음을 십분 이해했다.

결국 총연맹회의에 앞서 제갈가주가 칼을 빼 들었다.

"앞으로 죽은 무사들의 대우나 장례 문제, 위령비에 대해서는 소림에서 주관하도록 하겠습니다."

소림에는 무승도 있었지만, 종교적인 수행만 하는 승려들도 있었다.

제갈가주의 말은 그 승려들에게 장례에 관한 것을 일임하겠다는 말이었다.

"싸우다 죽은 영웅들의 희생을 기리는 데에 너무 박한 것이 아니오?"

"그들 모두 누군가의 가족이고, 형제요! 강호의 정리가 어찌 그리 야박할 수 있단 말이오!"

"무사들의 목숨을 쓰고 버릴 심산이오!"

많은 문파의 장문인과 그 대리인 들이 즉각 반발하고 나섰다.

지난 공산 전투에서 희생이 컸던 문파와 이번에 희생된 청룡단원들이 소속된 문파였다.

하지만 희생이라면 혼현마제에게 본가가 쑥대밭이 되었던 제갈세가도 만만치 않았다.

"죽은 이들이 안타깝지 않다는 것이 아닙니다."

"제갈세가는 위령비를 세웠지 않소!"

"본 세가는 자체적으로 장례를 주관했습니다."

"그, 그건⋯⋯!"

장례를 어디서 주관하는가가 중요한 이유는, 망자의 명예와 산 자의 이권이 모두 연관되었기 때문이다.

명성과 명예를 목숨처럼 여기는 정도 무림인들에게, 정의맹의 위령비에 이름을 올린다는 것은 죽어서 그 이름이 무림의 영웅으로 인정받는다는 의미였다. 죽은 제자가 무림 영웅이 된다는 건 남은 가족과 문파에도 명예로운 일이었다.

하지만 장례를 진행하고 위령비를 건립하는 데에는 많은 돈과 사람, 시간이 필요했다.

제갈가주가 문제 삼는 것은 이것 때문이었다.

제갈가주는 그동안 정파무림이 보이는 것에 얽매여 너무 많은 시간을 낭비했다고 생각했다.

"모든 비용은 앞으로도 정의맹에서 감당할 것입니다. 또한 영웅록을 만들어 무림 영웅들의 희생을 오랫동안 기리도록 하겠습니다."

"허! 그럴 것을 왜 굳이……."

영웅록을 만든다는 말에 사람들의 반발이 줄었다.

"가장 중요한 것은 시간이기 때문입니다. 죽은 목숨이 안타깝지 않은 사람이 누가 있겠습니까. 다만 전쟁은 다시 시작되었습니다. 이제 겨우 시작입니다. 앞으로 얼마의 희생이 더 따를지 모르는데, 정의맹을 이끄는 연맹회의의 시간만은 앞으로 안타까운 희생을 줄이는 데에 써야 마땅하지 않겠습니까?"

남궁진휘까지 나서자 조금씩 새어 나오던 불평까지 조용해졌다.

남궁세가는 평소에 세가 무사들을 아끼기로 유명했는데, 이번에 희생된 청룡단원 중에는 남궁세가의 무사들도 꽤 많았다.

그런데 그런 남궁세가에서 살아 있는 이들에게 시간을 쓰자고 말을 하니, 달리 반박할 말이 없었던 것이다.

"부군사의 말이 옳습니다. 아직 살아 있는 많은 무인들, 제자들이 여기 있는 우리를 따르고 있습니다. 가슴은 아프지만 슬픔을 인내하고, 우리는 살아 있는 제자들을 위해 움직입시다."

사람들이 조용해진 틈을 타서 제갈가주가 이 일에 대한 마침표를 찍었다.

그리고 더 이상 다른 소리가 나오지 않도록 쐐기를 박았다.

"역천마제와 혼현마제, 검마제와 권마제, 광마제까지. 독마제와 혈마제는 행방은 고사하고 생사도 오리무중이나, 다섯 마제들은 신 제국에 합류한 사실을 확인했습니다. 관직까지 받았다는 첩보입니다."

"허어! 그자들이 조정에까지 관여한다는 말입니까!"

"혹, 군을 움직이려는 겁니까?"

제갈가주의 말에 사람들이 술렁거렸다.

그들 모두 한 문파나 세가를 이끄는 사람들로, 저마다 생각은 다르겠지만 조정 출사가 뭘 의미하는지는 알고 있었다.

"신 제국의 조정에 대거 인사이동이 있었습니다. 조정 전체가 나서서 내정을 살피고 영토를 점검하고 있습니다."

폭풍이 지나기 전엔 바다가 잔잔한 법이었다.

이 자리에 그걸 모르는 사람은 없었다.

"다들 예상하시는 대로, 신 제국이 전쟁을 준비하는 것입니다. 그 뒤에 귀천성 마제들이 있다는 것은 불 보듯 뻔한 일이지요. 앞으로 전쟁이 이전보다 훨씬 더 크게, 수천수만 관군들까지 얽혀 진행될 듯합니다."

"흐음."

제갈가주의 말에 곳곳에서 신음과 같은 탄성이 흘러나왔다.

"군사부가 준비한 대책은 무엇이오?"

"다행한 일은 귀천성과 달리 우리는 꾸준히 이 전쟁을 준비해 왔다는 겁니다."

"호오, 그렇다면?"

"이미 신 제국 곳곳에 우리가 심어 둔 연락책들이 있으니, 앞으로 우리는 그들의 준비 상황을 한눈에 들여다볼 것입니다. 다만 우리가 알고 있다는 것을 눈치채지 못하도록, 여러 문파의 긴밀한 협조가 필요합니다. 당분간은 놈들의 기습 공격에 정신을 차리지 못하는 척, 격전지로만 무인들을 집중해 주십시오. 이 기회에 은밀하게 숨어 있는 귀천성 잔당을 모두 알아낼 것입니다."

"귀천성 잔당을 모두 파악하면 어찌할 것이오?"

"오랫동안 우리가 준비해 온 전력을 보여야겠지요."

"흐음."

제갈가주가 매섭게 눈을 빛내며 하는 말에, 모두가 고개를 끄덕였다.

정도 무림 수장들의 얼굴에는 하나같이 자신감이 있었다.

반장의 대반격을 이뤄 낸 천수현인 제갈길현의 후인이 만들어 낸 대계에, 정파 무림의 모든 역사와 깨달음, 돈과 사람, 시간을 쏟아 키워 낸 인재들이 있었기에.

그들은 언제든 귀천성을 향해 일거에 검을 겨눌 준비가 되어 있었다.

"전쟁이 커지는 걸 두려워하실 필요 없습니다. 예, 전쟁은 사람이 하는 것이지요. 하지만 숫자는 단지 규모일 뿐입니다. 전쟁의 승패를 좌우하는 건, 소수의 강자들이지요."

중요한 것은 사람이다.

얼마의 돈이 들든, 얼마나 오랫동안 공을 들이든.

천 년 동안 중원을 지배했다는 정파 무인 누구도 역천마제를 막아 내지 못했다.

심지어 정파 제일 고수들의 합격조차 역천마제를 죽이지 못했다.

지금도 역천마제와 팔마제를 죽일 수 있는 고수들은 보이지 않았다.

중요한 것은 그것이었다.

"우리가 적보다 더 강합니다."

혼현마제가 야릇한 미소를 흘리며 말했다.

그의 눈길이 슬쩍 신건궁을 향하자, 불안해 보이던 대소 신료들의 눈빛이 대번에 안정을 찾았다.

그들 모두 두 눈으로 그날의 신위를 보지 않았나.

손짓 한 번에 수십 명의 사람을 죽이고, 기합 소리 한 번에 전각이 무너졌다.

도무지 인간이라곤 믿을 수 없는 강자들이 그들의 편에 있었다.

혼현마제의 눈길이 신건궁을 향하자, 대소 신료들의 불만이 단번에 제압되었다.

하지만 모든 이들이 처음 보는 경악스러운 무위에 눈이 먼 것은 아니었다.

"하나 군을 움직이는 것은 다른 문제입니다. 한 제국에서 눈치채고 쳐들어올 수도 있습니다."

꼿꼿하게 자세를 바로 한 신료의 말에, 혼현마제가 조용히 혀를 찼다.

'귀찮은 인간.'

겁쟁이에 이기적인 개돼지만 모인 신 제국의 신료들 중에서도 단 한 사람.

황제의 오른팔이라 할 수 있는 재상, 복건주는 귀천성 마제들에게 겁을 먹지 않았다.

게다가 지금의 황제가 신 제국을 건립하는 데에 가장 큰 공을 세운 책사였기에, 혼현마제조차도 그를 함부로 대할 수 없었다.

어쩌면 신 제국에서 유일하게 신하다운 신하라, 현재 혼현 마제에게 가장 거슬리는 사람 중 하나였다.

'일을 시작하기 전에 저자부터 치워야겠구나.'

혼현마제는 속으로 복건주를 죽일 생각을 하면서, 겉으로 는 태연하게 복건주에게 웃어 보였다.

"허허, 그 일이라면 걱정하지 않으셔도 됩니다. 무림은 나 라와 다릅니다. 중원의 절반이 귀천성의 영역이 되었다고 하나, 그건 그 안에 있는 대부분의 문파와 세가 들이 정파와 사파에 돌아선 것뿐입니다. 귀천성도는 중원 전역에 걸쳐 있지요."

혼현마제의 말에 복건주가 기가 막힌 듯 코웃음을 쳤다.

복건주가 아무리 무림의 일을 잘 모른다곤 하지만 한때 천 하를 진동시킨 귀천성의 행보까지 모를 리 없었으니.

실제로 귀천성이 중원의 절반을 차지한 과정은 간단했다.

그곳에 있는 모든 정파 문파와 사파 문파를 죽이고, 남은 이들을 힘으로 귀천성에 굴복시킨 것이다.

복건주는 그 일을 태연하게 미화하는 혼현마제의 뻔뻔함 이 놀라울 정도였다.

"그 말을 하는 공의 의도를 모르겠소이다."

복건주는 혼현마제를 비꼬듯 그의 말을 이해하지 못한 척했다.

하지만 혼현마제는 아무렇지 않은 듯 복건주 대신 황제와 조정의 대소 신료들을 향해 말했다.

"무림인과 조정의 차이를 말하는 것입니다. 무림인들은 땅이 아니라 세를 가집니다. 문파나 세가 하나하나가 깃발을 가진 성과 같다는 말이지요. 그리고 귀천성의 깃발은, 다행히 낙양 황성에도 꽂혀 있습니다."

"그게 무슨? 설마……!"

혼현마제의 말에 복건주의 눈이 찢어질 듯 커졌다.

황제는 물론 대소 신료들도 경악을 금치 못했다.

"혼현공, 그대의 말은 한 제국에 귀천성의 첩자가 있다는 뜻이오?"

황제가 나서 물었다.

한 제국에 현 황제가 등극하면서 한 제국 조정에 있는 모든 신 제국 첩자들이 죽임을 당했다.

남은 첩자들도 숨을 죽이고 조심하는 터라, 정보를 빼 오는 것이 여의치 않은 상황이었다.

그런데 다른 곳도 아닌 황성에 첩자라니!

"첩자가 아니라 본성의 수하입니다. 그가 한 제국 황성에 세를 만들고, 성주님을 기다리고 있지요."

"허어! 결국 그 말이 그 말이 아니오!"

황제의 인내심이 다했다.

"그자에게서 한 제국 황실의 소식을 알 수 있는 것이오?"

"그뿐이겠습니까. 잠시 신 제국 군사들의 움직임을 가릴 정도는 될 것입니다."

혼현마제의 확답에 복건주는 물론 대소 신료들이 모두 놀라움을 금치 못했다.

그 가운데 황제가 크게 웃음을 터뜨렸다.

"하하하하하! 그러면 되었소. 그대들은 실로 이 신 제국의 은인들이로다!"

황제의 말에 복건주는 물론 몇몇 이들이 불편한 듯 얼굴을 굳혔다.

하지만 어쩌겠는가.

혼현마제가 가진 것은 그만큼 신 제국에 간절한 패였으니.

"대단하오. 그 바늘 심도 들어가지 않은 한 황제의 조정에 틈을 만들어 내다니."

황제가 진지하게 감탄하며 혼현마제를 칭찬했다.

여태까지도 그들을 향한 경계심이 남아 있던 황제의 눈에, 지금은 호의만이 가득했다.

"폐하, 누구나, 어느 곳에나 틈은 있습니다. 중요한 것은 그 틈을 누가 어떻게 파고드는가, 그것이 아니겠습니까? 한 제국은 당분간 신 제국의 움직임을 알지 못할 것입니다."

"좋소! 혼현 공만 믿겠소!"

혼현마제의 자신감에 황제가 크게 호응했다.

이 일로 혼현마제는 신 제국 황제의 신임을 온전히 얻은 모양새였다.

복건주와 몇몇 신하들은 그 모습을 보며 불안감을 느꼈다.

청룡단에 생긴 많은 결원은 금방 해결되었다.

정의무학관 관도생들이 다시 졸업을 맞았기 때문이다.

이전보다 많은 졸업생들이 정의맹 무단에 소속되었고, 청룡단에서 가장 많은 인재를 받아들였다.

그러나 문제는 경험 많은 무인들의 역할을 이제 갓 졸업한 관도생들이 온전히 대신할 순 없다는 것이었다.

"청룡단은 당분간 외부 임무보다 정의맹에서 훈련을 하는 데에 집중한다는군. 그들의 빈자리는 우리 적호단이 외부 임무에 나서며 메꾸기로 했다."

적호단주의 말에 부단주 남궁진혜와 적호단의 조장들이 고개를 끄덕였다.

사실 남궁진혜와 적호단 조장들은 이번 정의맹의 결정을 크게 반겼다.

"좋은데?"

"매번 정의맹에 갇혀 있는 것도 지겨웠는데, 이제 귀천성 놈들 피 맛 좀 보러 나가는가?"

"흐흐흐, 피 맛은 개뿔! 술맛을 보려는 거겠지!"

"망할! 이놈의 양청현은 소림 때문에 망했어. 술이라곤 백주밖에 없으니."

"푸하하하! 네놈이 그럴 줄 알았다!"

적호단 조장들이 농담을 나누며 화기애애한 분위기 속에 오직 한 사람, 적호단주의 표정만은 좋지 못했다.

"진화야, 내 동생이랑 같이 중원 유람이라니! 지옥에 간다고 해도 남궁진휘가 부러워 죽을 거다!"

"하하, 누님, 저도 좋습니다."

남궁진혜가 진화를 끌어안고, 안긴 진화는 얌전히 고개를 끄덕였다.

다 큰 동생을 끌어안는 모습에 얼굴을 찌푸리는 사람은 적호단주뿐이었다.

"동의생, 아니, 너희 은의생 놈들은 계속 적호단 소속이다. 그래도 사정 봐준다고 너희 기수에서 가장 우수한 놈들만 붙여 준다 하더니, 결국 네놈들이랑 몇 놈 더해서 홍의십–수 어쩌고 하던 놈들이더군."

"아……."

진화의 기수들은 황금 기수로 유명했다.

특히 지난 홍의생 때 귀천성의 기습을 물리치는 데 공을 세운 열 명의 후기지수, 홍의십수는 해를 바꿔서도 여전히 은의십수로 불리고 있었다.

"첫 임무는 바로 신양이다."

"신양요?"

"……남궁세가, 남궁금영이 놈들에게 다시 납치당할 뻔했다."

탕--!

"어떤 새끼들이 남궁을 건드려!"

남궁세가라는 말에 사람들의 눈이 일제히 남궁진혜와 진화를 향했다.

역시나 남궁진혜는 탁자를 내리치며 곧바로 분노를 표했다.

'놈들이다!'

진화는 숨을 죽이고 적호단주의 다음 말을 기다렸다.

"일전에 얻은 장부와 함께, 정의맹에서는 권마제의 제물을 노린 귀천성 놈들의 짓이라고 추측하고 있다."

"그렇다면 또다시 남궁금영을 노리겠군요."

"그래서다. 이번 적호단의 임무는 남궁금영을 지키고 남궁세가 본가까지 호위하는 것이다."

적호단의 임무.

진화는 억지를 부리지 않아도 참여할 수 있다는 데에 만족했다.

"미친-! 집에 간다고?"

남궁진혜는 생각이 조금 다른 듯했다.

남궁진혜의 평소 행실을 생각해 보면 이해가 되는 반응이기도 했다.

그때, 적호단주가 남궁진혜와 진화를 향해 눈을 부릅떴다.

"어이, 남궁세가 내놓은 자식이랑 남궁 꽃용이, 너네 둘은 물론이고, 꽃용이 포함 너희 기수 은의씨−입수들까지! 하− 아, 사고 치면 알아서들 해라."

적호단주가 깊은 한숨과 함께 남궁진혜와 진화를 향해 경고를 날렸다.

물론 책임자로서 충분히 할 수 있는 경고였지만, 진화는 왠지 억울한 기분이었다.

"지도 평가의 망나니라 불리는 주제에⋯⋯."

한쪽에서 남궁진혜가 입술을 내밀고 구시렁거렸다.

"남궁진혜, 뭐라고 그랬어!"

"아무것도 아니에요!"

"아니긴, 개뿔!"

남궁진혜와 적호단주가 투덕거리는 와중에, 진화의 입가에 조용히 미소가 퍼졌다.

'남궁금영이라니⋯⋯ 권마제일까, 아니면 광마제일까.'

떨칠 진振 불 화火 : 아정분타불륜

"소공자님!"

누군가 진화를 향해 크게 손을 흔들었다.

적호단 무사들 속에서도 눈에 띄는 큰 키에 단단한 체격의 사내였다.

높게 하나로 묶은 머리에 시원한 웃음, 등 뒤에 맨 긴 창.

이전 생에 진화가 그토록 동경하던 귀룡창 관서겸의 모습 그대로였다.

"실로 오랜만입니다! 그간 활약은 익히 듣고 있었습니다. 이렇게 함께하게 되어서 어찌나 기쁘던지, 어젯밤에 엄청나게 일찍 잠들었습니다!"

"아, 예. 저도……."

진화는 다짜고짜 달려와 두 손을 잡는 관서겸에 당황한 기색이 역력했다.

혹시 제가 잊고 있는 동안 친분이 깊었던가.

관서겸과의 인연은 남궁세가 선발대회와 정의무학관에 있을 때 잠깐 마주친 것이 다였지만, 진화는 혹시 뭐가 더 있는지 곰곰이 생각했다.

"진정해. 공자님이 당황하시잖아. 그리고 보통 설레면 잠을 못 자는 거 아니야?"

"밤이 빨리 지나가고 오늘이 왔으면 했다는 거지!"

관서겸의 옆으로 제갈상이 끼어들었다.

백의생 시절부터 앙숙처럼 보이던 이들은 어느새 티격태격하는 모습이 자연스러워 보였다.

"소식은 들었습니다. 축하드립니다."

"고맙⋯⋯소."

진화가 친근하게 인사를 해 오는 제갈상을 의외라는 듯 보았다.

대놓고 다투는 일은 없지만 진화와 제갈세가는 여러모로 악연으로 얽혀 있었기 때문이다.

제갈소현부터 최근 왕자비에서 서인으로 유배당한 제갈지현까지.

제갈상 또한 그걸 의식한 듯 진화에게 어색한 웃음을 보였다.

하지만 그 어색함은 남궁구와 다른 일행이 오면서 사라졌다.

"어이, 제갈상판떼기, 오랜만이야?"

"남궁개, 너도 오랜만이군."

진화가 놀란 눈으로 제갈상과 남궁구를 번갈아 보았다.

서로를 악의적인 별명으로 부르는 것치고는 꽤나 친근해 보였기 때문이다.

"서로 챙겨야 할 사람이 있다 보니 그런가?"

"넌 챙긴다기보다는 부추기고 다닌다는 소문이 있더군."

"말도 안 되는 소리. 조금만 겪어 보라고. 이 몸이 대단해 보일 테니까."

"흥."

"나도 헹—이다."

남궁구와 제갈상이 서로를 향해 씨익 웃으며 손을 맞잡았다.

이후 다른 일행이 자연스럽게 관서겸, 제갈상과 인사를 나누었다.

이 중 어색한 사람은 진화 혼자뿐이었다.

진화가 유독 주변에 관심이 없었을 뿐, 사 년이 넘도록 서로 부딪히다 보면 이 정도의 친분은 이상할 것도 없었다.

마침, 적호단주의 우렁찬 목소리가 울려 퍼졌다.

"적호단! 이제 출발한다!"

신양까지는 뱃길로 가는 것이 훨씬 빨랐다.

신양의 달소항이라면 진화 일행에게 여러모로 익숙한 곳이기도 했다.

뱃길로 간다고 육로가 아예 없는 것은 아니었다.

많은 인원이 이동하다 보니 자연히 속도는 느렸고, 크고 작은 변수들이 많았다.

그중에는 전혀 예상치 못한 변수도 있었다.

"어허! 그쪽이 아니네!"

"대체 어디로 가는 거야! 거기 낭떠러지다!"

관서겸은 지독한 방향치, 길치였다.

심지어 아무 생각 없이 길을 걷다가 앞사람마저 놓칠 정도였다.

게다가 성격은 소탈한 것을 넘어서 무탈하면 다행한 것이.

"하아, 옷 좀 바로 입게. 뒤집어 입었네."

"아, 그런가?"

"이제 그 피풍의는 좀 벗게. 진흙이 엉겨 붙어서…… 아니, 대체 왜 하고 많은 곳을 두고 진흙 위에서 자는 건가?"

"하하하, 뭐 어떤가. 배에 오르기 전에 강에서 씻지, 뭐."

관서겸은 노숙을 대비해 도포나 피풍의를 입으면 입은 그대로 진창을 구르고도 터는 법이 없었다.

어디 그뿐인가.

"서겸, 제발 땅에 떨어진 건 먹지 말게!"

"흙만 좀 털어 내면 되네."

"자네는 털지도 않고 먹지 않나!"

"하아, 워낙 소문파에서 못 먹고 크다 보니 아까워서 말이
야."

"거짓말 말게! 자네 강소마을 유지의 아들이잖나!"

"하하하, 별걸 다 아는군. 에잉, 어차피 배 속에 들어가면
다 같지 않나."

관서겸은 흙 위를 몇 바퀴 구른 주먹밥도 개의치 않았다.

모래 씹히는 소리가 으그적으그적 나는 데에도 웃으면서
먹었다.

"서겸! 서겸!"

제갈상이 목소리를 높이자 진화 일행이 그곳을 보았다.

진화 일행은 이제 제갈상이 관서겸을 찾는 소리가 익숙해
졌다.

"아니, 대체 앞사람을 따라가라는 것이 그렇게 힘든가?"

"눈이 어디에 붙었는지 모르겠군요."

"허허허, 이래서 부처님의 안배가 공평하다는 것이네. 잘
생긴 외모에 뛰어난 무재를 주셨지만, 방향감각을 앗아 가시
지 않았나."

현오가 별일 아니라는 듯 느긋하게 웃었다.

하지만 이어지는 제갈상과 관서겸의 대화를 듣고는 더 이상 태연할 수 없었다.

"대체 어디서 뭘 싸는 건가! 자네는 도대체 수치심도 없나!"

"하하하! 고기에게 밥도 주고 좋지 않나!"

관서겸이 껄껄 웃는 모습과 함께, 현오의 시선이 방금 건져 올린 물고기로 향했다.

"어쩐지 미끼도 없이 잡히더라니. 아미타불 관세음보살. 부처님, 다음엔 그런 하찮은 것 말고 좀 더 치명적인 것을 앗아 가소서."

현오가 찝찝한 얼굴로 물고기를 강물에 던졌다.

며칠간 물고기로 잔뜩 배를 채운 현오의 표정은 찝찝하기 그지없었다.

낚싯대를 치우는 남궁교명과 당혜군은 경멸 어린 눈빛으로 관서겸을 쏘아보았다.

관서겸은 일행의 시선이 저에게 향하자 영문도 모르고 시원하게 웃어 보였다.

'저렇게 당당할 수 있는 것도 대단하네. 창왕 관서겸이 저런 자일 줄은 전혀 몰랐군.'

진화의 표정이 조금 미묘해졌다.

이전 생에 동경하는 사내의 의외의 모습에 놀랐다고 해야 할지, 실망했다고 해야 할지.

다만 확실한 것은, 관서겸과 처음으로 함께하는 임무에 살짝 설레던 마음이 잔잔하게 가라앉았다는 사실이다.

그리고 한 사람.

적호단주 팽치가 관도생들의 모습을 딱딱하게 굳은 얼굴로 보고 있었다.

"젠장, 어쩐지 제갈상 놈을 꼭 같이 데려가야 한다더니."

적호단주는 백호단주에게 단단히 속은 기분이었다.

"망할 십수 애송이들."

사실 진화 일행은 어떤 의미로 정의맹 내부에선 골치 아픈 존재들이었다.

다른 관도생들처럼 하나씩 찢어서 무단의 막내로 집어넣기에는 개개인의 무위가 특별했기 때문이다.

특히 진화는 약관도 되지 않아 경지를 넘어섰다는 평을 듣는 동시에 제국의 적통 황자였다.

무단을 이끄는 입장에서는 자신보다 강하고 어린 관도생은 부담스러울 수밖에 없었다.

진화 일행이 적호단에 몰린 이유였다.

적호단주 팽치가 정의맹 정치에 무심한 사이, 정의맹 수뇌부에서 옳다구나 진화 일행을 떠맡긴 것이다.

뒤늦게 사실을 알게 된 적호단주가 길길이 날뛰었지만 때는 이미 늦어 버렸다.

"남궁진화!"

"예."

"너희 일행도 이제 딱 열 명이니까, 너희끼리 한 조다. 네가 조장으로서 회의에 참석하고, 저놈들 챙겨라."

"예."

"다시 말하지만, 사고 치면 죽여 버릴 거다, 애송이들아!"

적호단주가 으르렁거리듯 진화를 협박했다.

적호단주는 순순히 고개를 끄덕이는 진화의 모습에 어쩐지 더 화가 나는 느낌이었다.

"단주가 이번에는 왜 저렇게 까칠하지?"

"뭐 일단 신양은 사패천의 영역이니까요."

남궁진혜가 고개를 갸웃거리며 묻는 말에, 적호단원 하나가 한숨을 쉬며 대답했다.

부단주 주제에 지금 적진(敵陣)으로 가고 있다는 것조차 모른다니.

적호단원들은 단주의 신경이 날카로워진 이유를 십분 이해했다.

배가 뭍에 닿았다.

달소항.

곳곳에 특이한 복색이나 검고 붉은 무복을 입은 이들이 꽤 눈에 띄었다.

양청현에서는 결코 보지 못했던 사파 무인들이었다.

달소항은 항구를 독점하던 흑사문이 없어지고 훨씬 자유롭고 활기차진 듯했다.

그런 달소항에 붉은 적호단 표식을 새긴 무인들이 줄줄이 내리자, 사람들의 이목이 한 번에 쏠렸다.

진화 일행이 따로 찾아왔을 때와는 확연히 다른 분위기가 느껴졌다.

사방에서 경계심과 적의 어린 눈빛이 따끔따끔 느껴지는 것이 사패천의 영역에 발을 들였다는 느낌이 화─악 풍겨 왔다.

적호단주가 말하지 않아도 적호단의 기세가 날카롭게 별러졌다.

척. 척. 척. 척.

정의맹 육 대 무단의 등장은 결코 가볍지 않았다.

시끄럽던 달소항에 침묵이 감돌고, 적호단의 발소리만 크게 울렸다.

"저 사람이 적호단주 경격권 팽치?"

"소문대로 엄청난 덩치군."

"숨이 막힐 듯한 기세야. 과연 정의맹의 사냥개들이로군."

"쉿, 들리겠어."

수군거리는 소리를 모른 척하며 진화 일행도 적호단의 마지막 조로서 그 뒤를 따랐다.

그때.

"어이! 초절정 미인—!"

우렁찬 목소리 하나가 달소항의 무거운 침묵을 뚫고 적호단에 향했다.

휙!

날카롭게 경계심이 별려져 있던 적호단의 고개가 순식간에 돌아갔다.

달소항 사람들의 시선도 한순간에 모여들었다.

우렁찬 소리의 끝에서 푸른 무복을 입은 커다란 여인과 그 일행이 손을 흔들고 있었다.

"방금 '초절정 미인' 했을 때 돌아보셨지요, 공자님? 흐흐흐, 본인도 미인인 거 알고 계셨구나?"

달소항에 있던 모든 사람들의 시선이 쏠린 가운데, 남궁금영이 아무렇지 않은 듯 진화에게 다가왔다.

눈을 찡긋하며 능글맞게 웃는 모습이, 납치 미수 사건에도 불구하고 이전보다 훨씬 씩씩해진 듯했다.

"하하하! 환영합니다, 적호단! 지금부터 청해상단에서 여러분들을 모시겠습니다!"

적호단이 청해상단의 안내를 받아 이동했다.

"대체 남궁에는 뭐가 문제인 거냐?"

다른 누구도 아닌 권마제에게 노려지고 있다는 대상이 대낮부터 항구를 활보하고 있다니.

적호단주 팽치가 오만상을 하고 남궁진혜를 쏘아보았다.

"아이고, 진혜 아가씨, 소공자님!"

청해상단의 주인 남궁범이 한걸음에 나와 남궁진혜와 진화를 맞았다.

하나밖에 없는 딸이 귀천성에 노려지고 있는 터라, 그의 안색은 이전보다 좋지 못했다.

그나마 지금 웃을 수 있는 것은 남궁금영을 보호하기 위해 적호단이 왔기 때문이었다.

"안으로 드시지요."

남궁범이 적호단주와 적호단을 처소로 안내했다.

그리고 그 광경을 저자의 모두가 지켜보고 있었다.

개중에는 눈빛을 달리 하는 이들도 있었다.

청해상단과 멀리 떨어지지 않은 곳.

이름난 객잔의 고급스러운 방에서 효서가 밖을 내다보고 있었다.

유람을 온 듯 한가로운 모습.

그녀에게 성의 소식을 전하러 온 서귀면을 쓴 사내의 눈빛이 서늘하게 빛났다.

"주군께서 단주로서 첫 임무를 실패한 것에 대해 실망스럽다 하셨습니다."

사내의 눈이 탁자에 있는 마룡삭과 쥐 모양의 가면을 향했다.

아직은 저와 같은 서귀면.

'정식 단주도 아니면서 대낮부터 술이나 처먹으면서 주군의 전갈을 받아?'

사내의 눈빛에선 효서가 탐탁지 않은 기색이 역력했다.

잠시 대답 없이 밖을 보고 있던 효서가 입꼬리를 말아 올렸다.

기다리던 소식이 그녀의 귀에 들렸기 때문이다.

"봐. 남궁진화가 왔다는군."

효서가 사내를 비웃는 듯 창밖을 가리켰다.

저자에는 온통 적호단에 관한 이야기로 떠들썩했다.

"네가 다시 가서 전해. 이 효서의 첫 임무는 아직 실패하지 않았다고."

"……."

효서의 명령에 서귀면을 쓴 사내가 이를 악물었다.

효서가 그런 사내를 향해 눈을 놀렸다.

"뭐 해?"

"……그렇게 전하겠습니다."

사내의 목소리에서 불만이 느껴질수록 효서의 입가에 걸린 미소도 짙어졌다.

"내가 아직도 제 놈과 같은 줄 아나? 주제 파악이 느리니 평생 제자리지."

효서가 뒤돌아 나가는 사내를 비웃었다.

문을 나가던 사내가 잠시 멈칫했으나, 다시 돌아보는 일은 없었다.

잠시 후, 원숭이 귀면을 쓴 작은 체구의 사내가 들어왔다.

"단주님, 남궁진화가 이번에도 남궁금영의 처소에서 묵는다고 합니다!"

"그래?"

"남궁범이 오늘 밤 적호단을 위해 만찬을 준비할 거라고 합니다."

효서의 눈이 번쩍 뜨였다.

고요하던 검은 눈에 이채가 번뜩였다.

"후후후, 원징, 넌 앞으로도 이렇게만 하렴."

효서가 자리를 뜨며 원숭이 귀면의 사내를 칭찬했다.

휘이익――!

"빌어먹을 년. 두고 보자…… 헉!"

효서의 명에 따라 지붕을 타 넘던 사내가 뭔가에 이끌리듯 누군가의 손에 당겨졌다.

쉐엑!

서귀면을 쓴 사내가 급하게 단검을 꺼내 휘둘렀다.

하지만 단검은 애꿎은 바람만 가르고 누군가의 손에 잡혔다.

"커억!"

목을 잡은 커다란 손에 고개가 들리면서, 서귀면을 쓴 사내는 자신을 잡은 사람과 눈이 마주쳤다.

그늘진 어둠 속에서도 타는 듯 붉은 적발과 적안이 한눈에 들어왔다.

"말해 봐, 광마제의 짐승들이 왜 내 제물을 찜쩍였는지!"

"……!"

권마제 태금호의 물음에 서귀면을 쓴 사내의 눈빛이 급격하게 흔들렸다.

서귀면을 쓴 사내의 눈이 재빨리 태금호와 효서가 있던 곳을 번갈아 왔다 갔다 했다.

계산이 끝나자, 사내가 힘겹게 입을 열었다.

"단주가…… 주군의 제물을 끌어들이기 위한 미끼로…… 크읏!"

"허, 팔현성끼리도 서로의 제물은 건드리지 않는 것이 철칙인데, 광마제의 짐승 따위가 그런 시건방진 짓을 해?"

권마제의 눈에 불길을 화르륵 솟아올랐다.

그리고 서귀면을 쓴 사내의 목을 던지듯 놓았다.

"커헉! 컥!"

권마제의 살기를 정면에서 받은 사내는 순간 숨이 멎는 듯했다.

억지로 숨을 토하듯 기침을 하는 사내의 위로, 권마제의 목소리가 서늘하게 꽂혔다.

"광마제에게 전해. 목줄 간수 똑바로 하지 않으면 곤란한 꼴을 당할 거라고."

경고를 남긴 권마제가 순식간에 사라졌다.

그리고 혼자 남아 숨을 고르고 있던 서귀면을 쓴 사내의 입꼬리가 슬며시 호선을 그렸다.

"크흐흐, 효서, 이 건방진 년아. 누가 주제 파악을 해야 하는지 이제 곧 알게 되겠구나."

신양.

달소항을 포함한 신양은 사패천이 존재하기 전부터 신양초가라는 걸출한 사파 명문 세가의 영역이었다.

다만 달소항은 신양의 끄트머리에서 오랜 시간 남궁세가의 상단들이 진출해 있는 곳이었다.

현재 남궁세가의 위세가 날로 번창함에 따라, 청해상단은 달소항 저자 한복판에 본부를 둘 만큼 위상이 높아져 있었다.

하지만 그건 청해상단이 상단(商團)이기 때문에 가능한 일이었다.

신양초가는 정사 연합을 의식해서 인내하고 있었고, 남궁세가 또한 청해상단에 별도의 무단을 두지 않았다.

양측이 전면전을 피하면서 아슬아슬한 균형점을 찾은 것이다.

그런데 갑자기 정의맹 적호단이 신양 땅에 들어왔다.

정의맹이 자랑하는 정예 무단이 신양초가의 영역에 발을 들인 것이다.

잔잔한 연못에 돌이 던져진 듯, 수면 위에 일어난 파장이 연못 전체로 퍼져 나갔다.

청해상단 본부 주변으로 사파 무인으로 보이는 이들이 하나둘 늘었다.

청해상단 주변으로 긴장감이 맴돌았다.

하지만 정작 청해상단 단주인 남궁범은 근래에 가장 기분 좋은 얼굴을 하고 있었다.

"와하하하! 음식은 많이 있으니 얼마든지 드십시오! 오늘 청해상단의 창고를 몽땅 털어도 좋습니다!"

"와아, 음식이 때깔부터 다른데요. 이럴 때 죽엽청이나 오야홍주가 있으면 진짜 더 바랄 것도 없겠는데……."

"……."

"아, 하하하. 당연히 마시면 안 되겠지만요."

술이라는 말에 남궁범이 정색하고 쳐다보자, 말을 꺼냈던 적호단원이 급히 말을 바꿨다.

씨익.

남궁범이 눈은 웃지 않는 채로 입꼬리만 끌어 올렸다.

"모쪼록 많이 드시고 힘내셔야지요."

"아, 예, 열심히 하겠습니다!"

남궁범이 적호단원의 앞에 손수 오색동파육 한 점을 덜어 주며 잔뜩 얼어 있는 그의 어깨를 다독였다.

하나밖에 없는 여식의 목숨 앞에, 술을 사랑하는 호인 남궁범은 죽고 농담을 모르는 정색 남궁범만 남아 있었다.

'망했네.'

적호단원은 남궁범의 뒤에서 저를 노려보고 있는 적호단주의 시선에 더 이상 식사를 이어 가지 못했다.

불편한 분위기의 중앙과 달리, 진화와 관도생들은 남궁금영과 즐거운 만찬을 즐기고 있었다.

일전에 친분을 쌓은 터라 두 번째 만남은 이전보다 훨씬 편안한 분위기였다.

"금영 소저, 그 일은 어찌 된 것입니까?"

남궁구가 궁금함을 참지 못하고 자세한 사정을 물었다.

안 그래도 모두 궁금해하던 참이라 관도생들의 시선이 남궁금영에게 모였다.

식탁에 있던 모든 시선이 제게로 모이자 남궁금영이 민망한 듯 볼을 붉혔다.

"아. 산에 수련을 갔다가 습격을 받았습니다."

"산에서 수련하는데 습격을 받아요?"

"음, 평소 소저의 수련 일정을 알고 있었던 겁니까?"

"하하, 제가 거기서 수련하는 건 알 만한 사람들은 다 아는 터라 비밀일 것도 없습니다."

"대체 어떤 자들이었습니까?"

"글쎄요. 검은 복면을 하고 있어서 정체는 밝히지 못했습니다. 사실 뒤도 안 보고 내달리느라 자세히 보지도 못했습니다. 부끄럽네요. 하하하하!"

남궁금영이 얼굴을 붉히며 어색하게 웃었다.

남궁금영의 눈빛이 갈피를 잡지 못하고 흔들렸다.

그녀는 적을 두고 도망친 자신의 행동을 부끄러워하다 못해 자책하고 있는 듯했다.

그 모습을 보며 조용히 있던 진화가 남궁금영과 눈을 맞추고 말했다.

"부끄러운 일이 아닙니다."

"예?"

진화의 눈이 남궁금영을 오롯이 응시했다.

흑요석같이 깊고 정직한 검은빛이 그녀의 속을 꿰뚫듯 파고들었다.

"압도적인 수의 적을 향해 혼자서 검을 드는 건 어리석은 짓입니다. '남궁'이라면 응당 적에게서 자신의 목숨을 지킬 수 있어야지요. 잘하신 일입니다."

"공자님……."

남궁금영의 눈이 붉게 물들었다.

그때 남궁진혜가 손으로 남궁금영의 얼굴을 쓸어내렸다.

"내 동생의 말이 맞아. 그때 지킬 건 네 목숨밖에 없었으니, 너는 그놈들에게서 이긴 것이다. 그러니까 못난 표정은 얼른 치워 버려."

"……예."

남궁진혜의 거친 쓰다듬과 함께 고개를 숙인 남궁금영이 먹먹하게 젖은 목소리로 답했다.

평소 우상처럼 여기는 남궁진혜의 말이라 남궁금영에게 큰 위로가 된 듯했다.

일행도 흐뭇한 표정으로 그 모습을 지켜보았다.

그 순간, 남궁금영을 향해 또렷하게 빛나던 진화의 눈이 조용히 가라앉았다.

'검은 복면인, 그만한 숫자가 몰려와서 남궁금영을 그냥 놓쳤다고?'

어설펐다.

수상할 정도로 어설펐다.

마치 일부러 놓아준 것처럼.

'권마제가 나섰다기엔 일 처리가 너무 어설퍼. 무엇보다 권마제가 따로 무단을…… 가만! 이전 권마제가 죽고 태금호가 권마제가 된 지 얼마 되지 않았어. 그런데 굳이 남궁금영을 노릴 이유가 있나? 조건만 맞으면 다른 제물을 구할 수도 있는데, 굳이 여자에 나이 차이도 많이 나지 않는 남궁금영을?'

진화의 눈이 남궁금영을 향했다.

진화보다 겨우 한 살 많은 나이.

태금호와 차이가 많이 나 봤자 이십여 년이랄까.

경지에 오른 무인에게 일이십 년 정도의 젊음은 그리 중요한 것이 아니었다.

'만약 권마제가 아니라면? 역시 처음의 추측대로 광마제가 나를 유인하기 위해 남궁금영을 노렸다고 보는 것이 더 타당한가.'

그때였다.

만찬장 안으로 창궁무애단원 하나가 급히 뛰어들었다.

"태금호랍니다! 장화루에 권마제 태금호가 나타났다고 합니다!"

탕─!

남궁진혜가 튀어 나가는 것을 시작으로 적호단원들이 모두 달려 나갔다.

진화와 일행도 그 뒤를 쫓았다.

척.

적호단주 팽치가 진화 일행과 함께 자리를 뜨려는 남궁금영의 앞을 막았다.

적호단의 가장 중요한 임무는 남궁금영을 지키는 것이었다.

"소저는 안 된다."

"아!"

남궁금영이 뒤늦게 굳은 얼굴로 자리에 앉고, 적호단주와 남은 적호단원들이 남궁금영 주변을 에워쌌다.

텅 빈 만찬장에 어색하게 남은 아가씨 하나와 아저씨 여럿.

갈피를 잡지 못한 시선들이 만찬장을 이리저리 헤맸다.

그러다 적호단원 하나가 눈치를 보며 조심스레 입을 열었다.

"우린 그냥 먹고 있을까요?"

적호단원이 앞에 있는 음식을 가리켰다.

사람들이 사라지면서 더 진해진 음식 냄새.

맛깔스러운 성찬이 아직 그들 앞에 남아 있었다.

게다가 남아 있는 인원들끼리 딱히 할 것도 없었다.

"······들지."

적호단주가 제일 먼저 식기를 움직였다.

창궁무애단원들과 적호단이 달리기 시작하자, 적호단의 동태를 살피고 있던 자들도 급히 움직였다.

청해상단에 있던 창궁무애단원들이 앞장서고 적호단이 그 뒤를 따르는 형국이었지만, 장화루 건물을 발견하자 경험 많은 무사들은 우회로를 찾아 돌아갔다.

황하 길목에 있는 달소항에서도 가장 높은 건물.

"비켜-!"

사람들로 가득 찬 건물 안으로 남궁진혜가 문을 박차고 들어갔다.

일 층에서 술을 즐기던 손님들은 갑자기 들어온 무사들에 화들짝 놀랐다.

"권마제가 목격되었다는 소식이 있었소. 위험할 수 있으니 손님들 내보내시오. 오늘 술값은 정의맹에서 내지."

남궁진혜가 남아 있는 손님들을 보며 장화루 책임자를 향해 말했다.

보통은 이런 보상도 없는 일이 일쑤였기에, 장화루 책임자는 울면 겨자 먹기로 손님들을 내보냈다.

그사이 적호단원들은 오 층까지 이어진 건물을 수색하기 위해 계단을 올랐다.

"어엇, 도련님, 기다려!"

"공자님!"

"진화 시주, 같이 가세!"

진화가 빠르게 계단을 오르자, 남궁구와 일행이 당황하며 그 뒤를 따랐다.

'삼 층부터.'

날카롭게 별러진 진화의 기감이 강한 기운을 뿜고 있는 존재들을 찾았다.

하나가 아닌 여럿이었다.

챙——!

"적이다!"

숙박 손님들이 머물고 있는 삼 층부터 소란스러운 소리들이 들려왔다.

"도련님, 어디로 가는 건데?"

남궁구가 급히 쫓아오며 물었다.

그도 그럴 것이 진화는 전투가 벌어진 삼 층은 신경도 쓰지 않고 위를 향하고 있었다.

강한 기운을 뿜어내고 있는 무인들.

그리고 그 속에서 기운을 숨긴 존재.

"이 난장판 속에 혼자 느긋하다면, 기운을 갈무리한 고수일 가능성이 크지."

"그쪽이 진짜구나!"

진화의 말에 남궁구와 일행이 반색했다.

"몇 층인가?"

"오 층 제일 끝 방."

"가자!"

혹시 권마제와 마주칠 수도 있었지만, 진화의 등을 따르는 관도생들의 얼굴엔 두려운 기색이나 망설이니 기색 따윈 없었다.

쉐에에엑―!

새하얀 호선을 그리며 날아드는 단검을 보며 진화가 검을 세웠다.

채―앵!

짧게 부딪히는 소리와 함께 시야가 가린 사이, 방 안쪽에서 다른 쪽으로 빠르게 이동하는 기척이 느껴졌다.

진화는 지체 없이 복도 쪽 나무 벽을 뇌기를 실어 내리쳤다.

파파파파팟――――!

푸른 뇌전이 번뜩이며 안에 있는 나무 벽을 터뜨리듯 앞으로 나아갔다.

쪼개진 벽 안으로 안이 훤하게 연결된 방과 그 안에서 움직이는 검은 인영들이 드러났다.

"팽수, 팽신, 현오가 왼쪽! 나하연, 당혜군, 제갈상, 관서겸이 오른쪽! 구, 교명 위쪽이다!"

"예!"

진화의 명에 따라 일행이 재빨리 흩어졌다.

퍼—억!

팽수와 팽신이 벽을 부수고 안으로 들어가자, 기다리고 있던 검은 복면인들이 그들을 덮쳤다.

그때.

퍽! 퍽! 퍽! 퍽!

팽수와 팽신의 뒤에서 날아든 무언가가 검은 복면인들의 이마에 박혀 들었다.

"나무아미타불 관세음보살!"

현오가 목에 걸린 염주를 뜯어 탄지공을 쏘아 보내니, 염주 알이 검은 복면인들의 머리를 뚫고 나아갔다.

허연 뇌수와 새빨간 피가 분수처럼 터져 나갔다.

그것들이 뒤에 있던 검은 복면인들의 시야를 가리고, 팽수와 팽신, 현오가 그들 사이로 뛰어들었다.

"검은 옷이 눈에 익어."

팽신이 검은 복면인들을 향해 눈을 좁혔다.

어쩐지 익숙한 기도.

그때 팽수가 끼어들어 주먹을 날렸다.

"상관하지 마라. 생각은 다른 사람들이 하면 된다."

팽수의 말에 팽신이 고개를 끄덕였다.

형제는 한 번에 두 가지 이상을 생각하고 움직이는 사람들이 아니었다.

대신 한 가지 생각으로 머릿속을 가득 채울 수는 있었다.

"가자!"

퍽. 퍽.

수십 가지의 투로를 따라 어마어마한 힘이 실린 다리가 곧게 뻗어 갔다.

퍼—억!

부딪히는 순간 뼈가 부서지는 소리가 몸을 통해 들려왔다.

하지만 팽수의 철혈사십팔퇴는 사방에서 밀려오는 복면인들의 공격을 막아 내는 방벽이었다.

진짜 공격은 팽신의 주먹에서 나왔다.

뻐—억!

호선을 그리는 주먹이 복면인의 가슴을 내리치자, 그곳이 가슴뼈와 함께 움푹 함몰되었다.

퍽! 퍽!

파갑추는 팔이 움직이는 가동 범위를 최대한 줄이면서도 짧게 움직이는 투로를 가졌다.

하지만 팽가 특유의 강철같이 단단한 근육과 두부처럼 유연한 움직임이 단순한 투로에 힘과 속도를 실었으니.

"크아아앗――!"

파갑추에 내공을 더한 혼원권이 연결되자, 십여 명의 복면인이 그대로 튕겨나듯 밀려났다.

그들 사이로, 밤하늘의 낙성처럼 어둠을 뚫고 염주 알이 날아들었다.

"부디 극락왕생하시게!"

현오가 남은 염주 알을 새며 살아 있는 복면인들을 향해 합장했다.

우수수수――.

천장에서 흙먼지가 떨어졌다.

뒤이어 하나둘 시체와 함께 핏방울도 떨어져 현오의 관도복에 묻었다.

"이런, 요즘 피는 곤란한데."

현오가 천장을 보자, 남궁구와 남궁교명이 어지럽게 나무 기둥이 얽혀 있는 천장을 바람처럼 헤집고 있었다.

남궁구가 갑자기 불어닥치는 돌풍이라면, 남궁교명은 살을 에는 듯 매섭게 부는 고추바람이었다.

남궁교명의 대연십구식이 사납게 휘몰아친 자리에, 반드시 남궁구의 천풍검법이 급소를 베고 지났다.

콰광광―――――쾅!

반대쪽과 제일 끝 방이 있는 쪽에서도 꿍음이 들려왔다.

벌어진 벽 틈으로 번쩍이는 불빛이 들어오는 것이, 진화의 번개가 내리치고 있는 모양이었다.

현오는 그쪽을 향해서도 조용히 합장을 했다.

조용히 숨을 죽인 인기척.

진화의 검이 그쪽을 향해 번개를 뿜었다.

파파파팟———!

천뢰제왕검법 낙수(落壽)가 커다란 나무 기둥 뒤쪽에 내리꽂혔다.

파팟——!

나무가 부서지며 파편이 튀었다.

검은 그림자들도 같이 튀어나왔다.

"원귀면. 역시 네놈들이었나."

역시 저를 유인하기 위한 광마제의 수작이었던가.

진화가 쥐, 원숭이, 개, 황소까지 골고루 섞인 원귀면들을 보며 싸늘하게 웃었다.

진화의 눈이 서귀면을 쓴 날렵한 체구의 인영을 향했다.

파지지직—!

진화의 눈에 푸른 불꽃이 튀는가 싶은 순간.

진화의 신형이 순식간에 몇 개로 나뉜 듯 원귀면들의 앞에 모습을 드러냈다.

챙! 챙챙――!

인간이 낼 수 있는 속도를 아득히 초월한 움직임은 마치 진화가 여럿의 분신으로 나누어진 듯 원귀면들을 상대했다.

쉐에에엑―!

파파팟―!

진화의 검이 우귀면을 쓴 사내의 가슴을 베고, 구귀면과 원귀면의 목을 꿰뚫었다.

동시에 그의 왼쪽 팔꿈치가 서귀면의 얼굴을 부쉈다.

퍼―억!

"너…… 효서가 아니구나!"

진화의 눈이 서늘하게 가라앉는 것과 동시에, 푸른빛이 서귀면을 쓰고 있던 여인의 얼굴을 갈랐다.

붉은 선이 그려지며 서귀면과 함께 여인의 윗머리가 바닥에 떨어졌다.

'도망친 건가.'

진화의 눈이 매섭게 훤히 열린 창밖을 향했다.

푸욱―!

진화가 바닥에서 숨을 색색 몰아쉬던 우귀면의 심장에 검을 박아 넣었다.

시끄럽던 숨소리가 없어지자 창문 밖에 숨어 있는 기척이 느껴졌다.

스스슷―.

움직임이 느껴지자마자 진화도 함께 움직였다.

그런데 그때.

"지금 해 보자는 거야--!"

분노한 남궁진혜의 목소리가 크게 울렸다.

창밖으로 향하려던 진화는 지체 없이 몸을 돌려 남궁진혜를 향했다.

계단 바로 아래.

남궁진혜와 적호단이 검붉은 무복의 사람들과 대치 중이었다.

"뭐야, 사패천 아냐?"

남궁구의 목소리와 함께, 진화의 시선이 남궁진혜의 앞에 선 중년인을 향했다.

퍼---억!

좁은 통로에서의 전투는 인원수보다는 개개인의 실력이 중요했다.

하지만 계단의 위에서 내리누르는 것이 아래에서 올라가는 것보다 힘을 쓰기 좋은 것도 사실.

다만 적호단에는 남궁진혜가 있었다.

푸른 진기를 피워 올리며 복면인들의 검을 밀어 올리자,

위에서 내리누르던 이들도 처음에는 주춤하던 것이 순식간
에 한 층 밀려 올라갔다.

채—앵!

남궁진혜가 복면인들의 검을 밀어내며 소리쳤다.

"흩어져라!"

"충!"

"야아아압——!"

남궁진혜의 뒤에 있던 적호단원들이 양쪽으로 흩어졌다.

빙– 둘러서 만나는 복도를 양쪽으로 나누어, 복면인들을
가운데로 몰아간 것이다.

일 조와 오 조 조장이 각각 앞장서서 복면인들을 베어 갔
다.

그 모습을 보던 남궁진혜의 시선은 다음 층을 향했다.

위로 갈수록 짙어지는 살기.

게다가 아까 전 진화가 순식간에 계단을 뛰어오르던 것을
생각하면 마음이 급해졌다.

사 층에는 척 봐도 더 많은 수가 계단 쪽에 우글거리고 있
었다.

하지만 고민은 길지 않았다.

"뚫는다!"

"충!"

남궁진혜의 명이 떨어지자마자, 적호단원들이 식탁 두 개

를 들고 밀어 올리기 시작했다.

뒤에 선 남궁진혜가 식탁을 뚫고 오는 검을 막아 주었다.

푹! 푹!

갈고리 같은 것이 식탁에 박혔다.

"헛!"

촤아아아ー!

남궁진혜가 급하게 갈고리에 연결된 사슬을 끊어 냈다.

하지만 적호단원들이 방패처럼 들었던 식탁은 이미 아슬아슬한 상태였다.

"내가 앞을 뚫는다! 여긴 네가 맡아!"

"부단주님!"

삼 조 조장 표공이 붙잡기 전에 남궁진혜가 적호단원들이 든 식탁을 밟았다.

탓.

남궁진혜가 새털처럼 가볍게 올라섰다.

그리고 무지막지한 기세로 검은 복면인들의 머리와 어깨를 밟기 시작했다.

퍽! 퍽!

파파파팟ー!

눈 깜짝할 사이, 천근만근 같은 힘이 실린 진각(進脚)에 밟힌 검은 복면인들이 우수수 주저앉았다.

누군가는 이미 목이 꺾였고, 누군가는 쇄골과 어깨뼈가 부서졌다.

"지금이다! 밀어 버려!"

적호단 삼 조 조장이 기회를 놓치지 않고 명령을 내렸고, 적호단은 단숨에 사 층까지 진입했다.

그리고 기세를 멈추지 않고 오 층으로 오르려는 때.

퍼———엉!

굉음과 함께 정화루 한쪽 벽이 무너졌다.

동시에 검붉은 무복을 입고 이마에 신살(迅殺)이라 적힌 띠를 두른 무사들이 쏟아지기 시작했다.

신양초가의 신살대(迅殺隊)였다.

"태금호를 찾아라─!"

"충!"

신살대는 옆 건물 옥상을 통해 사 층부터 밀고 들어와, 앞에 보이는 검은 복면들을 베기 시작했다.

그리고 순식간에 계단 앞에서 남궁진혜와 마주쳤다.

"네놈들이 여긴 웬일이지?"

남궁진혜가 신살대의 앞에 선 중년인을 경계하며 물었다.

신살대 대주 매석검(昧析劍) 초전후였다.

사파를 대표하는 검호(劍豪)로서 남궁진혜 또한 그의 위명을 익히 알고 있었다.

"여긴 신양초가의 영역이다. 적호단이야말로 이만 물러서

라. 이건 분명히 정사 협정을 위반한 일이다."

신살대주가 매서운 눈으로 남궁진혜를 노려보았다.

위험한 살기가 남궁진혜를 향했다.

하지만 고작 그 정도로 남궁진혜의 기운을 누를 수 있다고 생각했다면 오산이었다.

"협정은 지랄! 우리가 너흴 공격한 것도 아니잖아!"

"사전에 고지하지 않은 영역 침범이지. 이곳에서 태금호를 목격했다는 정보가 들어왔다. 방해하지 말고 떠나라."

"그쪽이야말로 이미 방해다! 우리가 다 잡은 먹이라고!"

신살대주가 풍기는 살기에 맞서며 남궁진혜가 사나운 얼굴로 투기를 발산했다.

한 치도 밀리지 않는 기세 싸움.

'남궁세가의 어린 계집이 벌써 이 정도라고?'

파랗게 피어오르는 아지랑이를 보며 신살대주는 내심 크게 놀랐지만 내색하지 않았다.

오히려 기세를 가다듬고 남궁진혜를 향해 검을 겨누었다.

"더 이상 본가의 행사를 방해한다면 베겠다. 정사 협정이고 나발이고, 먼저 선을 넘은 건 너희니까!"

신살대주가 눈빛을 번뜩이며 남궁진혜와 적호단을 향해 살기를 뿜었다.

기세 싸움 따위가 아닌, 이번엔 진심으로 죽이겠다는 의지가 역력했다.

살갗이 따끔할 정도로 사나운 살기에 남궁진혜의 분노를 터뜨렸다.

"씨발, 선을 넘은 게 누군데? 지금 해보자는 거야--!"

남궁진혜의 투기가 불이 붙은 듯 활활 타올랐다.

적호단도 신살대를 향해 일제히 검을 겨누었다.

그때, 신살대 대원들을 가르고 낭창낭창한 목소리가 들려왔다.

"남궁세가의 여식이 앞뒤를 모르고 들소처럼 날뛴다더니, 소문이 그르지 않군요."

타는 듯 붉은 비단옷을 입은 여인이 남궁진혜를 향해 독설을 날리며 나타났다.

"......"

순간, 검을 든 사내들의 숨소리가 멎은 듯했다.

흑단같이 검고 긴 생머리에 새하얀 얼굴.

안계가 트이듯 어떤 화려한 옷보다 여인의 얼굴이 먼저 눈에 들어왔다.

짙은 호선 아래 비단잉어의 꼬리처럼 올라간 눈꼬리가 요염하게 눈웃음을 치고, 봉긋 솟은 코끝이 애교스럽게 찡긋거렸다.

깊은 인중 아래 새빨간 입술과 그 옆에 찍힌 작은 방점 하나는 어떤 독설을 퍼부어도 달콤할 것만 같았으니.

처음 본 얼굴이었지만 모두가 여인의 정체를 알 것 같았다.

바로 사파제일미, 신양초가의 붉은 연. 홍련(紅蓮) 초서비가 분명했다.

"아무리 정의맹의 사냥개들이라지만, 정파인들이니 협정의 지엄함 정도는 알고 있겠죠? 본가에서 정의맹으로 항의 서한을 보냈습니다. 그러니 이만 물러서세요."

초서비가 신살대주를 물리고 남궁진혜를 향해 말했다.

남궁진혜를 아래위로 훑어보며 의기양양 짓는 미소에는 비웃음이 가득했다.

"남궁의 영애라더니, 천둥벌거숭이가 따로 없군."

초서비가 다 들리도록 하는 혼잣말에, 남궁진혜는 어처구니가 없었다.

"허어!"

역시, 미친년인가.

한주먹거리도 안 되는 년이 나서긴 어딜 나서.

역시 사파 년이라 그런지 곱게 생겼어도 싸가지가 없구나.

……선빵 날릴까.

순식간에 수많은 고민들이 이어지며, 초서비를 보던 남궁진혜의 주먹이 일렁거렸다.

그 순간.

"물러서야 할 쪽은 그쪽이다. 확실히 사파의 무지렁이들이라 그런지, 나이가 많든 적든 예와 도를 모르는 듯하군."

남궁진혜가 속으로 하던 독설들이 정파인답게 순화되어 날아들었다.

옥구슬처럼 귀를 감싸는 낭랑한 목소리에 남궁진혜가 반색하며 위를 보자, 진화가 천천히 계단을 내려오고 있었다.

"태금호는 없다."

"……."

진화의 말에 누구도 답하는 이가 없었다.

숨이 막힐 듯한 침묵이 흘렀다.

꿀꺽.

신살대 무사들의 검 끝이 흔들리며 누군가의 침 삼키는 소리에 침묵이 깨졌다.

신살대주마저도 넋을 놓고 있다가 겨우 정신을 차렸다.

초서비가 분한 얼굴로 앞을 바라보자, 남궁진혜와 적호단이 여유롭게 미소까지 짓고 그들을 보고 있었다.

남궁진혜와 적호단은 마치 전투에서 이긴 양 의기양양했다.

청해상단 본부.

적호단주와 신살대주가 마주 앉았다.

적호단주의 옆으로는 남궁범과 진화, 남궁진혜가 함께했

고, 신살대주의 옆으로는 초서비와 젊은 사내 하나가 앉았다.

남자답게 굵직한 이목구비에 단단한 체격, 과묵하게 다문 입이 가볍지 않은 성격을 말해 주는 듯했다.

진화의 눈길을 끈 것은 용미처럼 솟은 눈썹 아래 잘 갈무리된 눈빛이었다.

'신양초가에 저런 자가 있었나?'

기운을 갈무리한 것부터 생각을 전혀 드러내지 않는 눈빛은 마치 남궁진휘를 연상케 하는 것이, 진화의 시선이 집요하게 사내를 살폈다.

그런 동안, 양측 사이에는 싸늘한 침묵이 흘렀다.

양쪽 모두 누가 먼저 말을 꺼낼지 내기라도 한 듯 버티고 있었다.

"……."

"흐흐흐."

침묵 사이로, 남궁진혜의 입에서 웃음이 새어 나왔다.

모두의 시선이 남궁진혜를 향했다.

남궁진혜는 한번 터진 웃음을 참을 수가 없는지 적호단주와 신살대주의 살벌한 눈길에도 불구하고 표정 관리를 하지 못했다.

초서비가 입꼬리를 주체하지 못하는 남궁진혜를 죽일 듯 노려보았다.

살기 어린 눈빛에 남궁진혜는 더 기세등등하게 웃어 보였다.

초서비는 무엇이 그리 분한지 입술을 짓씹었다.

결국 이 사달의 중심에 있는 남궁범이 먼저 입을 열기로 했다.

"권마제가 제 하나밖에 없는 여식을 노리고 있습니다. 신양초가에서 내 여식을 지켜 줄 것이 아니라면, 나는 내 여식을 지켜야겠소."

호인이라고 소문난 남궁범이 그답지 않게 처음부터 날을 세웠다.

하지만 신살대주 또한 애초부터 칼을 갈고 들어온 터라 당황하는 기색조차 없었다.

"본가의 영역에 정파의 무단은 들어올 수 없소. 그것을 알기에 남궁세가도 이제까지 무사들만 파견했고 우리는 그것을 용인해 왔소. 그런데 정의맹의 적호단이라니! 엄연한 협정 위반이오."

신살대주는 정이라곤 없는 사람처럼 매정하게 선을 그었다.

하지만 협상이 아니라 우기는 것이라면 적호단주도 만만치 않았다.

"협정에는 귀천성과 관련한 일이 모든 조항을 우선한다고 되어 있지. 권마제가 남궁금영을 노리는 이상, 이 일은 모든 협정 사항에 우선한다. 따라서 이번 일도 그쪽 잘못이다."

적호단주는 타협의 여지라곤 없는 듯 단정 지어 말했다.

신살대주와 적호단주의 눈이 싸늘하게 마주쳤다.

서로 눈 하나 깜짝하지 않으면서 '절대, 어떤 양보도 하지 않겠다.'는 굳은 의지를 보였다.

그건 다른 사람들도 마찬가지였다.

"본가에서는 정의맹으로 항의 서한을 보냈어요!"

"헹, 정의맹에서 어떤 답을 보냈는지는 알 수 없지. 누구 말마따나 우린 정의맹의 사냥개라서, 답이 올 때까지 우리가 물었던 건 놓을 생각이 없는데, 어쩐다?"

초서비와 남궁진혜가 한 치의 양보도 없이 맞섰다.

남궁진혜가 가소롭다는 듯 귀를 후비며 초서비에게 비소를 날렸다.

이 둘의 싸움은 왠지 기세에서부터 초서비가 밀리고 있었다.

이유는 바로 옆에 있는 진화 때문이었다.

"이 사람은 대체 왜 여기 있는 거죠?"

초서비가 잔뜩 약이 오른 얼굴로 진화를 가리키며 물었다.

그러자 남궁범이 탁자를 내리치며 목소리를 키웠다.

"무례하시오! 이분은 남궁세가의 소공자이시자, 황실을 대표하여 무림에 협조 중이신 동해왕 전하시오! 당장 사과하시오!"

"뭐? 그게 무슨……."

남궁범의 말에 초서비가 믿을 수 없다는 듯 진화를 보았다.

답은 진화보다 남궁진혜에게 얻는 것이 더 빨랐다.

"내 동생이 배경과 미모, 지성까지. 뭐 하나 빠지는 게 없어. 어쩌냐, 이제 역적까지 되어 보게?"

유치하긴 했지만 초서비를 당황시키는 데는 무척 효과적이었다.

남궁진혜의 말에 초서비의 고운 얼굴이 일그러졌다.

자존심에 사과하긴 싫고, 넘어가자니 진짜 큰 죄면 어쩌나 걱정되는 마음이 얼굴에 고스란히 드러났다.

그리고 남궁진혜는 싱글싱글 웃으며 그 모습을 즐겼다.

그때.

조용히 자리를 지키고 있는 젊은 사내가 진화를 향해 입을 열었다.

"원래 자리를 찾으신 것에 대해 축하드립니다. 다만, 앞으로도 무림에선 남궁진화의 신분을 그대로 유지한다 들었습니다만?"

초서비가 진화에 대해 몰랐던 것은 정파 사정에 어두우면 그럴 수 있었다.

중요한 것은 신양초가의 초서비가 모르는 일을 젊은 사내가 알고 있다는 것이었다.

"들으신 대로입니다."

진화는 사내의 말에 답을 하며, 사내가 아닌 초서비와 신살대주의 얼굴을 살폈다.

아니나 다를까.

초서비는 사내를 향해 얼굴을 붉히며 눈치를 보는 기색이 역력했고, 신살대주는 사내가 나서는 것이 당연하다는 듯 차분히 그의 말을 경청하고 있었다.

"우리 쪽이 원하는 것은 권마제 태금호의 신변입니다."

"우리가 원하는 바는 남궁금영의 안전입니다. 그걸 지키자니 부득이 권마제를 쫓아야 할 듯합니다."

"……."

"……."

사내가 말이 없자 진화도 입을 다물었다.

하지만 내심 속으로는 고소를 지었다.

이것으로 누가 더 급한지 드러났기 때문이다.

원하는 것을 먼저 꺼낸 이는 사내였다.

"협조하도록 하죠. 태금호의 신변을 우리에게 넘겨준다면, 신양에서 적호단이 활동하는 것을 허락하겠습니다."

처음부터 거기까지 생각하고 왔을까.

사내의 타협책을 들은 진화가 사르르— 미소를 지었다.

초서비가 그 미소에 넋을 잃고 진화를 보았다.

"어림없는 소리군요. 적호단주의 말처럼 귀천성과 관련한 일에 그쪽의 허락을 얻을 이유는 없습니다."

진화는 웃는 얼굴로 사내의 타협책을 단칼에 잘라 버렸다.

이렇게 일고의 가치도 없다는 듯 거절당할 줄은 몰랐는지 사내의 눈썹이 꿈틀거렸다.

대번에 눈빛이 사나워졌다.

하지만 짐승이 이를 드러낸다고 겁을 먹을 진화가 아니었다.

"남궁금영이 있는 한 태금호는 이곳에 모습을 드러내겠군요."

느긋하게 웃으며 신경을 돋우는 진화의 모습에 사내가 짧게 이를 갈았다.

그러나 급한 건 그들이었고 상대가 그걸 알아 버렸으니 다른 도리가 없었다.

"……신양초가가 가진 역천비록을 내놓겠습니다."

"좋습니다!"

진화는 사내가 다른 말을 꺼내기 전에 얼른 말을 받았다.

적호단주와 남궁범이 놀란 눈으로 뜨고 진화를 보았다.

"……자, 잠깐만!"

순간 말문이 막혔던 적호단주가 평정을 잃고 진화를 보았다.

"인석아! 그걸 네 마음대로 결정하면 어떡해!"

적호단주는 당황한 나머지 평소의 말투가 그대로 튀어나왔다.

진화가 황자라는 것을 아는 신살대주와 사내가 놀란 눈으로 적호단주를 보았다.

하지만 지금 누구보다 놀라고 있는 사람은 적호단주와 남궁범이었다.

진화는 '뭐가 문제냐.'는 듯 그들을 보았다.

"권마제 태금호의 목을 가져서 뭐 하게요?"

"뭐? 아니, 딱히 뭘 하려는 건 아닌데…… 그래도 왠지……."

진화의 되물음에 적호단주는 딱히 대답할 말을 찾지 못했다.

"정의맹에서도 저와 같은 결론일 겁니다. 마두들 머리로 장식을 할 것도 아니고, 역천비록을 얻는 것이 훨씬 이득이지요. 무엇보다 우리에게 중요한 건 남궁금영의 안전이지 않습니까?"

"아니, 그것도 그렇긴 한데……."

적호단주는 어째 진화에게 말려드는 느낌이었다.

말갛게 쳐다보는 검은 눈을 마주하자니 이상하게 설득이 되는 것 같다고 할까.

그때 남궁범은 계산을 마쳤다.

"우리 공자님의 말씀이 무조건 옳습니다!"

남궁범은 권마제가 어찌 되든 자신의 딸만 안전하다면 다 상관없었다.

적호단과 신살대의 협력이라니.

남궁금영에게는 잘된 일이 분명했다.

남궁진혜는 뭐든 진화의 편이었고 남궁범까지 나서서 진화의 편을 들자, 적호단주도 더는 딴지 걸 말이 생각나지 않았다.

"일단 정의맹에 다시 전갈을 보내고 답을 얻고 나서 하자고."

적호단주가 할 수 있는 최대한의 이성적인 결론이었다.

"정의맹의 결론도 다르지 않을 것입니다. 남궁세가의 전서응을 보내겠습니다. 하루면 다녀올 것입니다."

진화는 제갈가주나 남궁진휘라면 역천비록을 얻을 기회를 놓치지 않을 거라 확신했다.

그건 적호단주나 다른 사람의 생각도 같았다.

귀천성이 새롭게 발호한 시점에서 정사 연합을 공고히 한다는 측면에서도 적호단과 신살대의 협력을 나쁘지 않았다.

"문제는, 그대에게 정말로 역천비록을 약속할 자격이 있냐는 것인데……."

진화가 맞은편에 앉은 사내와 신살대주를 번갈아 보았다.

눈으로 '이 사내가 신양초가의 역천비록을 약속할 자격이 있냐?'고 묻는 듯했다.

도발적인 눈빛에 사내가 신살대주를 향해 고개를 끄덕였다.

"내 소개를 따로 하겠소. 사패천 소천주 강무련이라 하오."

사내, 강무련이 자신만만한 얼굴로 인사를 해 왔다.

강무련의 인사에 남궁범은 물론 적호단주와 남궁진혜도 놀라움을 감추지 못했다.

사내는 자신만만할 자격이 있었다.

사패천 소천주, 사천패룡(似天覇龍) 강무련.

사패천주의 네 번째 제자로 사파 하늘의 후계자가 된 남자였다.

이제자인 태금호가 사패천을 배신하고 뛰쳐나간 후, 첫 번째와 세 번째, 다섯 번째 제자를 모두 죽이고 소천주 자리를 차지했다.

놀랍게도 모두 결사 대전을 신청하여 벌인 정면 대결이었다.

사패천주는 강무련에 대해 자신의 젊었을 때보다 낫다는 평가를 하며 그 자리에서 후계자로 삼았다.

이후로도 강무련은 사패천을 장악하는 데에 패도적인 행보를 보이며 흑살대와 신양초가, 하오문의 지지를 얻어 내었다.

현재는 '정파에 창천신룡 남궁진휘가 있다면 사파에는 사천패룡 강무련이 있다.'는 말을 당연하게 여길 정도로 사파 무인들의 절대적인 지지를 받고 있었다.

특히 무공만큼은 사파 내부에선 창천신룡을 뛰어넘었다는 평가가 돌고 있을 정도였다.

사패천주 한구혈의 아들이 있긴 하지만, 다음 대 사파의 하늘이 될 것이라 모두가 믿어 의심치 않는 사내였다.

정의맹에 보낸 매응이 돌아온 것은 다음 날 아침이었다.

사패천 소천주의 등장으로 적호단주와 진화는 사패천이 권마제를 잡는 일을 얼마나 중요시하는지 알 수 있었다.

그건 급전을 받은 정의맹도 마찬가지였다.

사패천과 권마제의 원한이 심상치 않다는 중요 정보와 함께, 느슨해진 정사 연합을 확인하고 역천비록까지 얻을 수 있는 기회였으니.

정의맹은 남궁세가의 매응을 돌려보내며 신살대와의 공조를 허락했다.

여기까지는 진화의 예상대로였다.

다만 제갈가주와 남궁진휘는 여기서 더 나아가 이 기회를 적극적으로 살려 보기로 작정을 한 듯했다.

"맹주님과 사패천주가 전서를 주고받았다는군."

"맹주님과 사패천주가요?"

진화가 눈을 동그랗게 뜨고 되물었다.

"역천마제가 나타났으니까. 핑계가 좋지. 일단은 이전보다 연합 전선을 강화하자는 데에 서로의 뜻을 확인하는 수순이지만, 이후에 실무자들이 나서서 구체적으로 뭔가를 합의할 거다."

"음, 역천비록 때문이군요."

뭔가 생각하던 진화가 고개를 끄덕였다.

그런 진화의 모습에 놀란 것은 적호단주였다.

적호단주는 알려 주기도 전에 일의 내막을 알아차리는 진화의 모습에 놀란 눈을 떴다.

"모르는 게 없군. 아무래도 정파 무림에서 찾지 못한 역천비록이 사패천에 있을 가능성이 크니까. 역천비록을 연구하는 데에 협조를 구할 것 같더군."

적호단주의 말에 진화가 고개를 끄덕였다.

"일단 역천비록이 많을수록 그것들이 어떤 원리로 이뤄진 건지 알아내기 수월할 것이고, 이 과정에 사패천 술법사들의 힘을 빌릴 수 있으면 좋겠네요. 사실 역천비록같이 순리를 거스르는 사악한 비법 같은 건, 아무래도 우리보다 그쪽이 더 아는 게 많을 테니까요."

"허어, 그래, 맞다. 네 말이 다 맞다."

사패천주에게 매응을 날리도록 한 것이 남궁진휘라는 사

실을 아는 적호단주는, 진화에 이르러서는 포기한 듯 고개를 저었다.

생각해 보면 애초에 이 일의 발단을 만들어 낸 것이 진화 였으니.

제멋대로 역천비록이란 미끼를 덥석 문 남궁진화나, 부군사 주제에 새벽에 제갈가주와 정의맹주를 깨워 전서를 쓰게 한 남궁진휘나.

생각해 보면 저 집구석 딸내미도 그리 정상은 아니었다.

말리지 않았다면 기어이 신살대주 매석검 초전후와 한판 붙었을 것이었다.

"남궁은 애들을 대체 어떻게 키우는 건지……."

무엇보다 큰 문제는 그 남궁세가 자식 셋 중에 둘이 제 밑에 있다는 것이었다.

어디 절에 가서 불공이라도 드려야 하나.

적호단주가 구시렁거리며 자리를 떴다.

그 모습을 진화가 싱긋이 웃으며 보았다.

'아직 시집은 멀었구나.'

섭섭하면서도 기쁨을 감추지 못하는 얼굴이었다.

신살대와 적호단의 공조가 결정되고, 사패천 소천주 강무련이 진화 일행을 찾았다.

이왕 양측이 공조를 하는데, 강무련이 정파 무림의 후기지수들과도 안면을 나누고 싶다는 말이 있었기 때문이다.

하지만 강무련의 위치는 일개 사파 후기지수와는 차원이 달랐으니.

"만나서 반갑소. 사패천 소천주 강무련이라 하오."

관도생들은 갑작스러운 강무련과의 대면에 얼떨떨해하면서도 일단은 반겼다.

어쨌든 그 소문 무성한 사천패룡 강무련이라 하니, 강무련을 보는 눈에 호기심이 가득했다.

"저는 남궁세가의 남궁구, 이쪽은 남궁교명이라 합니다."

사교성이 좋은 남궁구가 제일 먼저 나섰다.

"오, 남궁세가에는 직계들 외에도 인물이 참 많군."

강무련이 남궁구와 남궁교명에 대해 호의적인 칭찬을 곁들였다.

남궁교명은 그의 자연스러운 하대가 거슬리는지 고개만 까딱였을 뿐 아무런 대꾸도 하지 않았다.

"본 승은 소림의 현오라 합니다."

"하북 팽가의 팽수, 팽신이라 하오."

"형제요."

"당혜군이에요."

"제갈세가의 제갈상이라 합니다."

"하하, 저는 양주 절창문 출신의 관서겸이라 합니다."

관서겸을 제외하면 모두 명성만큼은 사패천에 모자라지

않은 정파 명문 출신들이었다.

특히 현오나 팽가 형제, 당혜군은 사파에도 명성이 알려진 정파 후기지수들이었다.

강무련도 그들의 소문은 익히 들어 보았다.

하지만 실제 직접 만나 보니 소문과는 또 달랐다.

하나같이 풍기는 기도가 범상치 않았던 것이다.

심지어 이름을 듣도 보도 못한 문파 출신의 관서겸이라는 자조차 맑은 정광이 감도는 눈빛이 예사롭지 않았다.

'오히려 소문이 축소되었다고 느껴질 정도군. 후기지수라기엔 그저 젊은 정파 고수라 해야 맞겠어. 이런 자들이 모두 남궁진화의 아래에 모여 있다?'

강무련은 자연스럽게 진화의 주변으로 모인 이들을 보며, 새삼스러운 눈빛으로 진화를 보았다.

'창천화룡 남궁진화. 황자의 신분을 찾았지만 남궁에 있기를 바랐다고. 앞으로 무림인으로 살기를 택한 것인가? ⋯⋯ 바로 지척에서도 기운이 느껴지지 않고, 눈빛과 기도에서 아무것도 느껴지지 않는다. 순식간에 남궁진휘에 버금가는 명성을 얻은 것은 비단 그 외모와 배경의 효과만은 아니었군. 지켜볼 가치가 있는 자야.'

진화를 보는 강무련의 입가에 미소가 맴돌았다.

모처럼 그의 안에 있는 호승심이 끓어오르는 느낌이었다.

그때, 당연한 듯 강무련과 함께 나타난 초서비가 도도한 얼굴로 자신을 소개했다.

"신양초가의 초서비예요."

"반갑습니다."

남궁구가 대표로 예의 바르게 인사했다.

초서비는 그의 반응이 썩 마음에 들지 않는 듯 입꼬리가 딱딱하게 굳었다.

사실 그녀는 자신을 보고도 아무렇지 않은 정파 후기지수들의 모습에 살짝 자존심이 상했다.

하지만 그들의 반응이 이해가 안 가는 건 아니었다.

'하긴 저 얼굴을 매일 보고 사는데…….'

초서비가 슬쩍 진화를 향해 눈을 흘겼다.

슬쩍 보아도 얼굴에서 빛이 나긴 했다.

'칫! 그래 봐야 사내야!'

어차피 초서비에게는 인사가 아닌 다른 목적이 있었다.

초서비는 재빨리 시선을 돌려 일행 중 단둘뿐인 여자들을 찾았다.

까무잡잡한 얼굴이 제법 귀엽고 예쁘장하지만, 어린아이같이 작은 당혜군은 소천주의 취향이 아니었다.

'좋아!'

아래위로 쓰윽 훑어 내리는 시선과 자신만만하게 올라가는 입꼬리에, 눈치 빠른 당혜군의 눈빛이 대번에 사나워졌다.

초서비의 눈이 당혜군을 지나쳤다.

당혜군의 옆에 있는 여자는 날카로운 눈매와 안 어울리게 어딘지 맹해 보였지만, 제법 아름다운 외모에 육감적인 몸매가 눈에 띄었다.

초서비의 눈빛이 날카로워졌다.

"그쪽은 자기소개를 안 한 것 같은데, 누구죠?"

초서비가 거만한 말투로 나하연에게 물었다.

그러자 고개를 갸웃거리던 나하연이 초서비에게 다가갔다.

"초 소저, 혹시 예쁘고 아름다운 것을 좋아하나?"

"뭐, 뭐예요, 갑자기? 아름다운 걸 안 좋아하는 사람도 있나요?"

갑자기 다가와 밀주를 찾듯 은근히 묻는 나하연에 초서비가 당황하며 되물었다.

하지만 초서비의 대답은 나하연이 원하는 답이 아니었다.

"유감이군."

나하연이 진지한 얼굴로 초서비에게서 떨어졌다.

나하연은 마치 이것이 너와 나의 거리라는 듯 한 걸음 물러섰다.

그리고 투지로 가득 찬 눈빛으로 초서비를 보았다.

"나는 패황권문의 나하연이다! 아름다움에 눈이 멀어 내 꽃에 눈독을 들였다간 나의 용수권 맛을 보게 될 것이다!"

"뭐, 뭐라고요? 대체 무슨 말을 하는 거예요?"

나하연의 결투 신청 같은 자기소개에 초서비가 당황스러운 기색이 역력했다.

갈 곳 잃은 눈동자가 다른 사람들에게 설명을 요구했지만, 모두 초서비의 시선을 피했다.

"신경 쓰지 말아요, 살짝 미친년이니까."

당혜군이 만족스러운 얼굴로 칭찬하듯 나하연의 등을 두드렸다.

귀가 붉어진 진화가 아무것도 못 들은 척 나하연을 외면했다.

공조가 결정되고 나서, 우연의 일치인지 무슨 이유인지 권마제에 대한 목격담이 쏟아졌다.

하지만 그 대부분은 이미 자리를 뜨고 없거나, 흔적만 남아 있었다.

이번에도 그런 듯했다.

"저곳이다! 찾아라ー!"

"귀천성의 졸개들이 감히 여기가 어디라고 숨어 있어!"

쉐에에엑ーー!

퍼억!

신살대는 달소항을 자신의 집 앞마당처럼 헤집고 다니면

서 빠르게 움직였다.

신속한 움직임과 자비 없는 손 속은 적호단이 감탄할 정도였다.

신살대 또한 적호단이 왜 정의맹의 최정예로 불리는지 실감했다.

"이 조, 삼 조는 안으로. 일 조, 오 조는 퇴로 차단."

적호단주의 명에 움직이는 적호단의 일사불란함은 단 한 명의 도망자도 용납하지 않았다.

처음 보는 장소임에도 순식간에 주변 지형과 구조를 파악하고 건물 안을 수색해 적을 찾아내는 능력은, 신살대주와 강무련이 고개를 끄덕일 정도였다.

진화와 관도생 일행 또한 남궁진혜와 함께 적을 죽이는 데에 일조했다.

하지만 결과는 당연히 모두의 마음에 차지 않았다.

서로에 대해 감탄하고자 모인 것이 아니기 때문이다.

"이상하지 않습니까, 권마제의 흔적이 너무 잘 남아 있는 것이? 마치 내가 여기 있었다는 걸 증명하려고 남긴 듯이 말입니다."

"네 생각에도 그렇지? 느낌이 쎄―해."

진화의 말에 적호단주도 인상을 찌푸리며 주변을 돌아보았다.

"이상하게 권마제가 광룡귀면대 잔당 놈들이 있는 곳을 알려 주는 것 같단 말이야."

꽈직.

적호단주의 손아귀에서 검은 귀면 하나가 부서져 나갔다.

진화 또한 적호단주의 생각에 동의했다.

'우리야 나쁠 것 없지만, 권마제는 대체 무슨 생각인 거지? 마치 일부러 광룡귀면대의 위치를 알려 주듯이⋯⋯. 광룡귀면대가 남궁금영을 건드린 것에 대한 보복인가? 그럼⋯⋯ 권마제는 대체 왜 여기 있는 거지?'

진화의 시선이 신살대를 움직이는 강무련에게 향했다.

탁탁탁탁탁.

깊은 산속, 그조차 불안해서 땅을 밟지 못하고 나무 위로 뛰어올라 이동했다.

그러고도 한참 달소항에서 멀어지고 나서야 겨우 숨을 돌릴 수 있었다.

"헉. 헉. 헉. ⋯⋯젠장, 망할 새끼!"

간신히 나무에 몸을 기대 숨을 고르던 효서가 얼굴을 구기며 욕지거리를 뱉었다.

대체 왜 이렇게 일이 엉켰는지.

갑자기 천라지망 빰치는 수색 작업에 데려왔던 거의 모든 수하를 잃고 말았으니, 이 일을 광마제에게 보고한다면 분명 크게 질책을 당할 것이었다.

질책만 당한다면 다행한 일이었다.

이 일로 제 손에 있는 마룡삭을 빼앗는다면…….

"빌어먹을! 미친 권마제 새끼! 대체 어떻게 우리가 있는 곳마다 출몰하는 거야!"

효서가 손톱을 물어뜯으며 불안한 기색을 감추지 못했다.

"대체 무슨 수작이지? 설마 우리가 남궁금영을 건드린 걸 알아 버린 건가?"

순간, 효서가 눈을 번뜩였다.

"우리가 남궁금영을 건드린 걸 알아 버린 거면…… 설마 정화루에 있던 공격부터 일부러 우릴 유인한 건가? 하지만 그땐…… 서개, 그 망할 쥐 새끼가 불었구나!"

효서가 불만 가득한 얼굴로 떠나던 서귀면의 사내, 서개를 떠올리며 살기를 번뜩였다.

생각해 보면 딱 서개가 떠난 그날부터 벌어진 일이었다.

'망할 쥐 새끼. 네가 그렇게 나온 거라면 나도 너를 핑계 삼아 주지. 어쨌든 난 남궁진화를 끌어들이는 데에 성공했으니까. 누가 살아남을지 두고 보자고!'

효서가 광마제에게 꺼낼 변명을 생각하며 이를 갈았다.

적호단과 신살대의 공조 이후 쏟아지던 목격담도 점차 잦

아들고.

결국 별다른 소득이 없던 적호단과 신살대는 달소항 일대의 구역을 나눠 대대적인 수색에 들어갔다.

하지만 권마제는 모습을 감춘 것인지 어디에도 없었다.

다만 대대적인 수색의 성과라면 남아 있던 광룡귀면대원들을 발본색원하게 되었다는 거랄까.

콰—앙!

거침없이 문을 박차고 들어간 신살대는 귀면을 쓴 흑의인들을 향해 망설임도 없이 검을 꺼내 들었다.

단주의 명령 없이는 함부로 살수를 펴지 않는 적호단과는 확연히 다른 모습이었다.

물론 적호단에도 예외는 있었다.

퍼—억!

"젠장! 있으라는 권마는 없고! 광룡귀면대는 대체 왜 여기에 있냐고!"

남궁진혜가 푸른 기사를 피워 올리며 광룡귀면대원들의 몸을 사정없이 가격했다.

그 모습을 적호단 일 조장 서장원이 불안한 듯 보았다.

"저래도 돼요?"

"검은 안 들었잖아. 그리고 귀천성 놈들은 이유 불문 사살이 방침이니 문제 될 것도 없어."

적호단주의 반응이 심드렁했다.

오랜만에 권마제의 목격 제보를 받고 움직였는데 허탕이었기 때문이다.

"그래도 맹에서는 광룡귀면대가 왜 여기 있는지 이유를 밝혀내는 것이 좋겠다고 했는데…… 하긴 저래선 잡아 봐야 심문도 못 할 것 같네요."

일 조장이 혀를 차며 말했다.

반쯤 죽은 건 죽은 걸로 쳐야 할까, 산 걸로 쳐야 할까.

살아 봤자 턱이 으스러져서 제대로 말도 하지 못할 듯했다.

적호단주는 가까운 곳에서 답을 찾았다.

"……슬쩍 신살대 놈들 있는 데에 밀어 넣어."

"오, 추웅!"

자연스럽게 적호단의 일거리가 없어지면서 신살대의 악명을 높여 주는 신묘한 수에 일 조장이 크게 감탄했다.

적호단원들이 그 어느 때보다 신속하게 움직였다.

그 광경을 보며 진화 일행도 감탄을 금치 못했다.

"과연 진정한 공조로군."

남궁구의 말에 모두가 고개를 끄덕였다.

그때, 느긋한 일행 사이에서 진화는 심각한 표정으로 생각에 빠져 있었다.

'역시 처음에 남궁금영을 노린 건 광룡귀면대가 확실하다. 귀면은 없었지만 복면을 썼고, 이렇게 많은 흑의인이 갑자기

나타났을 리도 없으니까.'

진화는 효서를 발견하지 못했지만 그녀와 광마제가 자신을 유인하기 위해 남궁금영을 택한 것이라 확신했다.

'권마제가 모습을 드러낸 건 순전히 보복 때문인가?'

광룡귀면대가 거의 죽임을 당하면서 권마제도 모습을 감추었다는 그 증거였다.

만약 권마제가 남궁금영을 노렸다면, 권마제가 사라질 이유가 없었기 때문이다.

진화의 시선이 신살대와 이야기를 나누고 있는 사패천 소천주 강무련에게 향했다.

진화는 사패천과 권마제 사이의 다른 이야기가 궁금해졌다.

그날 저녁.

사패천 소천주인 강무련이 정화루를 빌려 적호단을 초대했다.

적호단의 임무는 엄연히 남궁금영을 남궁세가 본가까지 무사히 호위하는 것이고, 이제 곧 출발 날짜가 다가왔기 때문이다.

적호단과 신살대의 공조는 결국 광룡귀면대의 잔당을 잡

아내는 것으로 큰 소득 없이 끝이 나는 듯 보였다.

권마제를 잡지 못했으니, 당연히 약속한 역천비록도 얻지 못할 것이었다.

"자, 모두! 이것도 인연이고, 또 정사 연합의 시작이 아니 겠소. 권마제를 잡는 데는 실패했지만, 이대로 헤어지기 아쉬워 마련한 자리이니. 부디 부담 갖지 말고 마음껏 드시오!"

"마음껏 먹으라니, 그 말, 책임지시는 겁니까?"

"하하하! 내 주머니를 터는 한이 있어도 괜찮으니, 작정하고 먹고 마셔 봅시다!"

사패천 소천주 강무련은 알려진 것보다 훨씬 호탕한 사내였다.

매번 소득 없이 끝나는 수색에도 적극적으로 참여했고, 그 과정에 신살대원이나 적호단원들과 허물없이 어울리기도 했다.

귀한 신분으로 허드렛일까지 다 하기로는 진화도 마찬가 지였지만, 사패천이라는 단어가 주는 기대치가 워낙 낮았던 덕에 강무련은 적호단원들에게도 긍정적인 평을 얻었다.

적호단주는 강무련의 말에 적당히 추임새를 넣을 정도로 그를 좋게 보았고, 강무련도 적호단주의 농담을 호쾌하게 받 아넘길 정도로 친근함을 보였다.

일 층 식당에서 적호단과 신살대가 자리를 잡고, 이 층에 는 양측의 주요 인사들이 자리를 잡았다.

진화 일행은 정파 후기지수들과 친분을 나누고 싶다는 소천주 강무련의 요청으로 따로 자리를 잡았다.

사실 적호단원들과 신살대원들의 입장에선 불편한 인물들이 알아서 피해 준 상황이라 연회 분위기가 좋을 수밖에 없었다.

이 층 제일 끝방.

특별히 마련된 방에는 상다리가 부러지도록 술과 음식이 가득했다.

"우와!"

현오의 눈이 휘둥그레졌다.

신양 달소항은 강과 바다가 모두 가까워서 수산물이 풍부하니, 바다가 없는 곳에서만 있었던 현오의 눈이 뒤집힐 만도 했다.

"흘리지 말고 먹어라!"

"내 어릴 적부터 백 명이 넘는 사형제들을 틈에서 이리 치이고 저리 치이며 큰 탓에⋯⋯."

"이제 안 속는다, 땡중아! 소림에 고기 먹는 중이 너밖에 더 있냐!"

"거짓말을 밥 먹듯이 하는 중도 너밖에 없을 거다!"

"어째 자네들은 이럴 때만 쿵짝이 잘 맞는가?"

현오와 남궁구, 남궁교명이 시작부터 티격태격했다.

"상, 이것 좀 들게! 이것도! 팽 형들도 들게!"

"아, 고맙다."

"좋은 사람이다."

"너도 좀 먹어!"

관서겸은 그동안 친해진 팽가 형제와 제갈상의 앞에 맛이 좋은 해산물을 놔 주었다.

팽가 형제와 제갈상 또한 해산물에 익숙하지 않았는데, 관서겸이 눈치껏 비리지 않은 것부터 챙겨 준 것이다.

관서겸이 덤벙대는 성격에도 불구하고 주변에 사람이 떠나지 않는 데에는 이런 배려심이 있었다.

그때.

탕-!

나하연이 술병을 앞에 놓았다.

"술은 몸을 망치고, 무인의 정신을 흐리지. 과음은 어리석은 짓이라오."

나하연이 슬쩍 앞에 있는 술잔에 술을 가득 채우며 초서비를 도발했다.

"흥! 본녀는 태어나 지금까지 과음이라는 걸 해 본 적이 없어요!"

"호오? 힘 하나 못 쓰게 생겨서 술은 제법 하는가 보오?"

"내가 잘 관리해서 그렇지 통뼈는 타고났죠. 그러는 당 소저야말로, 괜찮겠어요?"

초서비는 나하연이 따라 준 술을 단숨에 삼켰다.

그리고 빈 술잔을 내려놓으며 당혜군을 향해 입꼬리를 말아 올렸다.

"이익! 독 하면 당가! 독주라면 당혜군이 빠질 수 없지요! 금영, 자신 있지?"

"오! 물론이다!"

나하연은 초서비를 오해하고, 초서비는 당혜군에게 시비를 걸고, 또 당혜군은 남궁금영을 선동하는, 연쇄적인 도발의 악순환이 과음의 고리를 완성시켰다.

일행이 끼리끼리 어울리는 동안.

진화도 강무련 앞으로 술잔을 내밀었다.

"하하, 이심전심이군요."

강무련이 진화의 술잔을 반기며 말했다.

"이심전심이라……. 소천주께서 그리 말씀해 주시니, 저도 한결 묻기가 편하겠습니다."

"응? 묻다니 뭘 말이오?"

"사패천이 유독 권마제만을 쫓는 이유."

진화의 말에 강무련의 눈이 커졌다.

"……나와 교분을 나누고자 온 것이 아니군. 실망이오."

강무련의 얼굴이 딱딱하게 굳고, 분위기가 순식간에 무거워졌다.

그러나 진화에게는 처음부터 강무련의 기분 따위 관심사

가 아니었다.

"권마제의 목적이 남궁금영이었다면 지금도 남궁금영의 곁을 맴돌고 있었어야 합니다. 또한 권마제가 남궁금영의 곁을 맴돌고 있다면, 이런 대대적인 수색에 흔적 하나 발견되지 않을 리 없지요."

"이전에는 나타나지 않았소? 보호 인원이 너무 많으니 몸을 사리는 것일 수도 있소."

"이렇게 빈틈이 많은 술자리까지 말입니까?"

진화의 물음에 강무련은 달리 대답할 말을 찾지 못했다.

한쪽에서 술판을 벌이고 있는 여자들 속에 남궁금영이 취기가 오른 얼굴로 웃고 있는 것이 눈에 들어왔다.

확실히…… 때를 찾는다면 지금일 것이다.

"제 추측에는 처음 남궁금영을 노린 쪽은 광룡귀면대고, 권마제는 그 보복을 한 것이라 생각합니다."

"광룡귀면대가 남궁금영을 노릴 이유가 있소?"

"제가 광마제의 제물이니 절 유인하려 했겠지요."

"……!"

뜻하지 않게 엄청난 말을 들은 듯, 강무련이 눈을 크게 뜨고 진화를 보았다.

진화는 아무렇지 않은 얼굴로 강무련과 눈을 마주쳤다.

"남궁금영이 목적이 아니라면 권마제가 달소항에 모습을 드러낸 이유는 무엇일까요? 혹, 그것이 사패천의 이유와 관련이 있는 것은 아닐까요?"

"그건…… 흐음."

당황한 틈을 파고든 진화의 질문에, 강무련은 선뜻 답을 하지 못했다.

오히려 당황스러운 얼굴로 뭔가를 고민하는 듯하다 한숨을 내쉬었다.

크게 한숨을 내쉰 뒤.

강무련은 곧바로 평정을 찾은 얼굴이었다.

게다가 그사이 고민을 마쳤는지, 진화의 눈을 똑바로 바라보았다.

"광마제의 제물이라……. 그걸 내게 알려 준 건, 그만큼 질문에 대한 답을 알고 싶어서요?"

"권마제를 잡을 수 있다면, 우리 모두에게 이롭지 않겠습니까."

"흐음. 하나를 받으면 하나를 내놓는 것이 인지상정이지. 사패천이 권마제 아니, 태금호를 잡으려는 것은…… 놈이 감히 천주님의 부인을 탐했기 때문이오."

"……뭐?"

진화가 저도 모르게 되묻고 말았다.

"놈이 감히 천주님의 세 번째 부인과 밀회를 저지르다 들켰소."

"허!"

사패천의 주요 비급이나 영약을 훔친 것도 아니고.

사패천주를 기습한 것도 아니고.

사패천주의 부인과 불륜이라니!

진화는 전혀 상상도 못 한 대답에 기가 막혔다.

강무련의 이야기는 이러했다.

몇 년 전.

사패천주가 자식을 얻기 위해 첩을 새로 맞았다.

그런데 그 첩이 알고 보니 이전에 태금호의 연인이었던 것이다.

사패천에서 재회한 둘은 사패천주의 눈을 피해 다시 만나기 시작했고, 우연한 일로 밀회를 들키면서 태금호가 사패천에서 도망쳤다.

문제는 그 첩이 임신을 하여 아이를 낳은 것인데.

첩은 아이가 천주의 자식이라 우기고 있으나, 사패천 무인들이 그 말을 믿을 리 없었다.

"결국 천주께서는 태금호를 잡아 확인을 하고자 한 것이오."

강무련이 조금 씁쓸한 얼굴로 이야기를 마쳤다.

강무련의 말에 진화는 사패천이 왜 그렇게 권마제에 집착

했는지 대번에 이해했다.

그리고 또 한 가지.

'아무리 제자 중 가장 강했다지만, 강무련이 아무 견제도 없이 소천주에 올랐던 데에는 천주의 자식이 혈통에 중대한 의심을 받고 있는 이유가 컸겠군.'

진화는 강무련이 사패천주의 자식을 제칠 수 있었던 이유도 알아차렸다.

"그런데 그 친자라는 게 태금호를 잡는다고 확인이 가능합니까?"

"여자의 말과 태금호의 말을 대조해 보면 알 수 있지 않겠소."

진화의 물음에 강무련이 조금 힘이 빠진 말투로 답했다.

그렇게 열심히 권마제를 쫓던 것치고는 결과에는 큰 기대가 없는 모습이었다.

순간, 진화의 머릿속에 한 가지 의문이 스쳤다.

'만약 천주의 자식이 사실 태금호의 자식이라면? 아니, 천주의 자식에게서 의심이 사라지지 않는다면?'

이대로 태금호가 죽는다면 가장 큰 이득을 볼 사람은 단연 강무련이었다.

"이대로 공조를 멈추기엔 아쉽지 않습니까?"

진화가 강무련을 떠보는 듯 은근히 물었다.

아니나 다를까 강무련이 진화의 말에 곧바로 관심을 보였다.

"그게 무슨 뜻이오?"

"정의맹의 입장에선 남궁금영의 안전도 안전이지만 역천비록을 연구하는 것도 무척 중요합니다."

"그 말은…… 계속해서 함께 권마제를 잡아서 처음의 약속을 달성하자, 그런 말이오?"

강무련의 눈이 이채를 띠며 빛났다.

"남궁금영은 앞으로 남궁세가로 옮겨질 것이고, 본가에서는 세가의 힘만으로 권마제를 막을 수 있다고 판단하실 겁니다. 만약 권마제가 남궁금영을 노리는 것이라면, 앞으로 사패천에서는 그를 잡을 기회가 없어지겠지요."

"그리되면 정의맹은 사패천이 가진 역천비록을 얻지 못할 테고."

진화와 강무련이 눈을 마주했다.

진화는 강무련의 눈빛에서 그가 자신의 말에 동의하고 있다는 것을 느꼈다.

그때 강무련이 은근히 입꼬리를 올리며 물었다.

"그런데 공자의 말은 어째 남궁세가의 뜻과 다른 것 같소?"

진화는 이 말이 단지 자신의 의중을 떠보는 것이라 확신했다.

"전에 말씀드렸다시피, 광마제의 제물로 노려지는 몸이라서 말입니다. 역천비록의 비밀이 빨리 밝혀질수록 좋지요. 남궁세가의 어른들 또한 제 입장을 충분히 고려해 주실 테고요."

"남궁세가에서도 고려를 해 줄 것이다? 하긴, 남궁진혜 부단주도 그렇고 남궁세가의 사람들이 공자를 많이 아끼더군요."

강무련이 슬쩍 웃으며 남궁구와 남궁교명을 보았다.

그들은 다른 일행과 왁자지껄 떠드는 와중에도 중간중간 진화에게서 눈을 떼지 않고 있었다.

"공자의 말이 옳소. 태금호가 남궁금영을 쫓아 이곳을 뜬다면 우린 영영 기회가 없어지겠지요."

"그렇다면 놈을 사로잡는 데에는……."

"아, 더는 돌려 말하지 않겠소."

강무련이 더는 따질 것 없다는 듯 진화의 말을 끊었다.

그리고 시원하게 웃으며 손을 내밀었다.

"놈을 죽여도 좋소. 약속한 것을 드리리다. 공조를 이어가 보도록 합시다."

"좋습니다."

진화도 사르륵 웃으며 강무련이 내민 손을 잡았다.

진화는 새로운 역천비록을 얻을 기회를 아직 놓치지 않았다.

"그런데 그 첩 말입니다, 혹시 아직 살아 있습니까?"

달소항은 인근 교통의 요지였다.

진화는 태금호가 달소항을 떴다면, 남궁금영이 아닌 그 첩
에게 갔을 거라 확신했다.

참 진眞 꽃 화花 : 아름다운 풍경 위 진짜 절경

　진화의 예상대로 정의맹과 사패천은 양쪽 모두 이대로 공조가 멈추는 것을 아쉬워하고 있었다.

　정의맹에서는 역천비록을 확보하는 것 외에도 사패천 술법사들의 도움이 필요했고, 사패천도 귀천성과의 전쟁이라면 정의맹을 도울 의향이 있었다.

　게다가 이대로 남궁금영이 남궁세가 본가로 가고 나면 사패천에서는 영영 권마제를 잡을 기회를 놓칠 수 있었기에, 공조를 이어 가는 데에는 사패천이 더 적극적이었다.

　그래서일까.

　양측은 진화와 강무련의 제안을 기다렸다는 듯 받아들였다.

　남은 문제는 남궁금영과 권마제 태금호였다.

'제물이냐, 사랑하는 여인이냐.'

아직 구체적으로 밝혀진 것은 없으나, 귀천성 마제들에게 역천대법은 하늘의 순리를 거슬러 가면서 추구하는 힘이었다.

강한 자가 세상을 지배하는 것이 당연하다는 귀천성의 논리로 보면, 마제들에게 그보다 중요한 것은 없었다.

하지만 태금호에게 그 여인은 인생을 포기하면서 찾은 사랑이었다.

가만히 있으면 사패천의 후계자가 될 수 있었던 위치와 스승의 부인이 된 여인.

불륜을 떠나 패륜이라는 손가락질과 평생 이룩한 모든 것을 잃으면서까지 붙잡고 있는 사랑이라면, 대체 얼마나 깊은 사랑이란 말인가.

정의맹과 사패천 모두 권마제 태금호가 어디에 나타날지 확신할 수 없었다.

하지만 그 문제는 사패천주가 나서면서 해결되었다.

"남궁금영 소저의 안전은 천주님께서 직접 보장해 주시기로 했소. 두 사람을 한데에 둔다면, 쓸데없이 고민할 필요가 없지 않겠소."

"우리 적호단과 남궁금영이 사패천으로 간다라⋯⋯."

"함께 남궁금영 소저도 보호하고, 권마제도 잡는 것이오."

"음. 사패천주께서 직접 남궁금영 소저의 안전을 보장해 주시는 거라면, 남궁세가 본가만큼 안전하겠지요. 게다가 우리도 함께 갈 수 있다 하니, 좋습니다!"

사패천 소천주 강무련의 말에 적호단주도 동의했다.

정의맹의 결정에도 불구하고 망설였던 것은, 적호단을 데리고 사패천 본성에 가야 한다는 부담감 때문이 아니라 남궁금영에 대한 책임감 때문이었던 듯했다.

"청해상단주와 남궁금영 소저는 제가 직접 설득하겠습니다."

"그럼, 부탁하겠소."

남궁범과 남궁금영의 설득에는 진화가 나섰다.

이미 소가주인 남궁진휘가 나서서 앞으로 일의 진행에 대해 따로 전서를 주었던 참이었다.

사실 남궁금영의 안전만 생각한다면 오히려 잘된 일일지도 몰랐다.

사패천주 낭아왕 한구혈은 제왕검과 비견되는 고수이자 사파 천하의 하늘이었다.

그런 사패천주가 직접 나서서 남궁금영의 안전을 보장했다면 사파 전체가 남궁금영을 보호한다고 해도 과언이 아니기 때문이다.

물론 사패천 본부로 들어가야 한다는 점이 조금 걸리긴 하지만, 적호단이 그곳까지 함께할 것이니 문제 될 것은 없었다.

청해상단주 남궁범과 남궁금영도 그렇게 생각했다.

그들은 미리 남궁진휘의 전서를 받고 진화가 따로 설득하기도 전에 흔쾌히 찬성했다.

심지어 남궁금영은 사패천에 가 볼 수 있다는 사실에 들떠 보이기까지 했다.

그건 다른 사람들도 마찬가지였다.

이틀 후.

남궁금영과 적호단이 떠날 준비를 마쳤다.

목적지는 남궁세가가 아닌 사패천이 되었다.

"살다 살다 사패천엘 다 가 보는군."

진화 일행은 물론 경험 많은 적호단원들조차 사패천 본성에 들어가는 것은 처음이었다.

중구난방 엉망진창이나 다름없던 사파를 일통한 사패천주 한구혈은 정과 사를 떠나 무림인들이라면 한 번씩 동경해 봄 직한 사파 영웅이었다.

적호단과 진화 일행은 긴장감 반, 기대감 반을 안고, 사파의 본진이라 할 수 있는 사패천으로 출발했다.

여기저기 휘날리는 검붉은 깃발.

청색 기와와 자연스럽게 옻칠 된 나무를 써서 전체적으로 차분하고 웅장한 분위기를 풍기는 정의맹과 달리, 사패천 본성은 검은 기와에 기둥을 붉게 칠해 화려하고 위압감을 주는 분위였다. 특히 기와지붕 끝마다 포효하는 검은 늑대 장식이 있어서 더 그러했다.

따각따각따각.

신살대가 호위처럼 둘러싼 가운데 적호단과 남궁금영을 태운 마차가 사패천 안으로 들어서자. 사방에서 시선이 쏟아졌다.

저자를 걸어 들어올 때와는 확연히 다른, 호기심보다 경계심, 호승심과 투기가 버무려진 기운에 얼굴이 따끔거릴 정도였다.

"저 정신 나간 마차는 뭐지?"

"저런 걸 사람이 타고 다닌다고? 정파 놈들은 쪽팔림을 모르나?"

아니면 그냥 구경하는 거였던가.

얼굴이 따끔거린 건 스스로 부끄러워서 그런 것일지도 몰랐다.

주변에서 들리는 목소리에 적호단주는 물론 적호단원들은 고개를 들고 있기 힘들었다.

하지만 사파인들 앞에서 고개를 숙일 수도 없었다.

"자세히 봐라, 무식한 놈아. 꽃마차잖아."

"대체 저런 정신없는 마차는 누가 만든 거지?"

그러니까!

대체 무슨 생각으로 저런 정신없는 마차를 또 만들었는지!

적호단주가 이전보다 더 크고 화려해진 마차를 향해 눈을 흘겼다.

"안에 남궁세가의 절세미인이 타고 있다더군."

"그 남궁금영인가 뭔가 하는, 태금호가 노리는 제물을 타고 있다며?"

"뿐인가? 정파의 그 청명화 남궁진혜에 독심화 당혜군, 용수권 나하연도 왔다는군!"

"오오!"

"그런데 그중에 절세미인은 누구인가? 우리 사파제일화 초서비 소저보다 예쁘려나?"

"글쎄. 마차 안에 누구 하나는 절세미인이겠지!"

사파 모든 무인들의 선망의 눈길을 받는 초서비 또한 붉은 마차를 타고 적호단과 동행했다. 다만 남궁세가가 새로 만든 마차에 밀려 눈에 띄지 않았을 뿐.

어쨌든 마차 안이라고 사람들이 떠드는 소리가 들리지 않는 것은 아니었다.

'으으, 그자는 사내다. 사내다······.'

초서비는 붉은 마차 안에서 분한 듯 주먹을 움켜쥐고 있었다.

적호단이 정신 나간 마차라고 부르는 남궁세가의 꽃마차

안에서도 안에 있던 사람들이 약속이라도 한 듯 한 사람을 보고 있었다.

"그래요, 누구 하나는 절세미인이겠죠. 우리 셋은 아니었지만!"

당혜군이 지난번 흑사문의 납치범들에게 당했던 굴욕을 떠올리며 벌침을 쏘듯 새침하게 진화를 흘겨보았다.

소천주 강무련과 신살대, 적호단 일행은 본성에 한가운데에 자리한 거대한 오층 건물 앞에 멈췄다.

사랑탑(似狼塔).

처음 들었을 때는 픽- 웃음을 새어 나오는 이름이었지만 사실 '사파 늑대들의 탑'이라는 의미를 담고 있는 곳이었다.

사랑탑 일 층은 사패천 본성 정문을 지난 자는 누구나 오를 수 있지만, 꼭대기는 오직 사패천주와 그의 허락을 얻은 자만이 존재할 수 있었으니.

위로 올라가고 싶다면 위층에 있는 자를 이기면 된다.

그 방식이 실로 간단하지 않은가.

사패천에서는 사랑탑에 올라갈 수 있는 층이 곧 그의 실력과 위치를 보여 주는 것이라, 사패천 고수들은 결사 대전을 통해 언제든 위층에 도전할 수 있었다.

강무련이 다른 제자들을 모두 죽인 것도 바로 그 결사 대전을 통해서였다.

사랑탑은 사패천주의 성이자 사파 무인들의 피와 열망의 투기장 그 자체였던 것이다.

끼-익.

빡빡하게 조여진 경첩이 돌아가고, 마차의 문이 열렸다.

하나둘 안에 있던 사람들이 내렸다.

제일 먼저 남궁진혜가 모습을 드러냈다.

긴 머리를 높게 묶고 시원시원한 이목구비를 드러내며 씨익- 웃는 얼굴이 보기 좋은 미인이었지만, 사람들의 시선은 다른 곳에 쏠렸다.

옷소매가 사라진 자리에 드러난 어지간한 사내들보다 우람한 팔근육이 충격적이었기 때문이다.

남궁진혜가 사패천에 오면서 만반의 준비를 해야 한다며 제일 먼저 한 일이 옷소매를 찢어 버린 일이었다.

다음으로 나하연과 당혜군, 남궁금영이 차례로 내렸다.

다행스럽게도 그들은 관도복과 남궁세가 무복을 단정하게 입고 있었다.

날카로운 듯 맹한 분위기의 나하연이나 새침하고 귀여운 당혜군, 단정한 남궁금영 모두 탄성이 나올 정도로 눈에 띄는 미인들이었다.

하지만 그녀들도 크게 사패천 무인들의 주목은 받지 못했다.

여자들에게 밀려서 제일 마지막에 내린 진화 때문이었다.

"헉!"

"와……아!"

곳곳에서 숨이 멎는 소리와 탄성이 새어 나왔다.

큰 키와 단단한 체격은 누가 보아도 사내다웠지만, 진화의 얼굴과 분위기는 그 모든 것을 지워 버릴 정도라.

적호단을 향해 경쟁심을 불태우던 이들까지 모두 넋을 잃고 진화를 보았다.

"절세미인 납셨네. 저 인간 성질머리에 한번 당해 봐야 알지."

뒤에서 당혜군이 구시렁거리는 소리가 들렸으나, 어쨌든 꽃마차 때문에 움츠러든 적호단원들의 어깨가 들어올 때보다 한층 봉긋 솟았다.

"드, 드시지요."

사랑탑 탑주가 소천주 강무련과 적호단주, 진화를 안으로 안내했다.

"……남궁이라고?"

사파 무림의 하늘. 사패천의 주인. 사파제일인인 동시에 천하제일 고수 중 일인.

내심 고대하던 사패천주 낭아왕 한구혈이 진화와의 대면

에서 처음 꺼낸 말이었다.

"뭐라고? 아, 친자는 아니라고? 그럼 그렇지! 남궁강 놈의 밑에 저런 인물이 날 수가 없잖아. 주워 왔다니 말이 되네."

동네 저자에서 남의 뒷담화를 하듯 편하게 쏟아 내는 사패 천주의 말에 오히려 강무련과 탑주가 더 당황했다.

사랑탑 탑주는 당황한 얼굴로 급히 진화의 눈치를 보며 사패천주에게 눈짓을 했다.

앞서 진화가 양자라는 것을 전음으로 알려 주었듯, 새로 뭔가 전음을 보낸 듯했다.

ㅡ무슨 전음을 저렇게 티를 내. 저럴 거면 그냥 말로 하지.

적호단주의 전음에 진화는 웃음이 터질 뻔한 것을 겨우 참아 냈다.

"주워 온 곳이 황궁이야? 아니, 황궁에서 주운 건 아니라고? 뭐가 그렇게 복잡해? 그래서, 황제의 아들? 황자, 동해 왕이라고? ……쓰불, 누군 혀가 빠지도록 칼질하고 다니면서 나이 오십에 겨우 '왕' 해 먹었는데, 누군 약관도 안 되어서 왕이야? ……아! 알았다고! 황제가 듣긴 어떻게 듣는다고 지랄이야."

"……"

탑주의 말은 분명 전음이었는데, 사패천주의 말을 들으며 탑주의 잔소리도 같이 들은 기분이었다.

하지만 몇 마디 말로 사패천주가 어떤 사람인지 분명히 알 것 같았다.

사파지존(邪派至尊).

격이 없고 식을 무시하는 데도, 격과 식이 느껴지는 자였다.

아무렇게나 자란 머리를 질끈 묶고, 수염과 구레나룻도 산적처럼 짧고 지저분했다.

하지만 깊은 눈에 들어찬 안광은 꺼지지 않는 불꽃처럼 이글거렸고, 검붉은 장포로도 채 가리지 못한 터질 듯한 근육은 위압적이리만큼 힘이 느껴졌다.

게다가 옆에 아무렇게나 세워 둔 패천아랑도(敗天餓狼刀)는 지금도 피를 머금은 듯 패도적인 기운을 뿜고 있었으니.

실로 사파지존다운 자였다.

"그래. 무림에 있을 때는 그냥 남궁이라고?"

"남궁제일검의 아들, 남궁진화라 합니다."

"호오. 남궁세가 철딱서니라면 내가 소싯적에 궁둥이를 패 준 적이 있지. 그때 남궁강이 지랄하는 바람에 다 못 때리긴 했어. 때릴 것이 좀 남았는데…… 너는 어떠냐?"

"천주님!"

무림에선 남궁진화라지만 그걸 곧이곧대로 받아들일 멍청이가 어디 있나…… 했더니, 여기 있다.

한 제국 유일 적통 황자의 궁둥이를 때리겠다는 사패천주의 말에 탑주가 화들짝 놀라 소리쳤다.

하지만 사패천주는 이미 도발적인 말과 함께 거대한 기운으로 진화를 압박하고 있었다.

숨이 막힐 듯 사방에서 온몸을 터뜨릴 듯 조여드는 기운.

진화는 거대하고 패도적인 사패천주의 기운을 견디며 입꼬리를 사르륵 말았다.

"……순순히 맞지 않아도 됩니까?"

진화의 대답에 강무련과 적호단주가 놀란 눈을 뜨고 그를 보았다.

사패천주와 진화가 눈싸움을 하듯 서로를 마주 보았다.

'호오, 요것 봐라?'

자신의 기운을 견디며 눈에서 요상한 것을 번뜩이는 진화를 보며, 사패천주의 얼굴에 장난기가 떠올랐다.

진화를 억누르던 거대한 기운이 사라지고 대신 강한 바람이 진화의 눈을 자극했다.

기어이 진화의 눈꺼풀을 먼저 닫겠다는 듯 사패천주가 짓궂은 얼굴로 기운을 조절하고 있었던 것이다.

이에 진화는 사패천주의 앞으로 흐르는 기운의 음기를 자극해 냉기를 일으켰다.

"음?"

사패천주의 눈이 감기기는커녕 더 커졌다.

그리고 곧 크게 웃음을 터뜨렸다.

"푸하하하하! 제 아비처럼 지기 싫어하는 놈일세! 하나,

너는 들소같이 달려들기만 하던 아비와 달리 요상한 짓거리도 할 줄 아는구나! 남궁강이 제대로 주워 갔군. 하하하하!"

칭찬인지 시비인지.

사패천주는 듣는 양자가 기분 나쁠 말을 내뱉는 데에 거리낌이 없었다.

이제는 강무련과 탑주도 전음을 포기한 듯 고개를 저었다.

하지만 진화와 적호단주는 이상하게 그런 사패천주가 훨씬 편하게 느껴졌다.

"그래서 권마제 놈을 잡는 데 한 팔 거들겠다고?"

"역천비록이 필요해서요."

아니, 뭐 그렇게까지 편한 건 아닌데.

너무 적나라한 말에 적호단주가 놀란 눈으로 진화를 보았다.

"흐흐흐, 솔직하군. 내숭 떠는 정파 놈들과 달라서 마음에 드는구나."

강무련과 탑주도 놀란 눈으로 사패천주와 진화를 보고 있었다.

"남궁세가 여아의 안전은 보장해 주마. 대신 그놈을 잡는 데 네 요상한 불꽃을 잘 써 줘야 할 게다."

사패천주는 한눈에 진화의 무위를 알아본 듯, 진화가 권마제를 잡는 데 일조할 수 있을 거라 확신했다.

진화 또한 숨길 생각 없이 고개를 끄덕였다.

"권마제가 남궁금영이 아닌 그 불륜을 한 부인에게 올 것 이라 생각하십니까?"

"컵!"

진화의 단도직입적인 물음에, 강무련과 탑주, 적호단주의 숨이 멎었다.

하지만 사패천주는 그런 말 따윈 신경도 쓰지 않았다.

"생각? 아니, 확신이다! 제물 어쩌고 하지만, 나는 할 일 없는 놈들이 찍어 놓은 먹 자국 같은 건 안 믿는다! 내가 믿 는 것은 오직 내가 보고 느낀 것뿐! 그놈의 눈은 항상 내 보 물을 향해 있었다!"

사패천주의 눈에 불길이 화르르 일었다.

"반드시 그 두 연놈이 서로 보는 앞에서 사지를 찢어 버릴 것이다!"

보다 원초적이면서 솔직한 분노.

"약속한 역천비록은 반드시 가져가겠습니다."

보다 솔직한 욕망.

보기 싫고 거북스러울 수 있는 날것이었지만 서로 솔직한 감정을 나누는 것만큼 신뢰를 주는 것도 없었으니.

보는 사람이 한 치도 방심할 수 없는 조마조마한 대면을 마치고, 사패천주는 진화와 적호단을 기꺼이 귀한 손님으로 맞았다.

적호단은 일단 평소 신살대가 묵는 처소에 묵기로 했다.

사패천에는 정의맹과 같이 정예의 무단이 있었고, 신살대는 곧 신양으로 돌아가야 했기에 적호단이 빈 처소를 편하게 쓰게 된 것이다.

다만 남궁금영은 삼부인과 가까이 두기 위해 따로 처소를 잡았다.

사패천 본성은 넓은 곳이라 멀리 처소를 잡으면 권마제를 유인하려는 것도 소용없었기 때문이다.

남궁금영이 삼부인의 처소와 가까운 곳에 묵게 되면서, 남궁금영의 근접 호위를 위해 진화 일행도 그곳에 함께 묵게 되었다.

남궁금영의 일거수일투족을 함께하기에 친분이 있는 당혜군과 나하연이 낫다는 판단이었는데, 실제로 남궁금영은 처음부터 진화 일행이었는 양 익숙하게 어울렸다.

사패천 소천주 강무련이 직접 진화 일행을 처소로 안내했다.

사랑탑에서 진화의 모습이 그만큼 인상적이었던 듯싶었다.

진화도 강무련과 할 이야기가 남았다.

"제가 오해를 했군요."

"네?"

"권마제를 죽이고 싶어 하는 것은 소천주가 아니셨더군요."

무슨 말인가 눈을 동그랗게 떴던 강무련이 진화의 말에 웃음을 터뜨렸다.

"하하하, 봐서 알겠지만 사부님이 그렇게 이성적인 사람이 아니오. 살을 섞고 살던 부인이 제자와 바람이 났으니, 흠흠, 솔직히 차마 입에 담지 못할 오만 욕지거리와 온갖 잔인한 살인 방식이…… 하하하하. 어쨌든 내 사부님은 두 사람의 죽음을 본인이 원하는 방식으로 볼 것이오."

'보려 할 것이다'가 아니라 '볼 것이다'.

고작 한 단어가 다른 말이었지만 훨씬 광오하게 들렸다.

타인의 죽음을 원하는 대로 하게 될 것이라니.

하지만 그리 말한 사람이 사파의 지존이었다.

사패천주가 정의맹과의 협력을 허락할 정도로 분노한 것이라면, 그가 말한 죽음을 피할 수 있는 사람은 어디에도 없을 것이었다.

"삼부인을 아직 살려 둔 것이 그 때문입니까?"

"그런 것도 있고, 아직 아이가 어려서 결정을 내리지 못한 것도 있소."

"아이요?"

"사부님의 보물이지."

"보……물요?"

진화가 되물으며 강무련을 보았다.

신기하게도 아이에 대해 이야기하는 강무련의 입가에도

작은 미소가 걸려 있었다.

"단순한 늦둥이가 아니오. 당장 찢어 죽여도 시원찮을 계집을 살려 둘 정도로 사부께서 아끼는 보물이오."

강무련이 진화를 보며 말했다.

"소천주께서도 아이를 아끼는 듯하군요."

"하하, 이 삭막한 곳에서 그 녀석이 잔망 떠는 모습을 보는 낙으로 사는 사람이 꽤 많소."

거침없이 직시하는 눈빛에는 한 점 거짓도 없어 보였다.

진화는 사패천주가 강무련을 후계자로 삼은 이유를 알 것 같았다.

강무련은 좋은 것도, 싫은 것도 거침없이 내보이는 것이 사패천주와 닮아 있었다.

"이곳이 그대들이 묵을 처소요. 후원에 있는 곳이라 생각보다 지내기 나쁘지 않을 것이오. 삼부인의 처소는 저 연못건너 맞은편에 보이는 곳이오. 편히 쉬고, 저녁에 있을 연회에서 봅시다."

강무련이 안내를 마치고 돌아갔다.

그는 정말로 진화와 잠시 시간을 나누고 교분을 쌓으려 했던 것인지 오면서 나눈 대화 외에는 남기는 말도 없었다.

하지만 그런 강무련의 모습은 진화 일행에게 여러모로 여운을 남겼다.

진화 일행의 처소는 과연 사패천주의 일가가 머무는 후원에 있는 곳답게 넓고 화려했다.

뒤뜰에는 커다란 연못과 아름다운 정원까지 있어서, 한 번쯤 탄성을 내뱉을 만한 곳이었다.

하지만 처소에 짐을 푸는 동안, 일행은 조금 조용했다.

이곳에 오기 전만 해도 여자들과 따로 방을 쓰면서 숙청관에 있던 시절이 생각난다 어쩐다 떠들었는데 말이다.

이유는 뻔했다.

진화와 강무련의 대화, 정확히는 강무련 때문이었다.

처소까지 오는 동안 진화와 강무련은 그들의 대화를 굳이 숨기지 않았고, 일행도 그들의 대화를 모두 들었다.

그리고 대화 맥락만으로도 사랑탑에 있었던 일이나 사패천의 상황에 대해 추리할 수 있었다.

다만 일행에게 약간의 충격으로 남았던 것은, 그 모든 상황에 대해 말하는 강무련의 모습이었다.

강무련의 모습이 평소 그들이 생각하던 사파인들과 많이 달랐던 것이다.

정파인들은 흔히 사파인들에 대해 '비열하고 탐욕스럽다' 혹은 '잔인하고 야망이 강하다'고 말한다.

진화 일행 또한 사패천 인물들에 대해 그런 선입견을 가졌었다.

하지만 막상 겪어 본 강무련은 생각보다 담백하고 다정하며 오히려 정파인들보다 솔직한 사람이었다.

"사패천도 생각보다 질서가 있지 않았어?"

"그러게. 무슨 돼지우리처럼 난장판으로 살 줄 알았는데 말이야."

"사패천이 무슨 산적 소굴인가, 난장판으로 살게?"

"어쨌든. 생각과는 조금 다르다는 거지."

남궁구의 말에 모두가 조금씩 고개를 끄덕였다.

"소천주 강무련도 좀 의외였지."

"음? 좋은 사람 같은데."

"네 눈에 안 좋은 사람이 어디 있나?"

관서겸의 눈치 없는 말을 제갈상이 타박했다.

"괜히 친한 척하기에, 호탕한 척한다고 생각했는데 말이야."

"네 눈은 많이 꼬여서 그런 거고. 반말 조금 했다고 심사가 뒤틀려서는. 쯧쯧!"

"뭐야? 그런 네놈의 의심병은! 네놈도 계속 경계해 놓고선!"

"둘이 똑같은 놈들."

"쌍둥이는 너희들이 하지그래?"

남궁구는 내내 강무련을 못마땅해하던 남궁교명을 타박했

고, 남궁교명도 지지 않고 내내 진화에게 접근하는 강무련을
경계하던 남궁구의 모습을 들추었다.

도긴개긴, 남궁구와 남궁교명을 팽가 형제가 놀렸다.

하지만 모두 한마디씩 할 만큼 강무련의 모습이 새삼스러
웠던 것도 사실이었다.

"뭐 어쨌든 우리 생각보다 사파인, 아니 강무련은 사파인
치고 나쁘지 않더군."

"솔직하고 다정한 성품 같았어요. 우리한테도 내내 친절
하고, 사부님의 아이도 진심으로 아끼는 걸 보면."

나하연과 남궁금영이 그들 모두가 느꼈던 감상을 입 밖으
로 내었다.

남자들이 쑥스러워 말하기 피했던 것과 달리 그녀들을 조
금 더 솔직했을 뿐, 모두가 동의하듯 고개를 끄덕였다.

그때.

가만히 있던 당혜군이 툭 내뱉듯 말했다.

"잊지 마, 그 사람이 함께 동문수학한 사형제들을 모두 죽
였다는 걸. 따지고 보면 권마제도 사형인데 죽이려고 혈안이
되어 있잖아?"

"……."

"아이 문제도 모르지. 지금은 잔망 떨고 귀여운데 막상 후
계 경쟁자로 떠오르면, 또 슥삭 해 버릴지."

"……아미타불 관세음보살."

모두 찬물을 때려 맞은 듯 조용해졌다.

"현실은 차디차군."

"아니, 차디찬 건 당혜군의 심장이다."

실상 제 오라비와 경쟁을 하고 있는 당혜군의 말이라 더 실감이 났다.

처소에 짐을 풀고 후원에 있는 연못에 산책을 나가서도 일행은 이야기를 이어 갔다.

"그래서 그 아이는 누구 자식인 거야?"

"글쎄. 사패천주는 그리 중요하게 생각하지 않는 듯한데, 사패천 무인들에게는 그렇지도 않겠지."

진화는 권마제와 삼부인에 대해서는 분노를 쏟아 내면서도 아이에 대해서는 일언반구도 없던 사패천주를 떠올렸다.

어쩌면 사패천주와 강무련은 아이를 끝까지 지켜 줄지도 몰랐다.

다만 당혜군의 말처럼 강무련을 따르는 무인들이 아이가 경쟁자로 자라도록 둘지 모를 일이었다.

"어휴, 다 어른들 잘못이지, 애가 무슨 죄라고."

"그러니까."

현실은 차디차다.

오히려 남궁세가처럼 다툼이 없는 곳이 이상할 정도로 정파조차 후계 경쟁 앞에선 피도 눈물도 없었다. 심지어 남궁세가조차 남궁도의 반란이 있었다.

그러니 탐욕과 욕망이 죄가 되지 않는 사파야 오죽하겠는가.

답답한 마음에 한숨이 터져 나왔다.

"그 여자는 뭐래?"

"사패천주의 자식이라고 하겠지."

"하긴, 애라도 살리려면 우기기라도 해야지."

"그것도 알 수 없지 않냐? 태금호의 자식이면 죄인의 자식이 되는 거고, 사패천주의 자식이면 강무련의 경쟁자가 되는 건데."

"다 그 연놈들 잘못이라니까! 망할 것들!"

제삼자인 그들조차 무엇이 더 낫다고 할 수 없는 상황에 한쪽에서 당혜군이 시원하게 독설을 퍼부었다.

이번만큼은 당혜군의 독설에 모두가 동의했다.

"하아, 천년만년 가는 사랑이 어디 있다고. 다 찰나의 탐욕이거늘."

"뚱뚱한 식탐 대왕 땡중이 할 말은 아니야."

"그 여자도 그래. 그냥 시집을 갔으면 그것으로 끝이지. 왜 외도를 해서는……."

"박수는 혼자 치냐? 연놈이 똑같지."

"어쨌든 애만 불쌍하게 됐네."

"아이는 죄가 없다."

진화 일행은 안타까운 아이의 처지를 생각하며 아름다운 산책로를 즐길 수 없었다.

하지만 지금 그들이 할 수 있는 일이라곤 권마제를 확실하게 잡을 수 있도록 대비해 두는 것뿐이었다.

"숨을 만한 곳이나 퇴로로 쓸 만한 데를 찾아 둬. 그게 금영이는 물론 아이를 위해서도…… 어라?"

아이가 있었다.

남궁구가 말을 하다 말고 놀란 눈을 하고, 일행의 눈도 연못가에 쪼그려 앉아 있는 작은 체구를 향했다.

이제 예닐곱 살 정도 되었을까.

존재는 알고 있었지만 사패천에서 실제로 아이를 보게 된 일행도 놀랐지만, 아이도 태어나 처음 보는 외부인을 신기한 눈으로 보았다.

동글동글한 얼굴에 동그랗게 뜬 눈, 오동통한 볼살.

검붉은 비단옷에 한 치의 어긋남 없는 바가지 머리를 한 아이가 어느새 일행의 앞으로 다가왔다.

"너희는 누구야아?"

다짜고짜 하는 반말.

그래서 더 귀하게 큰 티가 났다.

게다가 자연스럽게 묻어나는 애교스러운 말투를 보면 관심과 사랑을 많이 받은 듯했다.

"어? 와아—!"

뭔가를 발견하고 크게 놀라며 웃는 얼굴이 삭막한 사패천과 어울리지 않을 정도로 순수했다.

"와아, 누나 진짜진짜 예쁘다. 나랑 놀래?"

"우, 우리?"

갑작스러운 아이의 말에 남궁구가 당황하며 물었다.

"아―니. 저기 진짜진짜 예쁜 누나."

아이가 진화를 콕 집어 말하자, 그 뒤에 있던 당혜군의 얼굴이 대번에 사나워졌다.

남궁금영과 나하연의 숨소리도 조용해졌다.

"어때? 당과 사 줄게. 나랑 가자."

아이가 하는 말에 나하연이 콧김을 뿜었다.

"꼬시는 말이 진부하기 짝이 없군. 이 몸이 전에 써먹었던 방법이다!"

"칫. 예쁜 꽃엔 파리가 꼬인다더니. 벌써 써먹었어?"

"그리고 대차게 실패했지. 이 몸의 경쟁자가 되려면 좀 더 커서 오도록!"

"남자는 젊으나 늙으나 돈이 최고랬어! 나 돈 많아!"

아이와 나하연의 대거리를 들으며, 아무도 쉽게 입을 떼지 못했다.

근처에 있던 하녀가 급히 아이를 부를 때까지도.

"도련님――!"

"칫. 나중에 봐! 누나, 내가 꼭 참신하게 꼬시는 말 배워

올게!"

아이가 급하게 달려가고, 일행은 그 모습이 사라질 때까지 보고 있었다.

"……아까 누가 애는 죄가 없다고 했냐?"

"심지어 애답지도 않고."

"이번 일로 크게 느꼈다. 경쟁에 나이는 중요하지 않더군. 다음엔 인정사정 봐주지 않겠다!"

"닥쳐, 미친년아."

현실은 차디차다.

다들 머릿속으로 그렸던 순수한 아이의 모습과 전혀 다른 모습에 한동안 충격에서 헤어나지 못했다.

그래서 누구도 진화가 '누나'가 아니라는 사실을 문제 삼지 못했다.

그날 저녁.

강무련은 진화 일행이 아이를 만났다는 걸 듣자마자 웃음을 터뜨렸다.

"하하하하! 수림이를 벌써 만났단 말이오?"

"이름이 수림입니까?"

"예. 한수림. 제법 잔망스럽지 않았소?"

강무련이 눈을 찡긋하며 물었다.

그는 진화 일행이 아이, 한수림과 어떤 일이 있었는지 대충 예상이 가는 듯 짓궂게 웃었다.

"……아이가 조금 오해를 한 모양입니다."

"음? 오해요?"

"그…… 나중에 아이가 오면 제가 누나가 아니라고……."

조심스럽게 꺼내는 진화의 말에 강무련이 파안대소를 터뜨렸다.

"하하하하하! 아, 미안하오. 하하하하하!"

진화는 강무련이 웃음을 그칠 때까지 인내심을 발휘했다.

한참 뒤 강무련은 눈물까지 닦고 나서야 겨우 웃음을 그쳤다.

"하하하, 안 그래도 조만간 인사를 시킬 예정이었소. 주변의 눈 때문에 오늘 연회에는 없지만, 며칠 뒤면 아이의 생일이라 큰 연회가 있을 거라."

"생일 연회요?"

이런 시국에도 아이의 생일 연회를 크게 연다니.

아이에 대한 사패천주의 애정을 새삼 실감했다.

그런데 그때, 한쪽에서 관서겸이 툭 내뱉듯 말했다.

"금영 소저의 생일도 나흘 후가 아니오. 마침 같은 날이니, 생일상이 섭섭하지는 않겠소."

"……!"

관서겸의 말에 진화의 눈이 번쩍 뜨였다.

"음? 남궁금영 소저의 생일이 우리 수림이와 같았소? 내 따로 알려서 생일상을 보라 전하겠소."

"감사합니다. 하하, 안 그래도 아버님이 그것 하나 아쉬워 하셨는데 말입니다."

강무련이 남궁금영을 배려하며 모두가 화기애애한 분위기였다.

그때, 진화가 강무련의 팔을 잡았다.

"권마제가 삼부인과 만났던 때가 언제라고 했지요?"

진화의 눈빛이 워낙 진지해서 강무련의 표정도 덩달아 굳었다.

⚜

환영 연회를 마치고 처소로 돌아온 진화는 강무련의 말을 곱씹었다.

"이제 팔 년 되었겠군요. 시집을 온 것과 거의 동시에 그놈과의 밀회를 들키고 임신한 몸으로 처소에 감금되었으니."

서로 거의 동시에 일어난 일이라 임신을 한 것이 먼저인지, 태금호와의 밀회가 먼저인지 확신할 수 없는 것이었다.

한수림이 태어난 달을 기준으로 열 달을 거스르면 신방을 치른 첫 달에 임신이 되었다.

태금호와 밀회를 들킨 건 석 달이 지났을 때였지만, 그 이전부터 만나 온 것이 확실했기에 오해를 풀 수 없는 것이다.

삼부인은 '자신은 시집오자마자 아이를 가졌고 태금호는 그런 자신을 안타까워하다가 다시 사랑이 싹튼 것이다.'라고 진술했다고 한다.

'천주의 자식을 임신했는데 여인을 안타까워했다라······.'

진화는 자신도 모르게 삼부인의 진술에서 사패천주가 가장 분노하는 부분을 집어냈다.

물론 진화에게 사패천주의 분노는 중요한 것이 아니었다.

연회장에서부터 뭔가를 고심하던 진화의 곁으로 남궁구와 남궁교명, 현오가 다가왔다.

"도련님, 아까부터 뭔가 고심하더니 대체 뭐가 문제인 거야?"

남궁구의 물음에, 진화가 고개를 들었다.

그리고 계속 머릿속에 맴도는 말을 뱉었다.

"만약 삼부인의 말이 맞다면······ 어때?"

"삼부인의 말이 맞아? 애는 천주의 아이고, 권마제는 임신을 하고 만났다는 말?"

"에이, 그게 말이 됩니까?"

이야기를 꺼내자마자 남궁교명이 대번에 고개를 저었다.

대화가 시작되자 팽가 형제와 제갈상, 관서겸도 관심을 가지고 다가왔다.

"글쎄요. 상식적으로야 다른 남자의 아이까지 가진, 그것도 스승의 부인이 되어 그 아이까지 가진 여인을 다시 사랑하는 것이 이해가 가지 않지만. 애초에 상식적인 사람들이 아니지 않습니까? 사패천에서 천주의 눈을 피해 불륜을 벌인 사람들인데."

제갈상의 말에 또 몇몇이 수긍이 간다는 듯 고개를 끄덕였다.

"아이가 태어나기도 전에 밀회가 발각되고 쫓겨났으니, 그러면 권마제가 이 주변을 맴돈 것도 팔 년째라는 말이잖아. 사패천주가 사지를 찢어 버리겠다고 눈이 벌건데. 그것만으로도 어지간히 미친놈이지."

"허어, 관음보살도 이겨 먹을 천년 불륜이로군."

남궁구와 현오가 권마제의 집념에 감탄했다.

그때 가만히 듣고 있던 관서겸이 툭 한마디 던졌다.

"천하의 권마제가 도망치면서 그렇게 사랑하는 여인을 버려 뒀다니, 뭔가 달리 원하는 것이 있었던 것 아닌가?"

관서겸의 말에 진화가 눈을 빛냈다.

진화도 내심 그런 생각을 하고 있었다.

"강무련이 있다지만 태금호의 무위는 단번에 권마제 자리에 오를 정도였어. 순리대로라면 당연히 사패천의 후계가 되었을 자가 스승의 부인과 정분이라니. 그것도 임신까지 한 여자와…… 만약 태금호에게 그 모든 이유를 무시하고 임신한 여자에게 접근할 이유가 있었다면? 그러면 조금 말이 되지 않을까?"

진화가 표정이 진지해지자, 다른 사람들도 달리 생각이 깊어졌다.

"태금호가 처음부터 아이를 노렸을 가능성을 말하는 거야?"

"남자아이. 사패천주의 피를 이은 근골. 게다가 태금호와 사십 년 가까이 나이 차이가 나지. 확실히 제물로 고르는 거라면 아이 쪽이 훨씬 유용할 수도 있겠군."

남궁구과 남궁교명이 고개를 주억거렸다.

하지만 이 모든 가정에는 치명적인 오류가 있었다.

"남궁금영의 생일은 갑술년 무진월 계미일 신시(申時)가 아닙니까."

"확실히. 소천주의 말에 따르면 한수림이 태어난 시는 인시(寅時)였지."

그것이 문제였다.

"차라리 아이가 태금호의 자식이라고 하는 게 더 가능성이 높다."

"그냥 천년 불륜일 가능성이 더더 높지만."

지금까지 나온 정황으로는 팽가 형제의 말이 맞았다.

한수림은 태어나서 지금까지 태금호와 아무런 연관도 없었고, 어쨌든 지금 태금호와 관련 있는 사람은 남궁금영과 삼부인이었다.

"천륜이든, 천년 불륜이든, 지독하군. 아미타불."

현오의 말에 진화의 마음에 무겁게 와서 박혔다.

현오가 진화를 향해 고개를 저어 보였다.

같은 제물 양육실에서 자란 현오는 진화의 생각을 이해했다.

지독한 사랑 때문에 목숨마저 불사한다는 건, 그들로서는 도저히 이해할 수 없는 일이었다.

하지만 단지 그것 때문만은 아니었다.

"사패천주가 말했지. 자신은 자신이 본 것만 믿는다고. 그리고 태금호의 눈은 언제나 자신의 보물을 향해 있었다고."

"보물?"

"사패천주의 보물은 삼부인이 아니었어. 사패천주의 보물은 한수림이야. 그런데 왜 태금호는 삼부인이 아니라 한수림을 보고 있었을까?"

진화의 의문에 누구도 답을 하지 못했다.

그들이 할 수 있는 답이라곤 고작.

"천년 사랑이라 그 자식까지 사랑한 건가 보지."

"제 자식이라고 믿고 있거나."

남궁구와 남궁교명이 답을 내놓았지만, 누구도 완전히 납득하지 못했다.

사위에 아무것도 보이지 않을 정도로 짙은 어둠과 안개가 내려앉은 밤.

바람도 불지 않는 연못 한가운데 잠깐 파동이 일었다.

그리고 감시를 위해 밤에도 불을 끄지 않는 삼부인의 처소에 작게 나무 두드리는 소리가 들렸다.

똑똑. 똑. 똑똑.

잠자리에 들었던 삼부인이 눈을 번쩍 떴다.

"가가."

―쉿.

바로 귓가에 들리는 목소리.

삼부인이 고개를 돌리자, 그녀가 그토록 오매불망 기다리던 사내가 그녀의 옆에 누워 있었다.

삼부인의 얼굴이 꽃처럼 활짝 피었다.

'보고 싶었어요, 가가!'

말소리가 들리지 않게.

삼부인이 입 모양으로 태금호에게 제 마음을 전했다.

'어디 상하신 곳은 없나요? 또 들키면 어쩌려고 오셨어요!'

삼부인이 다친 곳을 확인하려는 듯 태금호의 몸을 만지며 질문을 쏟아 냈다.

그러자 웃음이라고는 모를 듯하던 무뚝뚝한 사내가 미소를 머금고 삼부인을 끌어안았다.

-나도 보고 싶었소. 그대와 아이가 걱정되어 매일매일 이곳을 찾고 싶었소.

'아아, 가가!'

태금호의 전음을 듣고 삼부인이 눈물을 흘리며 태금호의 등을 껴안았다.

-조금만 기다리시오, 내 반드시 그대와 아이를 데려갈 것이니.

태금호의 전음에 삼부인이 화들짝 놀라며 몸을 뗐다.

'안 돼요!'

삼부인이 필사적으로 고개를 저었다.

'적호단까지 와 있어요, 남궁세가 여자를 데리고. 당신을 잡으려고 하는 것 같아요!'

삼부인이 입 모양과 손짓, 표정으로 필사적으로 정보를 전달했다.

삼부인의 정보에 태금호가 미간을 일그러뜨렸다.

-적호단? 정의맹의 적호단 말이오?

태금호의 확인에 삼부인이 고개를 끄덕였다.

심각해진 태금호의 표정에 삼부인이 그의 얼굴에 손을 갖다 댔다.

'나와 림이는 걱정 말아요. 우린 더 견딜 수 있어요.'

삼부인의 걱정 어린 말에 태금호의 표정이 금방 풀렸다.

─내 걱정 마시오. 적호단이 오는 바람에 오히려 사방이 어수선하더군.

'그래도……!'

─며칠 뒤 수림이의 생일이 아니오. 사패천주도 그때 연회를 연다지? 내가 와 봐야지. 또 그대 혼자 눈물로 지샐 것이 아니오.

'가가!'

태금호의 말에 삼부인이 금세 눈물을 쏟아 냈다.

무뚝뚝한 사내의 입에서 나오는 다정한 말은 언제나 그녀의 마음을 울렸다.

그리고 단단하게 굳혔다.

어떤 역경도 이겨 낼 수 있도록 말이다.

─내 반드시 아이와 당신을 데리고 여길 나갈 것이오. 그리고 우리 셋이서 아이의 생일을 보내게 될 것이오.

'가가, 당신을 믿어요.'

삼부인이 태금호의 약속을 굳게 믿으며 그의 품에 안겼다.

삼부인은 간혹 찾아오는 태금호에게 제가 아는 혹은 주변에서 들은 말을 전하고, 태금호는 그녀가 주는 정보를 통해 빈틈을 찾았다.

태금호는 언제나 그녀와 아이를 데리고 나갈 거라 약속했고, 삼부인은 그런 태금호를 믿고 팔 년이라는 세월을 기다리고 있었다.

－얼마 남지 않았소. 머지않아 우리 세 식구가 함께할 것이오.

'네, 기다릴게요.'

－내일 또 찾아오겠소.

굳은 약속을 남기고 태금호는 그림자가 지기 전 사라졌다.

다음 날 강무련이 진화 일행을 찾아왔다.

전날 한 말대로 한수림의 생일 연회 전에 그들과 인사시키기 위해서였다.

"한수림, 이름도 천주님께서 지었소. 우거진 숲처럼 쑥쑥 자라기만 하라고. 큭큭큭, 탑주가 기겁했지만 사실 나도 그 이름이 나쁘지 않다고 생각했소. 건강하게 쑥쑥 크기만 하면 좋겠다고 생각했거든."

그 말을 하는 강무련의 입가에 조금 씁쓸한 미소가 달렸다.

그냥 건강하게 자라서 아무것도 되지 마라, 그래서 내가 너를 죽일 필요가 없도록.

아마 그때나 지금이나 이것이 강무련의 진심일 것이었다.

"형—님!"

연못 맞은편에서 아이의 목소리가 들렸다.

강무련을 본 아이가 크게 손을 흔들고 있었다.

"밝고 순수한 아이지. 사패천 모두가 저 아일 좋아하오."

"모두가, 말입니까?"

"그렇소. 나도 저 아이를 좋아하오, 단지 사패천을 더 사랑할 뿐."

강무련이 저에게 달려오는 아이를 향해 웃으며 손을 흔들었다.

"그런데 저 아이도 사패천의 일부지. 내가 권마제를 죽이고 싶어 하는 건 저 아이를 위해서요. 권마제의 아들만 아니라면, 내가 저 아이를 살려 줄 수 있으니까."

강무련이 앞으로 나가며 두 팔을 활짝 벌렸다.

어느새 강무련이 있는 곳까지 달려온 아이가 한달음에 강무련의 품에 안겼다.

"우아! 형님—! 어디 갔었어요? 림이한테 말도 없이! 한참 찾았잖아요!"

"하하하! 녀석. 그새 형님이 보고 싶었더냐?"

"사흘 뒤에 림이 생일이에요. 선물 사 오셨어요?"

"응? 가만, 요 소악마! 림이 어쩌고 존댓말로 잔망을 부리는 걸 보니 이 형님이 아니라 선물을 기다렸구나!"

강무련이 아이의 볼을 아프지 않게 꼬집었다.

하지만 서로 매달려서 떨어지지 않는 모습이 퍽 우애 좋은 큰형과 막둥이 같은 모습이라, 방금까지 강무련이 한수림의 죽음에 대해 언급했던 것까지 까맣게 잊어버릴 정도였다.

"하하하하하! 선물 없어도 괜찮아! 대신 그날 림이 뱃놀이 시켜 줘야 해! 응? 응? 뱃놀이-!"

"대체 누가 배 타고 칼싸움하는 걸 뱃놀이라고 한다더냐? 천주님이 그건 아직 안 된다고 했잖느냐."

"아아아, 그래도 형님이 말하면 들어줄 거야! 형님이 아버지 앞에 배 깔고 누워 봐. 응?"

강무련이 한수림을 아낀다는 것이 거짓말은 아니었던 듯.

강무련에게 매달려 떼쓰는 한수림의 모습이 무척 익숙하고 아이다워 보였다.

비록 한수림이 하는 말까지 아이답지는 않았지만.

"배 띄우고 돈 자랑 하면 그 누나도 넘어올 거야!"

"누나?"

"응! 어제 진짜진짜 예쁜 누나를 봤어. 돈 자랑 하고 칼싸움 다 이겨서 그 누나 꼬실 거야! ⋯⋯어? 그 누나다!"

한수림의 말에 모두의 시선이 진화를 향했다.

진화는 터질 듯 붉어진 귀를 하고 한수림과 모두의 시선을 피했다.

잠시 뒤.

한수림은 진화가 남자라는 말을 듣고 대차게 울어 버렸다.

하지만 아이답게 한번 "와아앙—!" 울고 나선 또 금세 잊어 버린 듯 남궁구 일행과 어울리기 시작했다.

"우—아, 더 높이! 높이 높이! 형아들도 대빵 세다! 와아아 아!"

한수림은 팽가 형제가 놀아 주자 정신을 못 차리고 즐거워 했다.

팽가 형제는 공을 주고받듯 한수림을 공중에서 가뿐하게 주고받고 있었다.

진화 일행도 잠시나마 아이의 웃음소리를 들으며 즐거운 시간을 보냈다.

그리고 끝내 아이와 친해지길 거부한 진화는 그곳에서 조금 떨어져서 그들을 보고 있었다.

강무련이 겨우 웃음을 참으며 진화의 곁을 지켰다.

"보기 좋지요? 웃음도 많고 울음도 많고, 천주님을 닮은 게 확실한 것이 벌써 미색도 밝히오. 아이의 말이니 너무 노여워하진 마시오."

강무련이 웃음을 머금고 진화를 달랬다.

내내 표정이 굳어 있는 진화를 보고 한수림 때문에 불쾌한 것이라 생각한 것이다.

실제로 진화의 시선은 한수림에게서 떠날 줄 몰랐다.

"그 뱃놀이, 들어주는 것이 어떻습니까?"

"음? ……수림이의 꼬심에 넘어가 주시게?"

이번만은 진화가 강무련을 노려보았다.

강무련이 금방 손을 들고 항복했다.

"아아, 농담이오, 농담! 하하. 쪼그만 놈이 뱃놀이라니. 다 천주님 때문이오. 여자는 돈과 칼이면 장땡이라고 이상한 걸 가르쳐서."

"저는 농담이 아닙니다."

끝까지 진지한 진화의 눈빛에 강무련이 의아한 듯 진화를 보았다.

"사패천주님도, 소천주도 저 아이를 보물이라 말하더군요. 그리고 태금호가 저 아이를 보고 있었다고…… 언제까지 태금호가 나타나기만 기다릴 순 없지 않습니까?"

"……지금 태금호를 유인하자는 말이오?"

그것도 한수림을 이용해서.

뒷말을 덧붙이진 않았지만, 잔뜩 굳어진 강무련의 표정이 그의 생각을 전하고 있었다.

하지만 진화는 흔들리지 않았다.

애초에 진화는 남궁 이외의 사람들을 배려해 본 적이 없었다.

"태금호의 귀에 들어갈 것입니다."

"아이가 위험해질 수 있소."

강무련이 진화를 노려보았다.

불꽃 같은 눈동자에 살기마저 어렸다.

"사패천 안입니다. 무엇이 그리 위험하겠습니까. 약간의 위험 감수로 권마제를 사냥할 수 있다면, 뭐가 더 중요하죠?"

진화의 눈빛이 강무련과 정면으로 부딪쳤다.

흑요석처럼 검은 진화의 눈동자에서는 아무것도 읽을 수 없었다.

두 사람이 눈을 마주한 채 숨이 막힐 듯 차디찬 침묵이 흘렀다.

그리고 잠시 뒤, 강무련이 먼저 한숨을 쉬었다.

"하아! ……그대야말로 소악마로군. 내게 이런 선택을 하게 하다니."

강무련이 얼굴을 일그러뜨린 채 진화 일행과 놀면서 신나게 웃음을 터트리고 있는 한수림을 보았다.

강무련은 결국 진화의 제안을 받아들였다.

그리고 그 이야기는 사패천주에까지 전해졌다.

사패천주는 이전과 같이 진화와 적호단주를 사랑탑으로 불러들였다.

"사고 쳤냐?"

사랑탑에 들기 전, 적호단주가 진화에게 물었다.

"아니오."

"그래. 사패천주가 공격하면 나는 두말 않고 튈 거다."

진화는 아니라고 했지만 적호단주는 믿지 않았다.

그걸 거면 대체 왜 물어본 건지.

그러면서도 막상 사패천주의 앞에 서게 되자 적호단주는 진화를 제 곁에 세웠다.

"......"

사패천주가 권좌에 구부정하게 앉은 채 말없이 진화를 보았다.

살기를 담아 노려보는 것도 아니고 그렇다고 호의적인 눈빛도 아니었다.

그저 담담하게 쳐다보기만 하는 것뿐인데 진화는 등이 땀으로 젖어 드는 듯했다.

적호단주가 잔뜩 긴장한 얼굴로 진화의 앞을 가리려는 듯 나섰다.

그때, 사패천주가 몸을 바로 세우며 진화를 내려다보았다.

"물싸움, 아니, 뱃놀이를 하자고 했다지?"

잔잔하게 가라앉은 사패천주의 눈 안에는 새파란 불길이 이글거리고 있었다.

대답이 마음에 들지 않는다면 불길이 순식간에 커져 진화를 집어삼킬 듯했다.

진화가 침을 삼키고 사패천주의 눈을 마주 보았다.

옆쪽에서 이 이야기가 금시초문이었을 적호단주의 시선도 느껴졌다.

"제가 마음이 급해서요."

"급해?"

"언제 나타날지 모르는 태금호를 기다리며 세월을 보내고 있을 순 없지 않습니까."

안 해도 될 불편한 셋방살이를 하고 있는 적호단이었다.

기약도 없이 마냥 있을 수는 없는 노릇이었다.

하지만 그렇다 한들, 한수림의 생일을 이용하는 건 또 다른 문제였다.

"내 보물이 위험할지도 모르는데? 감히 내 아들을 미끼로 쓰겠다는 것인가?"

사패천주가 확인하듯 물었다.

마치 늑대가 먹이를 덮치기 전 송곳니를 드러내며 낮은 울음을 우는 듯. 사패천주의 눈빛에 붉은 기운이 일렁이며 경고를 보냈다.

사정이 어찌 되었든 적호단주가 진화의 앞을 가렸다.

하지만 진화는 팔로 적호단주의 호의를 제지하고 한 발 더 앞으로 나왔다.

"자신 없으십니까?"

진화가 도발적으로 물었다.

"뭐라?"

눈썹을 까닥거리는 사패천주를 향해 진화가 고개를 빳빳하게 들었다.

진화가 순순히 몸을 굽히는 건 오로지 남궁세가뿐이었다.

진화는 본래 힘으로 누르면 더 높이 튀어 오르고 당기면 줄을 끊어 버리는 사람이다.

제물 양육실에서부터 그러했다.

힘이 열세라면 다음 기회를 기다렸다.

"태금호가 난다 긴다 해도 어차피 사패천 안입니다. 어린 아이 하나 지킬 자신이 없으십니까?"

"남궁 공자!"

소천주 강무련이 놀라서 진화를 부르고, 탑주와 적호단주가 경악하며 진화를 보았다.

그러나 진화는 그들의 반응에 아랑곳하지 않고 오히려 기운을 일으켰다.

"범은 토끼를 사냥할 때도 최선을 다한다지요. 권마제를 사냥할 기회가 눈앞에 있습니다."

진화의 눈 안에서 푸른 번개가 번뜩였다.

혹시나 운이 안 따라서, 상황이 달라져서 혹은 힘이 부족해서 실패할 수는 있다.

사람이니 실수를 할 수도 있다.

하지만 진화는 기회를 포기하는 법이 없었다.

"삼부인 때문인지 남궁금영 때문인지, 어쨌든 태금호가 이곳을 어슬렁거리고 있습니다. 누굴 노리는지 확신할 순 없지만, 함정을 꾸미기에 이렇게 완벽한 기회도 없지 않습니까? 원하신다면 남궁금영 또한 배에 태울 것입니다."

진화의 말에 화가 난 듯 진화를 노려보고 있던 사패천주의 표정이 달라졌다.

사패천주는 진화를 만난 첫날, 자신을 남궁진화라 소개하는 진화의 모습에서 황실이 아닌 남궁을 택한 진화의 진심을 알아보았다.

그러니 남궁금영마저 배에 태우겠다는 진화의 말을 허투루 들을 수 없었다.

"그러고도 나타나지 않는다면?"

"그 첩을 찢어 죽이든 태워 죽이든 나타날 때까지 건드려 봐야지요."

"허!"

진화의 말에 어디선가 바람 새는 소리가 난 듯도 했다.

확실히 정파 명문 후기지수가 할 말은 아니었고, 황자가 할 말은 더더욱 아니었다.

하지만 누가 어떤 시선으로 보든 진화는 전혀 상관하지 않았다.

진화는 그저 권마제, 나아가 귀천성을 잡고 싶은 것뿐이었다.

"사냥감이 잡혀 주기만 기다리는 사냥꾼은 없습니다."

"……그렇지. 짐승은 내 손으로 잡아 죽여야지."

사패천주가 고개를 끄덕였다.

하지만 여전히 생각이 많은 얼굴이었다.

"태금호, 그 녀석은 제자로 들이기 전부터 수상한 놈이었다. 이름을 날리고 수십, 수백 명을 죽이고도 남았을 무공을 가지고 있으면서 아무것도 하지 않고 있었거든."

사패천주는 옛날 태금호를 처음 만났을 때를 회상했다.

구정물이 칠갑 된 까만 얼굴에 두 눈만은 붉은빛을 잃지 않던 그 얼굴.

"그렇게 자신을 숨기는 놈들은 대개 속으로 뭔가 다른 것을 노리고 있는 놈들이지. 하지만 상관없었다. 그것만 빼면 썩 괜찮은 놈이었거든. 내 밑에서 몇 년 있다 보면 바뀔 거라고 생각했었지. 그런데 아니었어. ……놈은 그저 때를 기다린 게야."

사패천주가 회한 어린 눈으로 탁자 위에 있는 나무 봉을 보았다.

진화는 사패천주가 권마제에게 아직 미련이 남은 것은 아닌가 생각했다.

어쩌면 그래서 삼부인 또한 여태껏 살려 둔 것은 아닐까.

진화보다 훨씬 오래 사패천주의 곁을 지킨 강무련과 탑주가 촉촉하게 젖은 눈으로 그를 보고 있었다.

진심으로 태금호를 아꼈던 사패천주의 마음에 공감하는 듯했다.

"짐승도 패면 말을 듣던데, 그놈은 왜 그 모양이지?"

"……."

아, 나무 봉에 담긴 추억이 '그런' 추억이었던가.

자세히 보니 강무련과 탑주의 촉촉한 시선이 나무 봉에 닿아 있었다.

"역시, 내가 마음이 약해서 매가 부족했나?"

미련이 남은 듯한 사패천주의 물음에 아무도 답하지 않았다.

잠시나마 정파인의 시선으로 사패천주를 동정했던 적호단주가 고개를 저었다.

진화는 아무래도 상관없었다.

"소공자의 생일을 겸한 뱃놀이라면 경계를 느슨하게 풀어도 태금호의 의심을 사지 않을 겁니다. 아니, 의심을 한다고한들, 그토록 오랫동안 기다렸는데 이번 기회를 절대 흘려보내지 못할 겁니다. 이참에 태금호와 관련된 것은 모두 처리하시지요."

"호오. 모두 정리하라?"

"기회가 좋지 않습니까."

진화가 슬쩍 입꼬리를 올렸다.

사패천주가 태금호의 이야기를 꺼낸 순간부터, 진화는 그가 이 기회를 놓치지 않으리라 확신했다.

자그마치 혼자서 사파를 사냥한 사냥꾼이 아니던가.

아니나 다를까.

사패천주가 진화를 향해 이를 드러내며 웃어 보였다.

"흐흐흐, 이 잔망스러운 놈. 내 가려운 곳을 긁어서 원하는 걸 얻으려고? 좋다! 이번엔 네놈의 잔망에 넘어가 주지."

"옳은 결정을 내리셨습니다."

사패천주의 확답에 진화가 사르르 웃어 보였다.

사패천주는 진화가 이번 일에 남궁금영의 목숨까지 각오했다고 생각했지만, 사실 진화는 그런 적이 없었다.

진화는 태금호가 한수림을 노릴 거라 확신하고 있었기 때문이다.

사패천주의 결정이 있고 살얼음판 같던 분위기가 대번에 달라졌다.

강무련과 탑주, 적호단주가 동시에 크게 한숨을 내쉬었다.

"탑주."

"예!"

"수림이의 생일 연회를 크게 열어야겠다. 일곱 문파에도 초대장을 날려라. 오든 말든 사람을 보내든 알아서 하겠지."

"그리하겠습니다."

"무련아."

"예, 사부님."

"배에는 네가 직접 오르고 연회 준비도 직접 챙겨라. 할 수 있겠지?"

"물론입니다."

사패천주가 강무련의 마음을 확인하듯 묻자, 강무련이 시원하게 웃으며 대답했다.

연회를 준비하고 한수림과 함께 배에 타서 그를 지킨다는 것.

강무련은 제가 직접 한수림을 지킬 것을 사패천주에게 약속한 것이었다.

"수림이 그 녀석이 원하는 것은 단순히 뱃놀이가 아니라 수전을 하는 것이다. 아이의 안전에 만전을 기하되, 배에 오르는 건 흑살대와 교룡대 말고 제일 먼저 원하는 무단이 있다면 그놈들을 쓰도록."

"그리하겠습니다."

흑살대와 교룡대는 공공연하게 강무련을 지지하는 세력으로, 강무련은 그들을 제외하라는 명령을 불필요한 오해를 피하라는 의미로 알아들었다.

마침 사패천의 후계자로 다른 무단의 지지를 얻을 기회이기도 했기에, 강무련은 망설임 없이 명령을 받들었다.

"참, 그러고 보니, 전날에 무슨 바람이 불었는지 수림이 녀석이 내게 와서 돈 좀 쓰라고 안달이더군. 사나이다운 이유가 있다나? 갑자기 사나이다운 이유라니, 그게 뭔지 아나?"

일사천리로 명을 내리던 사패천주가 고개를 갸웃거리며
물었다.

"……."

시원시원하게 답을 내놓던 강무련이 이번만큼은 아무 말
없이 진화를 보았다.

⚜

사패천 소공자의 성대한 생일 연회 준비가 시작되었다.

생일 연회는 삼부인의 불륜과는 별개로 한수림에 대한 사
팬천주의 변함없는 애정을 보여 줄 기회가 되었다.

사패천은 이번 연회를 위해 급히 초대장을 돌려 사파 고수
들을 초대하고, 인근에 이름난 무희와 악사 들도 섭외했다.

또 손님들을 위해 소, 돼지 등 가축 수십 마리를 잡고, 숙
수들은 지금부터 손님들을 위한 음식을 준비에 들어갔다.

이 모든 준비에 소천주 강무련이 직접 나섰다.

물론 그중에서도 특히 강무련이 가장 신경 쓴 부분은 한수
림을 위한 모의 수전이었다.

세간에는 강무련이 모의 수전을 통해 한수림에 대한 애정
과 정파 후기지수들과의 친분을 과시하려 한다고 알려졌다.

누구도 의심하지 않을 대의명분이었다.

그런 의미에서 강무련이 모의 수전 준비를 적호단과 함께

하는 것 또한 아무도 의심하지 않았다.

"배가 가장 문제로군요."

"수림이와 남궁 소저의 안전을 위해서는 각각 오십 명은 태워야 하는데……."

한수림과 남궁금영의 안전을 위해 각각 무인 오십 명을 태우기로 했는데, 그만큼 큰 배를 구하는 것이 급선무였다.

하지만 그 일은 의외로 쉽게 해결되었다.

청해상단에서 폐선하려던 큰 상선 두 척을 넘겨주었기 때문이다.

남은 일은 배에 태울 무사들의 배치였다.

"배에는 금수대가 타기로 했습니다."

사패천주와 강무련의 눈에 들 천금 같은 기회에 금수대주가 가장 먼저 나섰다.

모두들 이전까지 일제자를 밀던 금수대가 이제라도 강무련에게 줄을 서는 것이라 생각했다.

"남궁금영의 호위를 위해 반대쪽 배에는 적호단이 타겠습니다."

"그럼 배치는……."

"소공자와 남궁 소저의 호위가 가장 중요합니다. 원진을 짜고 소공자와 남궁 소저의 곁에 소천주와 제가 직접 나서는 것으로 하죠."

"그러는 것이 좋겠습니다."

강무련과 적호단주의 생각이 서로 일치하며 무사들의 배치도 순조롭게 마치는 듯했다.

그때, 조용히 있던 남궁진혜가 손을 들었다.

"근데 누가 이기는 걸로 하는 겁니까?"

"······."

강무련과 적호단주가 동시에 서로를 바라보았다.

두 사람 다 당황스러운 기색이 역력했으나 져 주겠다는 말은 끝내 나오지 않았다.

그러다 결국.

"큼, 아이의 생일이니 배려 부탁드립니다."

"음······."

강무련의 부탁에 적호단주가 마지못해 고개를 끄덕이는 것으로 그 문제는 넘어가는 듯했다.

하지만 산 너머는 산이라고.

"싫ㅡㅡㅡ어! 난 무조건 예쁜 형아랑 같은 편 할 거야!"

갑자기 당사자인 한수림이 끼어들면서 상황이 복잡해졌다.

"수림아!"

"아버지가 그랬어. 돈을 썼으면 본전은 뽑으라고! 그러니까 나는 무조건 예쁜 형이랑 같은 편 할 거야!"

한수림이 사패천이 떠나가라 떼를 쓰는 통에 모든 이들이 한수림의 요구를 알게 되었다.

아이의 생일 선물로 진행되는 모의 수전에서 아이의 요구를 안 들어줄 수도 없는 일이었다.

"소공자와 우리가 한편이 되면, 소공자를 위해 우리가 이겨야 하나?"

남의 타들어 가는 속도 모르고 남궁진혜가 능글맞게 물었다.

하지만 다행이라면 다행이랄까.

한수림과 적호단이 한편이 되는 일은 없었다.

한수림이 원한 것은 예쁜 형아 하나뿐이었기 때문이다.

한수림의 생일 연회가 고작 이틀 앞으로 다가온 시점.

당초 연회에 대한 소문은 삽시간에 사패천 문밖까지 퍼져나갔다.

"청해상단에서 배 두 척을 보내왔다고?"

"소공자의 뱃놀이 선물이라더군."

"허, 쫌생이 같은 정파 놈들이 웬일이래?"

"거, 뭐라더라? 정사 연합 어쩌고 하면서 생색내는 거지. 소공자의 뱃놀이에 적호단 놈들도 참여한다더군."

"하여튼 정파 놈들 생색내는 건 알아줘야 한다니까."

사패천 무인들이 저자를 나서며 시시덕거렸다.

일견 정파나 적호단의 참여를 비꼬는 듯했지만 심저에는 사패천에 대한 자부심이 가득했다.

그렇게 정파의 참여로 모의 수전이 화제가 되면서, 그에 관한 소문이 사패천 인근까지 모두 퍼져 나가고 하나둘 도착한 손님들도 그것에 대해 다 알게 되었을 때.

진화의 예상대로 태금호의 귀에도 그 소문이 들어갔다.

삼부인이 불안한 눈으로 태금호의 손을 잡았다.

'가가, 함정일 거예요!'

칠 년을 갇혀 사느라 세상 물정 모르는 여인도 예상할 만한 일이었다.

하지만 태금호는 차분하게 고개를 저었다.

─이번은 놓칠 수 없는 기회요. 수림이의 처소가 사랑탑으로 옮겨지고 좀처럼 기회를 보지 못했소. 생일 연회로 낯선 손님들이 많고, 더욱이 사방이 트인 강에서 벌이는 모의 수전이라면…… 몰래 잠입했다가 강을 통해 수림이를 데려갈 절호의 기회요!

태금호가 삼부인의 손을 꽉 잡으며 그녀에게 의지를 전했다.

하지만 삼부인의 불안은 좀처럼 가시지 않았다.

'하지만 가가, 너무 위험해요! 강무련이 직접 나서고 금수대까지. 정파의 적호단도 탄다고 했어요!'

워낙 소문이 크게 난 터라 삼부인의 귀에도 일의 진행 상황이 들어간 터였다.

무림 사정에 어두운 그녀도 사패천의 금수대와 정의맹의 적호단이 양측이 자랑하는 정예 무단이라는 것은 알았다. 게다가 강무련까지 직접 나선다 했으니.

그녀의 짧은 소견으로도 태금호 혼자 어찌해 볼 전력이 아니었던 것이다.

하지만 태금호는 여전히 여유만만한 얼굴이었다.

─하하하, 너무 걱정 마시오. 수림이가 떼를 쓴 탓에 정파 후기지수들 몇이 더 타는 것뿐이오. 적호단은 다른 배를 탈 것이오.

한수림이 끼어들면서 결국 한수림의 배에 진화와 남궁구, 남궁교명과 나하연이 타기로 했다.

그들의 수만큼 금수대원들이 적어지겠으나 모의 수전인 만큼 크게 문제 되지 않았다.

오히려 이상한 것은, 태금호가 그 모든 세세한 사정까지 알고 있다는 사실이었다.

'가가께서 그걸 어떻게 다……?'

삼부인이 미심쩍은 얼굴로 태금호를 보았다.

─그대는 아무 걱정 마시오. 강무련이 소천주라곤 하나, 그건 내가 없었기 때문이오. 내가 고작 강무련과 정파 애송이들에게 당할 것 같소? 나 태금호요, 권마제 태금호. 날 믿으시오.

'하오나 금수대가 마흔 명 가까이 탈 것입니다. 그들은 어찌…… 아! 혹시?'

퍼뜩 떠오르는 생각에, 삼부인이 놀란 눈으로 태금호를 보았다.

그러자 태금호가 빙그레 미소를 지으며 고개를 끄덕였다.

—이 태금호가 사패천에 있었던 세월이 이십 년이 넘소. 그동안 내 사람들 하나 없었겠소?

'아아!'

—놈들은 이것을 함정이라 생각하겠지만, 그것이야말로 큰 오산이오.

태금호가 서늘하게 사패천주를 비웃었다.

함정이라고 의심하지 않았냐고?

의심했다. 아니, 함정이라고 확신했다.

하지만 태금호는 이런 얄팍한 함정 따위 그대로 부수고 나갈 것이라 확신했다.

칠 년 전 태금호가 밀회의 목격자를 비롯해서 후원 무사들을 모두 죽이고 유유히 빠져나갔을 때와 같이, 사패천에는 여전히 그의 사람들이 있었기 때문이다.

정의맹에 기대 현실에 안주하고 있는 사패천주와 달리 진짜 부귀영화를 쥐어 줄 주군을 따르는 자들이.

—그대는 나만 믿으면 되오.

태금호가 진지한 눈으로 삼부인과 눈을 마주쳤다.

한 손에 감싸지는 연약한 손과 여전히 불안한 듯 떨리는 눈동자.

한때는 열렬하게 사랑했던 여인이었다.

−드디어 때가 온 것이오. 강무련과 정파 애송이들 따위론 나와 금수대를 어찌하지 못할 것이오. 나는 강을 통해서 수림이를 먼저 안전하게 데리고 나갈 것이오. 그리고 혼란을 틈타 그대를 빼낼 것이니, 아주 조금만 더 날 기다려 주시오. 이제 다 되었소.

'네, 가가. 믿고 기다릴게요. 당신과 수림이만 안전할 수 있다면……. 네, 전 괜찮아요.'

삼부인이 눈빛을 굳히며 태금호를 향해 고개를 끄덕였다.

그녀는 정말로 괜찮았다.

칠 년을 넘게 견딘 오욕의 세월.

고작 며칠 더 추가한다고 달라질 것이 무어 있겠는가.

다만 그녀가 주장하듯 한수림이 정말 사패천주의 아들이 맞다면, 사패천주의 아들이 사패천 밖에서 정말 안전할 수 있을까?

누구라도 생각해 봄 직한 의문이었다.

하지만 사랑에 눈이 먼 삼부인의 눈은 태금호를 향해 한 치의 의심도 품지 않고 있었다.

그녀의 흔들림 없는 눈을 확인하며 태금호가 그녀의 손을 놓고 모습을 감췄다.

이틀이 눈 깜짝할 사이에 지나가고.

한수림의 생일날이 되었다.

순식간에 사패천을 밀고 들어온 수십, 수백 명의 손님들이 가장 먼저 향한 곳은 사패천의 뒤에 흐르고 있는 강이었다.

그곳엔 이미 검은 깃발과 붉은 깃발로 치장된 큰 배가 두 척 띄워져 있었다.

"적호단이다!"

"금수대야!"

"소천주님이시다——!"

누군가의 외침에 태금호가 눈살을 찌푸렸다.

하지만 곧 금수대원들 사이로, 강무련과 다른 누군가의 손을 잡고 배에 오르는 한수림이 보였다.

밝은 얼굴로 강무련의 반대편에 있는 사내를 향해 재잘재잘 떠드는 한수림의 모습을 보며 태금호가 조용히 미소를 머금었다.

그리고 그 얼굴은 곧, 경악으로 물들었다.

한수림의 생일 연회가 있기 이틀 전.

강무련은 뱃놀이, 아니 이제 온전히 모의 수전이라 불리는 그것을 준비하며 사패천 전체의 방비에 고심하고 있었다.

그 모습을 보며 진화가 강무련에게 물었다.

"태금호는 어떤 자입니까?"

진화의 질문이 의외인 듯 강무련이 고개를 들어 진화를 보았다.

"갑자기 그걸 왜 묻는지 알 수 있겠소?"

강무련이 진지한 얼굴로 물었다.

날카로운 눈빛이 진화의 표정 하나 놓치지 않겠다는 듯 살피고 있었다.

"소천주께서 긴장하고 있기 때문입니다."

진화의 답에 강무련의 눈이 커졌다.

그는 생각지도 않은 말을 들은 듯 놀란 얼굴이었다.

하지만 진화는 내내 태금호에 관한 것이라면 조금도 마음을 놓지 못하는 강무련을 보며 궁금해졌다.

마제들이라면 진화도 알 만큼은 알았다.

다만 진화가 궁금한 것은 '태금호가 강무련 같은 사내조차 긴장해야 할 정도인가?' 하는 거였다.

"내가 긴장했다라…… 그럴지도 모르겠군."

진화의 말한 의미를 모를 리 없는 강무련이 슬쩍 웃었다.

그 모습이 꽤 자조적이었다.

"태금호는 서른도 되지 않아 경지에 오른 천재였소."

강무련이 덤덤하게 입을 열었다.

"그리고 내겐 아비이자 형제이자 친우였소."

강무련의 말에 진화가 조금 놀란 듯 눈을 크게 떴다.

"나와 내 사형제들은 그저 같은 스승을 모신 경쟁자일 뿐
이었소. 봤다시피 사부가 조금 그래서……. 사실 그것도 수
림이가 태어나고 조금 나아진 것이오. 수림이가 태어나기 전
의 사부는 피도 눈물도 없는 사람 같았지. 인정사정없고 거
칠기 짝이 없어, 어린 제자의 뼈를 부수고도 눈물을 짓는 제
자를 비웃을 수 있는. 사패천 전체가 그러했소. 약한 자가 짓
밟히는 게 지극히 당연한 분위기…… 그러나 태금호 그자는
조금 달랐지."

강무련의 입가에 씁쓸한 웃음이 걸렸다.

"어린 사제를 안아 일으키고, 도태되는 수하들을 버리지
않았소. 든든한 울타리처럼 모두를 감쌀 수 있는 사람 같았
고, 마냥 큰 등을 따르고 싶은 사람이었지. 그자가 사부를 배
신했을 때도 모두들 그자를 배신자라 하지 않고 뜨거운 연정
을 버리지 못해 발목이 잡힌 것이라 말했으니까. 그자가 수
십 명의 사패천 무인을 죽이고 뛰어나갔음에도 말이오."

강무련이 진화의 눈을 보았다.

투명하리만치 시린 눈이 마치 벽을 세워 놓은 듯한 모습
에, 그만 웃음이 새고 말았다.

"하하하, 그대, 지금 내 말에 전혀 관심이 없구려?"

"……송구합니다."

진화가 강무련의 말을 부정하지 않았다.

진화가 관심이 있는 건 강무련과 태금호의 시시콜콜한 사연이 아니라, 강무련을 긴장하게 만든 태금호의 무위였다.

"그대는 눈빛이 참 정직하오. 하는 말이나 생각을 보면 우리 천주처럼 냉혈한이나 다름없는데, 눈빛은 그 어떤 정파인들보다 정직하고 곧다니. 그대는 신기한 사람이오."

"……."

"하하하! 알겠소, 그대가 원하는 걸 말하지."

점점 불만스러워지는 진화의 표정을 보며 강무련이 크게 웃음을 터뜨렸다.

그리고 곧 단호한 표정으로 말했다.

"태금호는 강하오. 불과 서른에 경지를 넘은 그를 보며, 모두가 마흔이 넘으면 천주의 무위를 넘볼 것이라 말했지. 그리고 태금호는 지금 마흔이 넘었소."

"그가 사용하는 무공은 어찌 됩니까?"

"무공, 사실 그게 더 문제요. 제자들 중 유일하게 사부님의 절기인 패천아룡권(敗天牙龍拳)을 익혔소. 패천아룡권은 그 손에 묻힌 피가 얼마나 많은가에 따라 숙련도가 극명하게 차이가 나오. 상대를 죽이면 죽일수록 혈기가 짙어지기 때문이오."

"혈기라……."

진화는 강무련의 말을 다 이해할 수 없었다.

하지만 참 편한 무공이 아닌가.

죽인 만큼 강해질 수 있다니.

"그자는 사패천의 편에서 귀천성과의 전쟁을 치렀고, 지금은 귀천성의 편에서 사패천 무인들을 죽이고 있소. 그자의 손에 얼마나 많은 피가 묻었는지 감히 상상하기 힘들 것이오. 긴장? 그렇소. 긴장하고 있소. 하지만 태금호가 두려워서는 아니요."

강무련이 강인하고 단호한 눈빛으로 진화를 보았다.

"내가 고심하는 것은 그저 더 이상 그자의 손에 사패천 무인의 피를 더하고 싶지 않기 때문이오."

"……무례한 질문에 답해 주셔서 감사합니다. 최선을 다해 권마제의 사냥에 동참하겠습니다."

"하하하하! 그대가 최선을 다해 준다니 마음이 든든하군."

진화의 말에 강무련이 평소의 그처럼 호탕하게 웃어 보였다.

그런 강무련을 보며 진화는 내심 고소를 지었다.

'그자의 손에 얼마나 많은 피가 묻었는지 상상하기 힘들 거라고? 조금 아쉽네. 천뢰제왕검법이 혈기와는 상관없는 무공이라…….'

손에 묻은 피라면 진화도 결코 적지 않았다.

광마제의 손에 죽은 남궁세가 사람보다 진화가 복수를 위해 죽인 귀천성도의 수가 훨씬 많았다.

죽인 숫자로만 승패를 나누었다면 진화가 이겼을 것이었다.

"중요한 건 진짜 적을 죽이는 거지."

강무련의 집무실을 나오며, 진화의 입꼬리가 비틀렸다.

이틀 뒤.

진짜 적을 파악하지 못한 자의 결말은 결코 좋지 못했다.

"금수대주, 감히 그대가 사패천을 배신한 것인가!"

강무련이 창백하게 질린 얼굴로 소리쳤다.

분명 방금 전까지만 해도 아무런 문제가 없었는데…….

모의 수전을 위해 진화와 남궁구, 남궁교명, 나하연이 검은 깃발을 장식한 배에 올랐다.

"이번만 양보하는 것이다!"

"헤헤헤, 형아, 남자든 여자든 힘세고 돈 많으면 장땡이래."

나하연의 으름장을 귓등으로도 듣지 않는 듯, 한수림은 해맑은 얼굴로 진화의 손을 이끌었다.

한수림의 반대쪽 손에는 강무련의 손이 잡혀 있었다.

한수림, 강무련과 함께 진화 일행이 배에 오르자, 그들을 둘러싸고 있던 금수대가 마지막으로 배에 올랐다.

가슴에 금색 쌍도끼를 새긴 금수대는 사패천이 자랑하는

난전, 그중에서도 특히 수전에 능한 자들로, 등에는 가슴의 자수와 같은 커다란 도끼를 메고 있었다.

"먼저 출발하겠습니다."

"그러지."

소처럼 큰 눈망울을 한 금수대주가 배를 먼저 출발시켰다.

거기까진 혼잡함을 피하기 위해서라 생각했다.

하지만 약속된 위치로 가는 배의 속도가 강무련의 생각보다 빨랐다.

"금수대주?"

강무련이 의아함을 느꼈을 때는 배가 약속된 위치에서 한참 멀어지고 있었다.

"금수대주, 이게 무슨 짓인가!"

강무련이 금수대주에게 소리쳤다.

그때, 배 안에서 유유히 태금호가 모습을 드러냈다.

"금수대주에게 뭐라 하지 말거라. 그는 그저 내 명에 따른 것뿐이니."

"태금호!"

강무련의 큰 소리에 한수림이 겁에 질린 얼굴로 진화의 허리를 붙잡았다.

그리고 지금의 상황이 된 것이다.

강무련의 앞에는, 강무련과 진화 일행 그리고 겁에 질린 한수림을 둘러싸고 금수대 전체가 도끼를 겨누고 있었다.

"감히 사패천을 배신하다니!"

강무련이 금수대를 향해 이를 갈았다.

당황한 기색이 역력한 강무련과 달리 진화와 남궁구, 남궁교명, 나하연은 냉정한 눈으로 상황을 살폈다.

금수대의 숫자는 오십 명에서 강무련과 한수림을 포함한 진화 일행의 수만큼을 뺀 마흔넷.

단지 죽이기만 하면 된다면 얼마나 간단한가.

하지만 그것만으로는 이길 수 없다는 것을 알기에, 진화는 이번만큼은 이기기 위해 수단과 방법을 가리지 않기로 했다.

파지지직————!

진화의 손에서 번뜩이는 뇌전을 보며 태금호의 얼굴이 경악으로 물들었다.

"형아?"

한수림이 갑자기 저를 들어 올린 진화를 불렀다.

그러자 진화가 한수림의 고개를 뒤로 돌리고 그의 등을 토닥였다.

"소공자, 상황이 공교롭게 되었으니, 잠시 내게 안겨 있도록."

"응!"

한수림이 진화의 목을 꼭 껴안았다.

더 이상 한수림의 등을 토닥이지 않는 진화의 손에는 다시 뇌전이 번뜩였다.

"창백하게 질린 얼굴. 이제 좀 보기가 좋군."

진화가 태금호를 향해 비릿하게 웃어 보였다.

⚜

"남궁 공자, 대체 무슨 짓을……!"

강무련이 경악에 찬 눈으로 진화를 보았다.

태금호와 금수대는 물론, 이번에는 남궁구와 남궁교명, 나하연도 경악을 금치 못했다.

'쉿.'

진화가 조용히 하라는 신호를 보내며 강무련의 말문을 막았다.

그리고 저를 향해 살기를 뿜고 있는 붉은 머리의 사내를 보았다.

사패천주처럼 크고 우람한 체격.

붉은 갈기같이 거친 머리칼을 질끈 묶고 신비로운 붉은 눈을 드러내고 있는 태금호는 야생을 누비는 한혈마처럼 강인한 눈으로 진화 일행을 노려보고 있었다.

태금호의 주변으로 붉디붉은 기운이 넘실거리고 있었다.

'저게 혈기인가?'

맹수처럼 날뛰는 기운.

조절하지 않는 것인지 조절되지 않는 것인지 모를 정도로,

기운이 마치 스스로 살아 있는 듯 움직이고 있었다.

"우리 공평하게 한 가지씩 내놓을까."

"……무슨 말이지?"

뜬금없는 진화의 말에 태금호가 인상을 찡그리며 되물었다.

"나는 소공자를 안전하게 안에 데려다 놓지. 대신 당신은 내 질문 하나에 답을 해 주는 거다."

"무슨 수작이냐!"

"수작이라……."

불신으로 가득 찬 태금호의 말에 진화가 슬쩍 웃음을 흘렸다.

미묘하고 야릇한 미소와 함께, 진화의 손이 다시 번뜩였다.

"무슨 짓이야!"

진화의 뇌전이 한수림의 등에 가까이 다가가자, 태금호가 다급하게 소리쳤다.

"내 평화로운 권유를 수작이라 부르기에, 진짜 수작처럼 해 주었지. 어쩌겠나, 질문에 답을 하겠나?"

"크웃, 내가 진짜 답을 알려 줄 거라 생각하나?"

태금호가 잔뜩 경계심이 오른 늑대처럼 이를 드러냈다.

진화는 그런 태금호를 가소롭다는 듯 보며 손을 휘둘렀다.

진화의 손에서 쏘아져 나간 뇌전이 강물에서 번뜩였다.

파파파파팟----!

물고기들이 몸서리치다 강물 위로 둥둥 떠올랐다.

그리고 진화의 손이 다시 한수림의 등으로 갔다.

이번에는 뇌전을 뿜지 않고 가만히 토닥이기만 하는데, 모두가 불신에 가득 찬 눈으로 그 손을 보고 있었다.

"내 신뢰를 저버릴 텐가?"

천역덕스럽게 태금호를 협박하는 모습에, 강무련은 아예 넋이 빠진 듯했다.

자신들이 지켜야 할 한수림을 가지고 악당처럼 협박하는 정파의 후기지수.

심지어 그 협박이 먹히고 있었다.

이걸 대체 뭐라고 말해야 한단 말인가.

정작 문제는 문제가 전혀 없다는 것이었다.

진화의 협박이 그들 입장에선 전혀 손해 볼 것이 없었던 것이다.

"네놈…… 으드득! 좋아, 받아들이지. 어서 아이를 안에 데려다 놓아라!"

태금호가 소리가 나도록 이를 갈며 소리쳤다.

"흥!"

진화가 코웃음을 치며 한수림을 강무련의 품에 안겼다.

한수림은 수풀에 숨은 새끼 맹수처럼 숨소리를 죽이고 몸을 웅크리고 있었다.

"왜, 왜?"

"소공자를 안전한 안쪽에 데려다 놓는 것이 좋겠습니다."

"아, 그, 그러겠소."

왜라니, 정말 바보 같은 물음이었다.

하지만 그만큼 모든 상황이 여전히 얼떨떨했던 터라, 강무련은 한수림을 안고 배 안으로 들어가면서도 불안한 듯 두어 번 진화를 돌아보았다.

그의 불안은 곧 사실로 드러났다.

강무련이 한수림을 데리고 선창 안으로 발을 들이자마자, 진화와 그 일행이 앞으로 튀어 나갔기 때문이다.

-구, 내려가서 노 잡고 있는 놈들 전부 죽여 버려.

-충.

남궁구가 사나운 얼굴로 재빨리 배 아래로 내려갔다.

쉐에에에엑---!

진화의 손이 검을 뽑았다.

동시에 새파란 번개가 선미를 향해 뻗어 나갔다.

파파파파팟---!

"우앗!"

"억!"

도끼를 들고 있던 이들이 저도 모르게 도끼를 떨어뜨렸다.

찰나의 실수.

잠깐의 당황.

그 대가는 곧바로 살갗 깊숙이 혈관을 베고 지나는 남궁교명의 검과 근육을 부숴 놓는 나하연의 용수권이었다.

"내, 내 팔-! 아악!"

"크어어억!"

남궁교명과 나하연은 잔인할 정도로 철저하게 곁에 들어오는 적들에게 치명상을 남겼다.

그리고 다른 쪽에선…….

휘익!

카---앙!

진화의 검이 날카로운 검명을 울었다.

비호처럼 달려온 권마제 태금호의 주먹이 진화의 검을 때렸기 때문이다.

검을 쥔 손끝까지 떨림이 전달된 정도로 포악한 공격과 함께, 태금호가 새빨갛다 못해 활활 불에 타는 듯한 눈으로 진화를 노려보았다.

"이 악마 같은 새끼! 각오는 했겠지!"

금방 이를 드러내고 위협하는 태금호를 보며 진화가 비릿하게 웃어 보였다.

"왜 한수림이었지?"

"무슨 소리야!"

채----앵!

날카로운 칼날과 태금호의 주먹이 서로를 밀어내며 떨어졌다.

하지만 곧 다시 맹렬하게 서로를 향해 달려들었다.

쉐에에엑---!

캉! 캉! 카-앙!

날카롭게 울리는 금속성.

부딪히면 부딪힐수록 붉어지는 권마제의 주먹을 보며, 진화는 강무련의 말을 떠올렸다.

'혈기. 내공의 힘을 폭발시키는 기운. 아니, 성질인가?'

태금호의 혈기에 진화가 몸을 회전하며 그의 주먹을 흘려보냈다.

힘에서 밀린 것이 아니었다.

강한 자였지만 피할 이유도 없었다.

펄떡펄떡 살아서 날뛰어 봤자 손안에 잡힌 물고기가 무서울 리 없었다.

면전에서 파닥거리는 새파란 마제 따위 이전 생에 부딪혔던 사악하고 농익은 광마제와 귀천성의 마두들에 비하자면 가소로울 뿐이었다.

파지지지지직---!

"크윽!"

태금호의 입에서 비명이 새어 나왔다.

진화의 왼손이 태금호의 가슴을 때린 것이다.

아니 그 전에, 진화가 몸을 비트는 척 태금호를 속였다.

너른 가슴에서 하얀 뇌전이 번뜩이다 곧 일렁이는 혈기에 사라졌다.

'내공은 비슷한 수준인가.'

진화가 냉정한 눈으로 태금호를 살폈다.

혼신의 힘을 다한 것은 아니나, 일장에 최선의 힘을 담아 때린 공격.

진화는 반발하는 내공에 한 걸음 물러났지만 태금호는 다소 흔들렸을지언정 그 자리에서 버텨 냈다.

하지만 진화가 힘에 밀려난 것은 아니었다.

그저 다음 공격을 위해 거리를 벌린 것뿐.

이번엔 속이려는 의도가 없었지만 태금호는 넘치는 힘을 주체하지 못하고 진화의 검격으로 들어왔다.

쉐에에엑---!

쉐익! 쉭! 쉭! 쉐에엑!

단 한 걸음을 계기로 진화가 매섭게 움직였다.

섬전십삼검뢰 붕격우산(崩格雨山)-.

천뢰제왕신공과 달리 섬전십삼검뢰는 단번에 폭발적인 힘

을 내는 대신 충격이 쌓고 쌓이는 쾌검의 연속기였다.

세차게 내리는 소나기가 산을 무너뜨리듯 매서운 검격이 태금호를 무너뜨릴 듯 쏟아졌다.

쉐에엑!

캉! 캉! 캉!

"크윽!"

정신없이 퍼붓는 연속기에 태금호가 다급하게 뒷걸음질 치며 막아 냈다.

그 과정에 진화의 검이 칼바람처럼 태금호의 팔에 무수히 많은 생채기를 남겼다.

하지만 조금 당황했기로서니 태금호도 당하고 있지만은 않았다.

꾸—욱.

태금호의 다리에 힘이 실리고, 반대쪽 주먹에 내공이 모여들었다.

그리고 온몸을 쥐어짜듯 내지른 주먹과 함께 크게 포효했다.

"크아아아—!"

카———앙!

태금호의 주먹이 결국 진화의 검을 멈춰 세웠다.

하지만 뒤로 물러난 열 걸음과 다시 앞으로 날아든 일곱 걸음.

세 걸음이었다.

태금호는 딱 세 걸음만큼 진화에게 수 싸움에서 밀린 것이다.

태금호와 숨소리까지 닿을 정도로 가까이 얼굴을 맞대고.

진화가 기다렸다는 듯 태금호를 향해 물었다.

"아직 내 질문에 답을 하지 않았다. 왜 아이를 노렸지?"

"수림이는 나와 영영의 결실……."

"그런 개소리를 듣자는 게 아니야. 질문이 어려운가?"

진화가 태금호의 대답을 단번에 잘라 버렸다.

사람들이 떠드는 너저분한 천년 불륜 따위는 관심도 없었다.

"다시 묻지. 왜 신시가 아니고 인시였지?"

"……!"

태금호의 얼굴이 다시 경악으로 물들었다.

파지직─.

진화의 뇌전이 패룡기로 둘러싸인 팔을 태워 버릴 듯 답을 다그쳤다.

처음의 협박 같은 약속.

그것을 상기한 태금호가 사납게 얼굴을 구기며 말했다.

"해가 바뀌는 시간이니까."

나아갈 진進 이야기 화話 : 해가 바뀌는 시간

해가 바뀌는 시간.

태금호의 말은 여러 가지 의미로 해석될 수 있었다.

어제와 다른 새로운 해가 뜬다는 의미로 일출 시간을 말하는 것일까.

중원은 넓고 계절마다 일출 시간이 다른 곳이 있으니, 일반적으로 인시, 묘시, 진시를 일컫는 것일 수 있다.

반대로, 오늘의 해가 진다는 의미로 일몰 시간을 말하는 것일 수도 있다.

그렇다면 유시나 술시.

하지만 일몰 시간에는 인시가 없었다.

'결국 제일 가능성이 있는 건 일출 시간이라는 건가?'

확실한 제물인 진화와 현오가 묘시 출생이었고 한수림이 인시 출생이니, 일리가 있는 추측이었다.

'단, 환마제의 장부에 적힌 것이 해시가 아니었다면.'

장안에서 환마제의 제물 장부를 얻었던 진화였다.

그때 적혀 있던 날짜가 경오(庚午)년 갑자(甲子)월 임신(壬申)일 해시(亥時).

일몰, 일출과 아무 관련이 없는 시간이었다.

"크아아아———!"

콰과쾅———!

갑자기 힘을 낸 권마제가 진화의 검을 밀고 들어오면서, 진화가 급히 뒤로 물러섰다.

진화가 피한 자리에는 커다란 구멍이 생겼다.

갑판을 만든 단단하고 굵은 나무들이 찢기듯 뚫려 나간 것이다.

'무슨 힘이……!'

내공은 비슷하다고 생각했던 진화가 놀란 눈으로 권마제를 보았다.

그런 진화의 생각을 읽은 듯, 권마제가 진화를 향해 씨익 웃었다.

세 걸음.

진화가 권마제를 몰아붙이면서 얻었던 거리만큼 이번에는

진화가 밀려났다.

"애송이, 살아 돌아갈 생각 마라."

권마제가 진화를 향해 이를 드러내며 말했다.

권마제 태금호의 눈이 마치 불이 붙은 듯했다.

붉은 혈기가 태금호의 눈과 온몸에서 뿜어져 나왔기 때문이다.

'내공은 비슷하다고 생각했다. 아니, 분명 비슷했어. 그렇다면 저 혈기의 차이라는 건데…….'

진화는 권마제를 둘러싸고 있는 혈기를 보며 눈을 가늘게 떴다.

불처럼 활활 타는 듯 이전보다 맹렬해진 그것은 권마제의 살기와 함께 짙어졌다.

쉐에에에엑————!

진화가 먼저 움직였다.

진화의 검이 푸른 검강을 뿜어내며 권마제의 팔을 자를 듯 깊게 들어갔다.

한 자 정도, 공간을 잡아먹은 듯 들어온 검을 보며 권마제가 순간적으로 한 걸음 물러섰다.

그러곤 힘차게 주먹을 뻗었다.

뒤로 한 걸음 물러나 도약하는 건 진화의 전유물이 아니라는 듯, 본능적인 공격이었다.

퍼어어억———!

권마제의 양 주먹에 있던 기운이 아가리를 벌린 용이 되어 진화의 검강을 집어삼킬 듯 부딪혔다.

 파지지짓———!

 권마제의 주먹에 번개가 머물렀다.

 그러나 권마제는 붉은 기운이 요동치는 와중에도 고통 따 윈 못 느끼는 사람처럼 다시 주먹을 휘둘렀다.

 "크아아아아———!"

 짙은 살기와 함께 더 짙어진 붉은 기운.

 권마제의 눈동자와 주먹에 있던 패룡기가 활활 타올랐다.

 터질 듯 부풀어 오르는 등과 어깨, 팔 근육이 한꺼번에 폭 발하며 거센 기운과 함께 진화에게 쏘아졌다.

 후우———웅.

 옷자락이 펄럭이는 광경에 진화의 눈이 커졌다.

 동시에 패천아룡권이 이름 그대로 하늘을 깨뜨릴 듯한 기 세로 진화의 검강을 때렸다.

 쩌——————엉!

 진화가 기운의 여파를 견디며 뒤로 밀려났다.

 '……!'

 찰나지만 진화의 검강이 흔들렸다.

 진화의 검에 아주 작은 실금이 가 있었다.

 '패천아룡권.'

 진화의 눈이 서늘하게 가라앉았다.

싸우고 부딪히고, 기운이 맞붙을수록 더 강해지는 것이 느껴졌다.

아마 강무련이 말한, 죽인 수만큼 더 강해진다는 것이 바로 이런 뜻이었을까.

패룡기(覇龍氣).

패천아룡권의 기운을 굳이 따로 패룡기라 칭한 것은 바로 저 혈기와 내공이 이뤄 내는 폭발적인 힘 때문인 듯했다.

'혈기가 끌어 올린 폭발력과 내공의 조화라……'

무의 길에 끝이 없다 했지만 두 번의 생을 살아온 진화에게도 생소한 말이었다.

하지만 머리로 이해가 가는 동시에 가슴이 동하는 무언가가 있었다.

혈기와 내공의 조화가 왜 자신의 가슴을 동하게 만들었을까.

조금만 더 생각하면 떠오를 듯도 한데.

진화는 제게 찾아온 것이 무엇인지 알았다.

닿을 듯 닿지 않는 영감(靈感).

경지를 넘은 이후로 처음 맞은 중요한 순간이었다.

'하필이면!'

시위를 떠난 화살처럼 제게 쏘아지는 권마제를 보며 진화는 낙담할 수밖에 없었다.

진화는 불현듯 찾아온 행운을 그렇게 흘려보내야 했다.

지금 당장, 눈앞에 적이 있었기 때문이다.

"착각하면 곤란한데……."

진화의 눈빛처럼 시리게 빛나는 검강이 진화의 앞에 있는
공간을 잘라 냈다.

쉐에에에엑---!

진화를 향해 밀고 들어오던 패룡기가 흩어지며 앞이 열렸
다.

그 순간.

진화가 권마제를 향해 뛰어들었다.

쉐에에엑!

챙! 챙! 챙! 챙!

혈기와 내공의 조화.

진화가 그것에 대해 시간을 가지고 관찰한 것을 두고 물러
선 것이라 생각하면 곤란했다.

아직 진화가 닿지 못한 영역이었지만, 이기지 못할 영역은
아니었다.

"길은 하나만 있는 게 아니니까."

진화가 미끄러지듯 권마제의 발밑을 베었다.

쉐에에엑--!

"헛!"

놀란 권마제가 높이 뛰어올랐다.

그러나 비호처럼 날아 위에서 진화를 노렸다.

진화가 그런 권마제를 보며 입꼬리를 올렸다.

섬전십삼검뢰의 연속기가 권마제에게 힘을 폭발시킬 틈을 주지 않는 데에 효과가 있다는 것은 이미 알았다.

그러니 이제는 권마제를 이길 차례였다.

파파파파팟———!

천뢰제왕검법 천뢰우전——!

퍼퍼펑———!

진화가 권마제의 발밑을 베는 척 내리꽂았던 뇌전이 땅을 뚫고 권마제의 뒤를 노렸다.

"크어어엇!"

놀란 권마제가 공중에서 몸을 틀어 땅으로 떨어졌다.

파지지지직———!

번뜩이는 뇌전이 진화의 검을 따라 바닥에 떨어진 권마제를 노렸다.

"시야가 어둡군."

진화가 권마제를 향해 짧게 혀를 찼다.

이제 겨우 마흔하나라 했던가.

"젊은 나이에 개안을 하고 새로운 경지를 보았으니, 사패천을 뛰쳐나갈 만큼 세상에 무서운 것이 없었겠지. 어리석게도."

젊은 시절 경지를 넘어서고 나면 흔히 할 수 있는 실수였다.

무의 끝에 도달한 듯한 착각을 하게 되니까.

진화도 겪어 보았던 실수였다.

하지만 진화는 그때 오만했던 실수로 인해 남궁세가를 잃었으니. 지금 권마제가 목숨을 잃는 것쯤이야 정당한 대가가 아니겠는가.

만물은 공평하게 목숨이 하나고, 세상은 만인에게 똑같이 잔인하다.

진화의 눈동자 속에서 검은 번개가 내리쳤다.

수천수만. 끝이 보이지 않는 우주에 내리치는 번개처럼 끝도 없이 번쩍였다.

쉐에에에엑-!

파파파파팟--!

섬전십삼검뢰 여여일식은 한 호흡이 채 끝나기도 전에 모든 공격을 쏟아붓는 연속기로, 진화는 자비 없이 권마제를 향해 끝도 없는 번개를 쏟아 냈다.

"크아아아아아----!"

덫에 걸린 짐승처럼 권마제 태금호가 크게 포효했다.

진화의 번개에 쫓긴 것인가, 바닥을 구르고 있는 제 모습에 분노한 것인가.

답은 곧 나왔다.

파파파파파파팟———!

진화의 번개가 태금호의 온몸에서 번뜩였다.

태금호가 진화의 번개를 오롯이 맞고 견디면서 꿋꿋하게 몸을 세웠다.

"크으. 가만두지 않겠다!"

상처받은 짐승이 진화를 향해 독을 품었다.

한수림이 품에서 떠나지 않았다.

한수림을 안고 긴장된 눈으로 밖을 보던 강무련은 진화와 권마제의 대결에서 눈을 뗄 수 없었다.

설마 자신의 또래 중에 저렇게 이 사형을, 아니 태금호를 몰아치는 사람이 있을 줄이야.

게다가 다른 정의맹 사람들, 남궁교명과 나하연도 단둘이서 금수대에 밀리지 않고 있었다.

강무련의 얼굴이 경악으로 물들었다.

"형아……."

애처로운 목소리에 정신을 차린 강무련이 한수림을 보았다.

"형아도 가야 돼?"

한수림이 눈물 맺힌 얼굴로 강무련의 옷을 꼭 쥐고 있었다.

한수림의 속마음을 묻지 않아도 알 것 같았다.

하지만 사패천의 소천주로서, 배신자들 사이에 정의맹 사람들만 두고 숨어 있을 수는 없었다.

"이건 우리 사패천의 일이다. 천주님을 배신한 자들을 정파인들의 손에 맡겨 둘 수는 없다."

강무련의 단호한 말에 한수림이 눈물을 쏟아 냈다.

"흑, 형아, 죽을 거야?"

한수림의 말에 강무련은 저도 모르게 웃음이 났다.

그래, 아이라고 왜 모르겠는가.

강 한가운데, 배 위에서 적에게 둘러싸인 상황이었다.

한수림은 겁이 나서 강무련을 붙잡고 있던 것이 아니라, 강무련이 죽을까 봐 나가지 못하게 붙잡고 있었던 것이다.

강무련은 저를 잡은 한수림의 손을 꼭 잡았다.

그리고 단호한 얼굴로 말했다.

"죽이고 올 거다."

"흐엉, 형아…… 아부지가 객기 부리다 죽으면 답도 없다고 했어."

한수림이 철딱서니 없는 큰형을 보는 듯한 얼굴로 강무련의 옷을 쥔 손에 힘을 주었다.

결국 강무련의 입에서 웃음이 터져 나왔다.

"하하하하하! 기다리고 있거라."

잔망스러운 놈.

'그러니 반드시 지킨다.'

한수림를 떼어 놓고 선창에 있는 이불로 꼭꼭 감싼 강무련이 입가에 웃음을 달고 밖으로 나왔다.

그리고 순식간에 사나운 얼굴로 금수대주를 향해 달려갔다.

"크아아아아———!"

강무련의 두 손이 금수대주의 등을 할퀴었다.

"크웃!"

금수대주가 신음하며 뒤를 돌아보았다.

하지만 금수대주가 강무련을 찾기도 전에, 강무련의 주먹이 금수대주의 팔을 때렸다.

퍼어어억-!

퍼억! 퍽!

목숨을 건 싸움에 정정당당함을 찾는 자존심 따위는 없었다.

이제까지 금수대주를 상대하고 있던 남궁교명이 놀란 눈으로 강무련을 보았다.

강무련은 앞뒤 잴 것 없이 붉게 물든 두 주먹을 사정없이 내리쳤다.

마구 휘두르는 듯한 주먹 공세에 금수대주가 하염없이 물러섰다.

권마제 태금호의 권과 달랐다.

'미친……!'

미친 사람처럼 달려드는 강무련의 모습을 보던 남궁교명의 머릿속에 무언가가 스쳤다.

우각살호권(牛角殺虎拳).

사패천주 한구혈과 함께 그를 대표하는 무공은 패천아룡권이라 알려져 있었지만, 낭인이었던 한구혈을 대표하는 무공은 그것이 아니었다.

낭인 한구혈을 지금의 사패천주로 있게 한 바탕이 된 무공은 우각살호권과 만살개천도.

거창한 이름이나 제대로 된 법(法)과 식(式)도 없이. 형태마저 갖추지 못하고 오로지 적을 죽이고 살아남기 위해 만들어진 무공이었다.

'소가 미쳐 날뛰면 범도 때려잡는다는 게 저것이었나.'

남궁교명은 미친 소처럼 흥분해서 마구 공격을 휘두르는 강무련을 보며 소문으로 전해지는 말이 가히 과장된 것은 아니라 생각했다.

"죽여 주마, 배신자!"

"배신이 아니오. 내 주인은 처음부터 태금호 공자였으니!"

"상관없다, 이 배신자야――! 카아아아―――!"

퍼―억! 퍼버버버퍽!

말도 통하지 않고 통할 생각도 없는 막무가내의 공격.

하지만 그 하나, 하나가 금수대주의 온몸에 핏자국을 남기며 상처를 만들었다.

피하지 못했다면 살점이 뜯겼을 것이었다.

"사패천주는 이용 가치가 없는 수하들을 버리오. 그는 우리의 위에 설 우두머리 감이 아니오!"

"죽어―――!"

강무련은 붉게 충혈된 눈으로 금수대주의 입을 터뜨릴 듯 주먹을 휘둘렀다.

그는 금수대주가 어떤 말을 하든 전혀 듣고 있지 않았다.

오히려 금수대주와 강무련의 대화에 남궁교명이 웃음을 터뜨리고 말았다.

남궁교명은 나하연을 에워싼 금수대원들을 공격하면서도 웃음을 참지 못했다.

어제까지만 해도 자신들은, 사파인에 대한 편견을 깰 정도로 강무련이 예의 바르고 단정하다 어쩐다 떠들었는데, 지금의 강무련은 그들이 머릿속에 편견을 가졌던 사파인, 아니 사패천주와 꼭 닮은 모습이었다.

"정신 차리시오! 제자들에게 서로가 서로를 죽이도록 하는 것이 스승이 할 짓이란 말이오!"

퍼어어억———!

"크—억!"

대답 대신 강무련의 주먹이 금수대주의 어깨를 때렸다.

금수대주가 들고 있던 도끼를 놓치면서 뒤로 밀려났다.

그리고.

푸———욱.

이질적이고 생경한 소리를 들으며 고개를 아래로 내렸다.

있어서는 안 될, 그래서는 안 될. 누군가의 손이 제 가슴을 뚫고 나왔다.

그자의 손에 쥐여진 것은 제 심장일까.

"쿨—럭!"

금수대주가 피를 토하며 힘겹게 눈을 돌리려 애썼다.

그때.

"난 그놈들의 스승이 아니야. 이 몸은 모든 사파 짐승들의 왕이다."

지엄한 지존의 목소리와 함께 금수대주의 목이 꺾었다.

그 광경을 보며 가장 놀란 사람은 다름 아닌 태금호였다.

쉐에에엑——!

진화의 검이 태금호의 팔을 베었다.

검은 번개가 태금호의 기혈을 태우면서, 패룡기의 흐름이 원활하지 못했다.

"분노하면 뭐."

퍼---억!

조금씩 느려진 반응.

"소리를 지르면 뭐."

진화는 빈틈을 놓치지 않고 인정사정없이 천뢰장을 때렸다.

"약한 자의 목소리는 아무도 들어 주지 않는다. 너희 귀천성이 주장하는 말이지 않나."

쉐에에에엑---!

위험하다!

순식간에 머리를 지배한 공포가 태금호를 움직였다.

퍼—엉!

휘이이익-!

진화의 검기와 함께 매서운 바람이 태금호가 있던 자리를 스쳤다.

"왜 이제 올라왔지?"

"아, 나도 숨 좀 돌립시다!"

진화의 책망에 남궁구가 억울하다는 듯 소리쳤다.

남궁구는 피로 목욕이라도 한 듯 온몸이 붉게 젖어 있었다.

하지만 그런 남궁구의 모습에 아랑곳하지 않고 진화가 아쉽다는 듯 혀를 찼다.

"쯧, 그럼 좀 천천히 죽이든가. 너 때문에 천주가 벌써 왔잖아."

아쉬운 기색이 역력한 진화의 시선을 따라간 곳엔.

"여어, 너 이 배은망덕한 새끼, 오늘 잘 걸렸다!"

사패천주가 금수대주의 심장을 터뜨리며 태금호를 향해 이를 드러내고 있었다.

남궁구가 배를 멈춘 사이, 어느새 사패천주와 적호단이 탄 배가 지척에 도착했다.

"이 빌어먹을 놈들, 감히 내 동생을 빼돌려?"

남궁진혜가 악귀 같은 얼굴로 배를 뛰어넘었다.

태금호와 금수대의 목적은 진화가 아니었지만, 남궁진혜에게 그런 변명이 통할 리 없었다.

"전부 죽여라―!"

"충!"

적호단주의 명에 적호단도 험악한 얼굴로 배를 넘었다.

언제나 외지를 떠도는 적호단원들에게 집에 있는 마누라가 애먼 놈과 바람이 나는 건 더 이상 남의 일이 아닌 불행이었다.

그런데 그 애먼 놈이 제 자식까지 노린다니!

동병상련의 가슴 아픈 사연을 가진 이들이 무시무시한 기세로 금수대를 공격해 들어갔다.

진화는 이제야 비로소 패룡기라는 것이 어떤 것인지 실감
했다.

공기조차 공포에 떨고 있는 듯 기묘한 소리를 내었다.

쿠어어엉———!

사패천주가 태금호의 가슴을 향해 주먹을 뻗었다.

붉은 기운이 사나운 이리가 송곳니를 드러내고 달려드는
듯 태금호의 가슴팍에 꽂혔다.

"크억!"

양팔을 교차해서 겨우 기세를 막아 낸 태금호가 신음을 내
었다.

붉은 기운은 여전히 태금호의 팔뚝에 이를 박아 넣고 있었
다.

씨익-.

태금호와 얼굴을 마주한 사패천주가 시원하게 웃어 보였
다.

"새끼야, 내 거 털어먹고 마누라까지 털어먹은 주제에 곱
게 죽을 생각을 했어?"

"크으. 이 빌어먹을 영감탱이⋯⋯."

"오기 전에 그년은 끌어냈다. 다른 건 몰라도 자식새끼까
지 팔아먹은 어미년을 더 이상 살려 둘 순 없지. 돌아가면 네

놈과 함께 사지를 찢어 죽일 거다."

사패천주의 말에 태금호의 눈이 조금 커졌다.

칠 년이 넘게 두고만 보고 있기에 쉽게 죽이지 못하는 것이라 생각했는데, 그게 아니었던 모양이다.

하지만 그뿐이었다.

그녀에게 진짜 애정이 있었던 것도 아니었으니.

"……크읏! 알 게 뭐야!"

태금호가 온몸의 기운을 모아 사패천주를 밀어냈다.

파———팟!

사패천주가 밀려나며 그의 기운도 태금호의 팔뚝에서 뽑혀 나왔다.

무형의 기운이 유형의 상처를 만들어 낸 광경.

진화는 실체를 만들어 낸 혈기의 폭발력을 보며 눈에 이채를 발했다.

퍼———억!

퍽퍽!

붉은 기운들이 뒤엉켜 거대한 바람을 만들었다.

퍼———엉!

바람은 마치 파도처럼 주변의 기운을 밀어냈다.

진화가 눈을 가늘게 뜨며 집중했다.

갑자기 구경꾼이 되어 사패천주에게 태금호를 빼앗겼지만, 진화는 사패천주의 움직임에 영영 놓칠 줄 알았던 영감의 실마리를 잡았다.

퍼어어억———!

비호처럼 날아서 태금호의 목덜미를 뜯어 놓는 사패천주.

"크억!"

승냥이처럼 유연하게 굴러 사패천주의 손아귀에서 벗어나
는 태금호.

퍽! 퍽!

놀란 소처럼 무자비한 발길질을 하는 사패천주와 그 와중
에 사어(鯊魚)처럼 사패천주의 급소를 노리는 태금호.

그들이 움직일 때마다 거대한 상선을 지탱하던 나무가 지
푸라기처럼 뜯겨 나갔다.

태금호는 사패천주가 만든 최강의 무공이라는 패천아룡권
을 썼고, 사패천주는 패천아룡권을 두고 우각살호권을 펼치
고 있었다.

"많이 늘었구나."

우각살호권은 주먹을 오므려 쥐지 않는 무공이었다.

손가락 하나하나의 움직임을 살려 치명적으로 움직이기
위해서였다.

마침 사패천주가 새끼손가락으로 태금호의 눈가를 긁었
다.

조금만 더 옆으로 움직였다면 사패천주의 새끼손가락이
태금호의 눈알을 긁어 왔을 것이었다.

"당신은 늙었군."

태금호도 몸을 틀어 나오면서 사패천주의 팔꿈치를 때렸다.

아무리 내공이 충만해도 육신이 움직이지 않는다면 어쩔 수 없었으니.

"새끼, 입 놀리기는. 흐흐흐."

사패천주는 뼈에 멍이 든 듯 구부려지지 않는 팔을 늘어뜨리고 태금호를 향해 웃었다.

태금호 또한 피가 뚝뚝 떨어지는 얼굴로 사패천주를 노려보았다.

저쯤 되는 강자들에게 무공이나 초식을 논하는 건 무의미했다.

무공이란 결국 상대를 이기거나 죽이기 위해 만들어진 것이다.

수많은 경험과 머릿속 상상이 쌓이면서 보다 효율적으로, 보다 치명적으로 정제된 움직임이 바로 초식이다.

명문의 무공들은 후대로 이어지면서 점점 효과적으로 변했다.

하지만 그만큼 법과 식, 규칙이 선명하게 드러났다.

인간이 만들어 낸 것이기에, 무공에 담긴 의지와 목적에 따라 공통적인 움직임이 생긴 것이다.

정제(精製)과 정제(整齊).

상상(想像)과 심상(心想).

사패천주와 태금호의 움직임에는 그러한 것이 없었다.

오로지 상대를 죽이기 위해.

눈에 보이는 대로 주먹을 휘두르고, 몸이 반응하는 대로 움직이는 것.

'자연스러움. 아니, 자유로움!'

진화의 눈에 푸른 번개가 내리쳤다.

그리고 순식간에 진화가 사패천주와 태금호의 가운데에 끼어들었다.

쉐에에에엑————!

태금호가 사색이 되어 옆으로 몸을 던졌다.

진화가 곧장 검을 휘둘렀다.

파파파팟-!

땅이 갈라지며 새파란 기운이 바닥을 구르던 태금호의 다리를 치며 솟구쳐 올랐다.

"크아아아아————!"

무릎이 꺾여 나가며 태금호가 비명을 질렀다.

"허! 저 애송이가 그새 미쳤나?"

사패천주가 달라진 진화의 움직임을 보며 감탄하듯 말했다.

정제(精製)할 필요가 없다는 것을 깨닫자마자, 쓸데없이 정제(整齊)된 움직임이 사라졌다.

억지로 순수해지려 애쓰느라 부자연스러워진 움직임이 사라진 것이다.

천뢰제왕신공은 하늘의 번개처럼 빠르고 강력하면 그만이었다.

변덕스러운 의외성조차 자연스러울 뿐이었다.

파파파파팟———!

일어나 날뛰는 태금호의 머리 위에 번개가 떨어졌다.

천뢰제왕검법 낙수는 땅을 때리는 폭포처럼 태금호의 몸을 꿰뚫고 지났다.

"커헉! 너⋯⋯!"

패룡기의 흐름이 끊어지며 태금호가 울컥 피를 쏟았다.

그리고 믿기지 않는다는 눈으로 진화를 보았다.

단지 정신없이 몰아쳤을 뿐이었던 때와 달라졌음을 알아차린 것이다.

"너, 대체 무슨 짓을 한 거지?"

"아무것도. 그보다 당신, 패천아룡권을 제대로 쓰면서 귀천성으로 간 이유는 뭐지?"

"⋯⋯뭐?"

뜬금없는 진화의 질문에 태금호가 놀라며 되물었다.

뒤늦은 반응이 무언가 들킨 사람 같았다.

"속박과 절제를 끊은 짐승이 왜 스스로 귀천성에 복속된 것이냐 묻는 거다."

진화의 눈이 태금호를 향했다.

무저갱보다 깊고 검은 눈동자가 지옥같이 헝클어진 태금호의 속을 그대로 비추는 듯했다.

"……하아! 나는 처음부터 귀천성의 사람이었다."

한숨과 함께 터져 나온 대답.

태금호의 붉은 눈이 크게 일렁거렸다.

"그렇군."

진화는 태금호의 대답에 짧게 고개를 끄덕였을 뿐이었다.

사실 다른 이유는 물을 필요가 없었다.

바로 눈앞에 보이는 타는 붉은 머리칼에 붉은 눈.

중원에서 태금호가 가진 색을 받아들여 준 곳은 귀천성밖에 없었을 터였다.

귀천성이 성도들에게 바라는 건 오직 강한 힘뿐이니까.

파지지지지직———!

진화의 검이 호선을 그리며 태금호의 혈기를 잘라냈다.

진화는 태금호의 패룡기가 어째서 사패천주의 그것과 다른지 알았다.

퍽—! 퍽퍽!

검은 간격을 필요로 하는 무기지만 동시에 거리에 상관없이 위험한 무기였다.

검면을 때리는 태금호의 주먹을 보며 진화가 돌연 검을 돌려 날을 세웠다.

파지직-!

"크윽!"

뇌전과 함께 진화의 검이 태금호의 손가락 사이를 파고들어 갔다.

태금호가 상처를 입고 뒤로 물러서고, 진화가 그것을 쫓아 곧바로 팔을 곧게 뻗었다.

푸욱-!

빛처럼 빠르게.

패룡기를 두른 몸을 뚫을 정도로 강력하게.

정해진 대로 쥐지 않고, 정해진 대로 움직이지 않는 진화의 검은 섬전십삼검뢰를 퍼부을 때보다 훨씬 치명적이었다.

동시에 자유로움을 깨달은 진화는 태금호의 부자연스러움을 꿰뚫어 보았다.

"당신은 그저 사패천주의 자유를 흉내 내고 있었군."

"커억!"

태금호가 제 가슴을 꿰뚫은 검을 내려다보았다.

파팟--!

인정사정없이 검이 뽑히고 붉은 피가 튀었다.

"큭!"

피가 흐르는 가슴을 보다가 고개를 돌렸다.

태금호의 눈이 사패천주를 향했다.

'진짜 당신처럼 자유롭길 바랐는데……'

여자와 아이 때문이 아니었다.

한수림이 가진 검은 머리칼, 검은 눈을 원했다.

하필 당신의 아들이었지만, 그마저도 당신의 일부라서 좋았다.

당신처럼 되길 바랐다.

태금호의 미련 가득한 눈이 사패천주를 올려다보았다.

"음......."

사패천주가 쓰러진 태금호를 내려다보았다.

가쁜 숨을 헐떡이며 미련 가득한 눈으로 저를 보는 태금호를 보며 무슨 생각을 하고 있는 걸까.

어느새 조용해진 사위가 그들에게 집중되었다.

"헉. 헉. 큭, 사부......!"

"이런 씨부럴! 새파란 애송이 새끼한테 뺏길 줄은 몰랐는데. 너 이 새끼, 고생 좀 하다가 뒈져라."

태금호의 마지막 부름.

하지만 사패천주는 욕지거리와 악담을 남기고 태금호를 지나쳤다.

황당한 사람들의 시선이 사패천주를 향했지만, 그렇다고 사패천주가 잘못한 것은 없었다.

그가 태금호의 마지막을 받아 줄 이유는 없었으니까.

"아들−! 림아!"

"아부지−!"

한수림이 뛰어나와 사패천주의 품에 안겼다.

태금호가 흐려지는 눈으로 사패천주와 한수림을 보았다.

"흐흐, 사부답네……."

피와 함께 뱉어 내는 태금호의 미련을 강무련과 남궁구가
안타까운 눈빛으로 보았다.

그때, 진화가 다가와 태금호의 손을 붙잡았다.

"죽는 마당에 말해 주겠나? 해가 바뀐다는 게 무슨 뜻이
지?"

"……."

진화가 진기를 흘려보내며 태금호의 마지막 숨을 붙잡고
묻는 말에, 남궁구가 민망한 듯 강무련의 시선을 피했다.

태금호의 시선은 계속 사패천주와 한수림을 향해 있었다.

"아, 어둠이 오는군. 곧 해가 바뀌겠어……."

태금호의 붉은 눈이 비로소 까맣게 죽었다.

사랑탑 정문에 태금호와 삼부인의 시체가 나란히 걸렸다.

한수림이 있었지만 사패천주는 삼부인의 죄 중 어떤 것도
숨기지 않았다.

잔인한 일이었지만 사패천주다운 결정이었다.

적호단의 입장에선 이번 임무는 생각보다 많은 성과를 남

겼다.

정사연합이라는 거창한 의미는 두고서도, 결과적으로 권마제 태금호를 죽였다.

게다가 권마제에게 '해가 바뀌는 시간'에 대한 의미도 전해 들을 수 있었다.

"가장 밝은 것이 해라면, 확실히 밤에는 달이나 별이 해가 되어야지."

"그런 의미라면 역천비록에 있는 제물의 태어난 날짜와 해가 없는 시간을 봐야 하는 건가."

남궁교명의 말을 끝으로 이어지는 답이 없었다.

천문을 읽어 내는 것은 그들이 할 수 있는 영역이 아니었기 때문이다.

"그런데 그게 무슨 의미가 있는 거지?"

"……."

관서겸의 말에 다시 조용해졌다.

'태금호가 역천비록에 적힌 생시를 무시하고 다른 제물을 찾았다.'는 것은, 역천비록이 가짜일 가능성까지 생긴 것이라 문제만 더 복잡해질 수도 있었기 때문이다.

"근데 그걸 왜 순순히 가르쳐 줬지?"

"아니, 그쪽이야말로 귀천성 마제의 말을 순순히 믿어요?"

현오의 말에 당혜군이 코웃음을 치며 비웃었다.

귀천성도에 대한 신뢰라니.

그처럼 말이 안 되는 것이 또 있겠는가.

그때, 진화가 강무련이 놓고 간 역천비록을 덮으며 말했다.

"안 믿어. 하지만 상관없지 않나."

"뭐?"

"눈앞에 드러난 사실만 보자고. 어쨌든 권마제는 남궁금영이 아닌 한수림을 노렸어. 배를 착각한 것이 아니라면, 권마제의 제물은 한수림이었다. 시간과 관련한 권마제의 말은 차차 확인해 보면 되겠지. 만약 권마제의 말이 사실인데 역천비록이 일치하지 않는다면 가짜 역천비록을 알아낼 수도 있는 거고."

진화의 말에 모두가 고개를 끄덕였다.

정의맹 또한 진화와 같은 생각인 듯했다.

권마제가 노린 사람은 한수림이 확실했지만, 모든 것은 확실히 확인해 볼 문제였다. 그 전까지는 남궁금영 또한 안전하게 보호할 필요가 있었다.

"진실이 확인될 때까지 남궁금영은 남궁세가의 본가에 있기로 했다. 우리의 임무도 본래대로 남궁금영을 남궁세가에 데려다주고, 사패천에서 얻은 역천비록을 안전하게 정의맹으로 가져가는 것이 추가되었다."

적호단주의 말에 진화 일행과 적호단이 고개를 끄덕였다.

단 한 사람, 남궁진혜만 제외하고 말이다.

"집이라니! 안 돼--!"

남궁진혜가 비명 같은 고함을 지르며 절망스러워했다.

가모인 하후민이 기둥뿌리를 몇 개나 해 먹은 남궁진혜를 얼마나 벼르고 있는지 아는 진화는 그저 안쓰러운 눈으로 남궁진혜의 등을 두드려 주었다.

적호단이 떠나기 전.

사패천주가 조용히 진화를 찾았다.

"......."

사람을 불러다 놓고 말이 없는 건 뭘까.

곁에서 사랑탑주가 안절부절못하며 사패천주와 진화의 눈치를 살폈다.

그때, 사패천주가 뜬금없이 사랑탑주에게 버럭 했다.

"거참, 오줌 마려운 원숭이처럼 그러고 있지 말고 나가 봐!"

"안 됩니다! 저래 봬도 제국의 적통 황자란 말입니다! 황자님 불러다가 무슨 말을 할 줄 알고요. 제발 체통을 지키라고 해 봤자 안 지키실 테고, 이렇게 감시라도 하고 있어야죠!"

사랑탑주가 당당하게 소리쳤다.

'저래 봬도?'

진화가 조금 황당하다는 눈빛으로 그를 보았다.

사패천주도 여기에 뿌리를 박을 거라 외치는 사랑탑주를 포기한 듯 고개를 저었다. 그리고 다시 진화에게 눈을 돌렸다.

"네놈은 여기서 이득만 보고 가는군. 태금호의 모가지에, 역천비록에, 감히 이 몸의 비전까지. 안 그래?"

"악! 놈이라니요! 님이지요! 최소한 너님이라고 하시라고요!"

중간에 사랑탑주의 잔소리가 끼어들었지만, 사패천주나 진화나 아무도 신경 쓰지 않았다.

"글쎄요. 확실히 권마제의 모가지는 제가 땄으니, 역천비록은 그에 따른 정당한 대가가 아니겠습니까?"

"흥! 뻔뻔한 놈."

사패천주의 말투를 따라 하는 진화의 모습에, 사패천주가 피식 웃음을 흘렸다.

"악! 뻔뻔한 님이라니까요!"

사랑탑주가 왁왁거리긴 했지만, 이제 그의 목소리는 추임새 혹은 사랑탑의 메아리처럼 무시되었다.

"에잉! 있는 놈들이 더하다고. 제왕검 놈은 귀천성에서 주워 와도 어떻게 너 같은 놈을 주워 왔을까. 지지리 운도 좋은 놈!"

"주, 주워 왔다고 하지 마시라고요……."

"하하하하, 칭찬 감사합니다."

진화가 웃음을 터뜨렸다.

　사패천주의 칭찬이 이번 생에 들었던 어떤 감탄보다 진심으로 다가왔기 때문이다.

　진화 그 자체만 보고 이토록 솔직담백하게 칭찬을 해 온 사람은 지금 생과 이전 생을 통틀어 사패천주가 처음이었다.

　그 와중에 사랑탑주가 지적하는 소리도 재밌었다.

　진화가 웃음을 터뜨리자 어두운 사패천주의 집무실 분위기가 일순 환해지는 듯했다.

　세 사람 사이의 공기도 한결 편안해졌다.

　진화도 처음보다 편하게 말을 꺼냈다.

　"역천비록의 비밀을 파헤치는 건 사패천에도 필요한 일일 겁니다. 귀천성이 어떤 방식으로 힘과 영생(永生)을 탐하는지 알아낸다면, 귀천성을 완전히 무너뜨리는 것도 불가능하지 않을 테니까요."

　한수림이 여전히 위험하다는 말은 구태여 덧붙이지 않았다.

　아버지인 사패천주가 그것을 잊을 리 없기 때문이다.

　"그놈들이 신 제국에 있다는데, 귀찮은 것 전부 집어치우고 지금 당장 싹 다 잡아 죽이는 건?"

　"그게 가능했다면 대반격 때 실패하지 않았겠죠."

　"……고얀 놈."

　사패천주가 눈을 크게 떴다가 곧 진화를 노려보았다.

　사패천주의 앞에서 대반격을 실패라 말하는 사람은 진화

가 처음이었다.

정과 사, 한 제국을 망라한 대협력을 이끌어 내었던 반격.

무서운 기세로 중원을 정복하던 귀천성을 최초로 패퇴시킨 전쟁이라, 중원 모두가 위대한 승리라 말했다.

하지만 결과적으로 정, 사, 군부의 연합조차 귀천성을 무너뜨리지 못했다.

마제 둘을 죽이고 역천마제를 부상 입힘으로써 귀천성을 잠시 멈추었을 뿐.

자신이 노려봄에도 진화가 꿈쩍도 하지 않자, 사패천주가 이내 김샜다는 듯 눈에 힘을 풀었다.

"십이좌회라 부르지만 그보다 많았다. 영웅이라 불리기 전에 모두 죽어 버렸을 뿐이지."

"……."

"조금만 더 강했더라면, 나만한 놈이 몇 명만 더 있었더라면…… 그 자리에 있던 우리 모두가 후회했었다. 그런데 어제 보니 네 녀석 말고 나머지 녀석들도 꽤 괜찮더군. 우리 무련이 녀석도 그렇고, 앞으로를 위한 시간을 벌었다고 생각하면 그리 나쁘진 않겠어."

제자가 귀천성 마제가 되었다.

거기에 충격을 받을 정도로 약한 정신머리를 가졌다면, 놈이 자신의 마누라랑 뒹굴었을 때 벌써 쓰러졌을 것이다.

다만 좀 답답하긴 했었다.

그마나 쓸 만한 놈이 귀천성에 붙어 버렸으니.

하지만 남궁진화가 싸우는 모습을 보며 생각이 달라졌다.

"다른 놈들이 전부 태금호 같다고 생각하면 안 돼. 그놈은 되다 만 반푼이였으니까."

"알고 있습니다."

사패천주는 젊은 무인들이 흔히 할 수 있는 오만과 방심을 경고했다.

진화의 손에 죽은 마제만 벌써 셋이었기 때문이다.

잘난 외모에, 무서울 것 없는 배경. 어린 나이에 다른 이들은 상상도 할 수 없는 무위를 가졌고, 벌써 중원을 떠들썩하게 할 정도로 명성을 쌓았다.

사패천주가 보기엔 세상 두려울 것 없는 애송이가 되기 쉬웠던 것이다.

하지만 그건 진화를 모르기에 할 수 있는 말이었다.

"알고 있다고?"

"더 정진하겠습니다."

진화는 누구보다 객관적으로, 아니 비관적으로 상황을 판단하고 있었다.

자신이 공을 세웠으나, 환마제는 육체가 붕괴되어 이미 죽어 가고 있었고, 소리마제는 남궁세가 전체의 힘이었다. 권마제 태금호는 사패천주의 말처럼 완성되지 않은 자였다.

이전 생에서 남궁세가 결사대를 어린아이처럼 제압하던

광마제의 무위를 기억하기에, 진화는 결코 방심 같은 걸 할
수 없었다.

"말은……."

진화의 대답에 사패천주가 입을 삐죽거렸다.

진화의 단단한 눈을 보자니 괜히 늙은이처럼 노파심을 부
렸다 싶었던 것이다.

그리고 한편으로는 저런 놈을 주워 간 남궁세가의 행운에
질투심이 끓어올랐다.

"젠장, 그때 내가 광마제에게 갔다가 저걸 주워 왔어야 했
는데!"

"천주님!"

사패천추의 노골적인 말에 사랑탑주가 다시 왁왁거렸다.

"흥, 천문이나 역술을 사특하게 이용하는 건 사파 놈들이
나을 거다. 정의맹엔 알아서 사패천 술법사들을 보내 놓으
마. 이만 꺼져 봐라."

"그간 감사했습니다."

사패천주의 말에 진화가 깊게 고개를 숙여 보였다.

술법사들을 보내 준다는 말 때문이 아니었다.

사패천주에게서 얻는 심득에 관한 감사 인사였다.

'자유로움.'

사패천주에게서 얻은 심득은 진화의 움직임뿐만 아니라
정신적으로도 큰 변화를 주었다.

이전 생 동안 남궁세가에 목줄이 메인 개처럼 살았던 인생이 알게 모르게 정신적 속박처럼 남아 있던 터였다.

지금까지 진화는 그것을 답답하다고 느끼지 않았다.

어떤 형태로든 남궁세가에 소속되어 있기만 하면 된다고 생각했던 것이다.

하지만 이제는 달라져야 했다.

이제는 소속(所屬)되어 있는 안정감과 속박(束縛)당한 구속감을 구분해야만 하는 때였던 것이다.

제가 온전히 자유로워졌을 때, 진화는 또 다른 벽을 뛰어넘을 수 있을 것 같았다.

신 제국 황궁.

요즘 신 제국의 황성은 무겁고 스산한 분위기마저 감돌았다.

이전에도 나날이 번성하는 한 제국의 기세에 불안한 낌새가 있긴 했지만, 지금처럼 신하들이며 궁인들이 주눅 들고 공포에 질려 있던 적은 없었다.

모두 신건궁에 주인이 들어서고부터였다.

귀천성 마제들이 다짜고짜 황궁에 쳐들어와, 어느새 신 제국 황제의 신뢰를 얻어 조정을 장악했다.

그들의 인간 같지 않은 무위에 황제는 자신감이 충천하여 당장이라도 한 제국과 전쟁을 벌일 듯 군사를 모았고, 조정 대소 신료들은 입을 닫았다.

서로 정반대의 분위기.

경험 많은 궁인들은 망조가 든 폭군을 둔 황성이 이러하다는 것을 알고 있었다.

다만 그 폭군이 누구인지 말할 수 없을 뿐.

궁인들이 신건궁에 들어서 극도로 몸을 사리는 모습을 보였다.

신건궁 서거전.

검은 복면을 쓴 흑의인이 급히 서거전 안으로 내려섰다.

그러자 마치 영혼이 없는 사람들처럼 무표정하던 궁인들의 움직임이 일제히 멈췄다.

궁인들은 아무것도 보지 못한 얼굴로 순식간에 서거전을 빠져나갔다.

"무슨 일이냐?"

갑작스러운 교성흑오대원의 등장에 혼현마제가 손을 내밀었다.

입을 닫은 이가 내놓은 건 작은 전서였다.

그것을 본 혼현마제의 눈매가 미미하게 떨렸다.

권마제 사망. 역천비록 변동. 정의맹과 협력.

권마제 태금호가 죽은 것은 놀라운 일이었다.

그만한 인물도 없었으니 시간을 조금 두었더라면 훌륭한 전력이 되었을 터.

귀천성의 입장에서는 아까운 일이었다.

하지만 진짜 문제는 그다음에 있는 내용이었다.

'역천비록을 정의맹에 옮긴다고? 사패천 술법사들을 내줘서 연구해 봤자 역천대법을 완전히 알아낼 리 없다. 문제는……'

혼현마제의 눈빛이 매섭게 변했다.

"사패천주 아들의 생일연회에 일이 벌어졌다지?"

혼현마제가 한 번 더 확인했다.

예상대로 교성흑오대원이 고개를 끄덕이고, 혼현마제의 표정이 심각하게 굳었다.

'사패천주의 아들이 남궁금영과 같은 생일을 가졌다니…… 그놈, 혹시 뭔가 눈치를 챈 건가?'

불현듯 든 의심.

하지만 혼현마제는 이내 고개를 저었다.

'아니야, 그럴 리 없다!'

태금호가 알아챘을 리 없었다.

그는 역천대법의 비밀도 모르고, 제물에 관해서도 혼현마제가 알려 준 것을 들었을 뿐이었다.

'놈이 알아챘을 리는 없다. ……그런데 왜 하필 남궁금영을 두고 여자와 아들을 노렸느냐 말이야!'

태금호가 일으킨 희대의 불륜 사건은 익히 알고 있었다.

당시 혼현마제는 매사 심드렁한 그 사내에게 그런 열정이 있었다는 데에 놀라워했었다.

하지만 제물 문제와 얽히고 나니, 이제 와서 그 심드렁한 붉은 눈이 거슬리기 시작했다.

혼현마제의 눈이 날카롭게 빛났다.

'확실히 하는 것이 좋겠지.'

처음 자신이 계획한 것이 자꾸 어그러지고 있었다.

환마제 그리고 소리마제.

아니, 처음 제갈세가에서 예상보다 일찍 정체가 드러났을 때부터.

욱—씬.

망가진 팔과 눈이 아파 왔다.

몸이 안 좋아서 감정이 날카로워지기라도 한 것일까.

평소라면 무시하고 지나쳤을 불안감이었지만, 결국 혼현마제는 그냥 넘어가지 않기로 했다.

이 이상 계획이 어그러지게 둘 순 없으니, 거슬리는 건 모두 챙겨 보는 수밖에.

"수오를 불러와라."

혼현마제의 명에 교성흑오대원이 금세 모습을 감췄다.

그리고 잠시 후, 영락없는 귀공자의 모습을 한 수오가 안으로 들어왔다.

"스승님."

여유롭게 들어왔던 수오는 날카로운 혼현마제의 표정을 보고 급히 몸을 사렸다.

"네가 직접 움직여야 할 일이 있다. 권마제가 노린 그 사패천주의 아들. 그 아이에 대해 알아 와라."

"사패천주의 아들요?"

"그래. 전부."

혼현마제의 명에 수오가 의아한 듯 되물었지만, 곧 고개를 숙이고 명을 받아들었다.

그리고 혼자 남은 혼현마제는 여전히 불안한 듯 입술을 씹었다.

"안되겠어. 놈들이 뭔가 알아내기 전에 남은 역천비록을 전부 회수해야겠어."

혼현마제가 교성흑오대원을 불렀다.

"역천비록들의 행방을 모두 확인하거라."

적호단이 사패천을 떠나 남궁세가로 향했다.

남궁금영을 남궁세가 본가까지 호위하기 위해서였다.

불과 며칠 전 전투를 치른 터라 적호단의 기세가 흉흉했다.

하지만 양주로 들어서자 적호단의 분위기가 확연히 달라졌다.

처음부터 그랬던 것은 아니었다.

처음 양주에 도착했을 때, 적호단원들이 느낀 것은 당황스러움이었다.

"꽃마차다—!"

"뭐? 꽃마차? 우리 공자님이 오신 거야?"

"어디? 어디?"

아이의 말 한마디에 순식간에 몰려드는 사람들.

흉흉한 기세를 뿜어 대는 적호단을 보고도 아무런 거리낌 없이 밀려드는 사람들의 모습에, 적호단원들은 물론 적호단주마저 당황스러운 기색이 역력했다.

"이봐, 위험하니까 비켜!"

대체 누가 위험하다는 건지.

적호단원의 위협적인 고함에도 불구하고 사람들은 눈 하나 깜짝하지 않았다.

되레 사람들의 기세에 적호단원들이 움츠러들 정도였다.

"저기 우리 공자님 타고 있는 거 맞아요?"

"아가씨 마차 아니야?"

"에이, 우리 아가씨는 저거 안 타잖아요. 거기 아저씨, 좀 비켜 봐요! 우리 공자님 마차 맞는지 좀 확인하게!"

누군가의 고함에 미친 마차, 아니 남궁세가의 마차를 호위하고 있던 적호단원들이 저도 모르게 슬쩍 길을 열었다.

"참, 저 사람들 적호단원이면 우리 아가씨도 있지 않나?"

"맞네! 그럼 저기에 공자님이랑 아가씨가 다 타고 있나?"

"어머-! 아가씨, 큰일 났어요! 가모님이 벼르고 계신다고요-!"

"호호호호! 이를 어째? 당신 가서 얼른 본가에 알려 드려요!"

사람들이 웃음을 머금고 마차를 향해 말을 걸었다.

그때, 마차의 창문이 열리면서 남궁진혜가 소리를 질렀다.

"알리지 마-! 알리면 두고 봐!"

협박 같은 남궁진혜의 말에 사람들은 더 크게 웃을 뿐이었다.

"하하하하! 아가씨, 집에 잘 돌아왔어요!"

"매도 먼저 맞는 게 낫다고요!"

"공자님-! 얼굴 좀 보여 주세요-!"

사람들의 환호와 환영 인사에 진화도 슬쩍 얼굴을 비추고 고개를 까닥였다.

남궁진혜와 진화를 향해 친근하게 인사하는 사람들.

하나같이 웃고 있는 얼굴에서 진심으로 그들을 반기고 있다는 것이 느껴졌다.

잠삼현에 가까워질수록 사람들은 점점 더 몰려들었다.

무인들을 두려워하지 않고 몰려드는 사람들.

적호단은 처음 당황스러움을 느꼈던 이유를 알았다.

그리고 그것은 곧 감탄으로 바뀌었다.

'이곳 사람들의 신뢰야말로 남궁세가가 귀천성으로부터 이곳을 지켜 내고 얻은 것인가.'

적호단은 물론 진화 일행 모두, 남궁세가로 가는 내내 양주 사람들의 남궁세가에 대한 사람들의 신뢰가 얼마나 깊은지 실감할 수 있었다.

"와아!"

서평원과 동평원 가운데 소천로를 지나는 동안.

적호단은 미친 마차, 아니 꽃마차를 향해 공손하게 고개를 숙이는 남궁세가 사람들의 모습에 감탄을 금치 못했다.

거대한 의천문 앞에는 남궁세가 가주와 남궁경을 비롯한 남궁세가 사람들이 적호단을 기다리고 있었다.

"어서 오시오. 금영이를 호위해 준 것에 대해 남궁세가를 대표해서 감사를 표하오."

"적호단주 팽치입니다. 적호단을 대표해서 환대에 감사드립니다."

"그래서, 우리 사윗감이라고?"

"……예?"

"하하하! 이럴 것이 아니라 어서 안으로 들어갑시다."

남궁가주가 놀란 적호단주를 구렁이 담 넘듯 의천문 안으로 이끌었다.

그 사이.

"진화야–! 아이고! 내 새끼!"

"아버지!"

양주대부, 남궁제일검 남궁경이 마차 문을 뜯듯이 열고 진화를 맞았다.

"진화야!"

"어머니! 큰어머니!"

팽연화와 가모 하후민도 반가운 얼굴로 진화를 맞았다.

단, 진화와 해후를 마친 가모 하후민은 마차에서 내리는 여인들 하나하나를 뜯어보다, 서늘하게 식은 눈으로 빈 마차 안을 보았다.

"……이년, 튀었구나."

하후민의 조용히 하는 말에 진화가 그녀를 바로 보지 못하고 멀리, 담 너머로 시선을 돌렸다.

천하제일세가(天下第一世家).

콕 집어 말하지 않았지만 모두가 한 곳을 머릿속에 떠올렸다.

한때는 제갈세가가 그곳과 견주었으며, 하북팽가와 모용세가 또한 꾸준히 그들의 아성을 넘보았다.

누가 가르쳐 주지 않아도 내로라하는 세가들의 전성기에 자연스럽게 비교 대상으로 떠올리는 곳.

구태여 전성기를 떠올리지 않아도 무림 세가라 하면 자연스럽게 떠올리는 첫 번째 이름.

그렇다.

누군가 단언하거나 공표할 필요 없이, 남궁세가는 무림인들의 머릿속에 자연스럽게 존재했다.

적호단과 관도생들은 양주로 들어서면서 남궁세가가 왜 천하제일이라 여겨지는지 사람들을 보며 깨달았다.

가문의 세를 아무리 불린들, 양주 사람 전체가 남궁세가 사람이라 말하는 곳을 넘어설 수 있을까.

중원의 황금을 모두 끌어모아도, 산, 바다, 강, 기름진 땅속에 완전한 자립 경제를 가진 남궁세가를 위협할 수 있을까.

무엇보다 무림 세가로서, 제왕검 남궁강과 그 아들, 손자까지 이어지는 강맹함을 비견할 곳이 없었다.

'아아, 저분이……!'

적호단이 천명관으로 가자, 그 앞에는 제왕검 남궁강이 손님들을 기다리고 있었다.

신선과 같은 풍모에 강인한 자태.

제왕검 남궁강은 남궁세가 특유의 선 굵은 호방한 외모에 그저 서 있는 것만으로도 태산 같은 위엄이 뿜어져 나왔다.

적호단 소속이기 전에 정파의 무인으로서, 단원들과 관도생들은 경외심을 가득 담아 제왕검에게서 눈을 떼지 못했다.

그때, 남궁강이 진화를 향해 두 팔을 벌렸다.

"내 손자—!"

"하, 할아버님!"

방긋 웃으며 부르는 소리에 진화가 부끄러운 듯 남궁강에게 다가갔다.

"소손 남궁진화가 할아버님을 뵙습니다."

"허어."

깊게 허리를 숙여 인사를 했음에도 여전히 활짝 열린 두 팔.

그것이 무슨 뜻인지 알아챈 진화가 귀를 붉히고 남궁강에게 다가갔다.

"아이고, 내 손자, 내 황자 손자! 평소에도 그렇게 나를 따르더니, 기어이 이 할아비 따라 계속 '남궁' 하기로 했다며? 아이고, 예쁜 놈! 하하하하하!"

퍽. 퍽. 퍽.

제왕검 남궁강이 기분 좋은 듯 진화를 끌어안고 등을 두드렸다.

천명관 현판보다 높은 곳에 은인지황(恩人之皇)이라는 황금색 현판이 눈에 띄었다.

황제가 남궁세가에 내려 준 것이었다.

"어쩐지 아버지가 아까부터 현판 아래에서 벗어나질 않더니. 이 생색을 내시려고 기다렸구먼?"

"흐흐흐, 애초에 모두가 반대하는 데에 아버님께서 진화를 받아들이셨지 않으냐. 가신들 보란 듯이 기분 좀 내시게 두자꾸나."

남궁가주와 남궁경이 웃음을 참으며 한 걸음 물러섰다.

제왕검의 의도대로, 사람들은 제왕검과 진화의 위에 있는 황제의 현판을 보고 있었다.

대충 내일 세가회의쯤에서 가신들이 '역시 태상가주님의 선견지명이십니다!'라고 호들갑을 떨어 주면 제왕검도 충분히 만족할 것이다.

잠시 제왕검이 기분 낼 시간을 준 뒤 남궁가주가 움직였다.

"아버님, 이쪽이 적호단주입니다."

"적호단주 팽치입니다. 이렇게 제왕검을 뵙게 되어 영광입니다."

남궁가주가 손님들의 대표인 적호단주를 남궁강에게 소개했다.

팽가의 망나니라 불리는 팽치지만 이번만큼은 깍듯하게 예를 다해 인사했다.

남궁강도 반색하며 팽치를 보았다.

"오-! 이치가 그치더냐?"

"하하하! 예, 이치가 그치입니다."

"호오, 잘됐구나."

대체 뭐가 잘됐다는 걸까.

이 '치'와 그 '치'는 어떤 치를 말하는 걸까.

불안감을 느낀 팽치가 뭐라 입을 떼려는 순간, 남궁강이 호탕하게 웃음을 터뜨렸다.

"허허허! 정의맹에서 귀한 손님들이 왔으니 남궁세가의 손님 대접이 어떤 것인지 보여 주거라!"

"와아아아아———!"

남궁강의 말이 있는 순간, 남궁세가 하인들이 순식간에 연회장을 꾸미고 가솔들이 탁자 가득 음식을 내어왔다.

산해진미가 가득한 만찬장을 보며 적호단원들의 입에서 탄성이 쏟아졌다.

오랜만에 집으로 온 진화를 차지하기 위해 남궁세계 직계들은 다른 방에 따로 상이 차려졌다.

식구나 다름없는 남궁구, 남궁교명은 물론 적호단주도 이 자리에 함께했다.

'나는 왜……'

아까부터 느껴지는 찜찜함과 불안감.

귀천성과 관련한 것 같진 않은데, 적호단주 팽치는 산해진미를 앞에 두고 위기감을 느끼고 있었다.

'사방이 남궁이군. 안 되겠어. 여기라도 벗어나야……'

적호단주 팽치가 어렵게 말을 꺼내려 남궁가주의 눈치를 살폈다.

그때, 방문이 벌컥 열렸다.

"어머니, 너무하시는 거 아니에요?"

남궁진혜가 씩씩거리면서 만찬장에 들어섰다.

"어머, 이게 누구야─아?"

가모 하후민이 입꼬리를 말아 올리면서 말끝을 묘하게 늘어뜨렸다.

만찬장의 온도가 순식간에 내려간 듯한 느낌에, 남궁강마저 슬그머니 젓가락을 놓았다.

남궁진혜는 제 분에 못 이겨 달라진 분위기를 눈치채지 못한 듯했다.

"아니, 아무리 그래도 멀쩡한 집에 기둥을 빼 가는 사람이 어디 있어요?"

"다, 네가 해 먹은 기둥이란다."

남궁진혜가 씩씩대며 따지는 말에 가모 하후민은 눈 하나 깜짝하지 않았다.

그에 남궁진혜도 한 걸음 물러섰다.

"휴우, 알겠어요. 제가 사고치고 어음만 보낸 건 잘못한 거 알아요. 아무리 그래도 제가 잘못한 거 보이겠다고 멀쩡한 전각의 기둥을 뽑으시면 어떡해…… 응?"

남궁진혜가 말을 끝내기 전에, 한쪽에서 남궁가주가 열렬하게 고개를 저었다.

그 옆에서 남궁경까지 고개를 젓고 있었다.

"아니에요? 뭐가 아닌데요?"

남궁진혜가 어리둥절한 얼굴로 물었다.

전혀 감도 잡지 못하는 남궁진혜를 보며, 가모 하후민이 회심의 미소를 지었다.

"당연히 아니지. 제정신 가진 사람이면 일부러 멀쩡한 전각 기둥을 뽑았을 리 있겠니?"

"어머……니?"

"네가 보낸 어음 전부! 네 집 기둥을 뽑아서 판 돈으로 계산했단다."

"어머니!"

"글쎄. 내가 네 어미는 맞는지."

순간, 하후민이 서릿발처럼 차디찬 눈빛으로 남궁진혜를 쏘아보았다.

"기껏 남궁세가 귀한 영애로 낳아 줬더니, 제 어미 생일에도 어음을 선물로 날려? 가족으로서, 직계 영애로서 해야 할 일 하나 하지 않고 집안의 돈만 빼먹는 기생충 같은 짓거리는 대체 누가 가르친 건지. 쯧."

매몰찬 말이 송곳처럼 남궁진혜에게 쿡쿡 박혀 들어가는 듯했다.

게다가 화룡점정을 찍는 듯한 혀 차는 소리.

가모 하후민의 혀 차는 소리에 남궁진혜의 얼굴이 하얗게 질렸다.

남궁진혜는 이제야 차분한 말투와 달리 들불처럼 활활 타고 있는 하후민의 눈을 본 것이다.

"딸아, 네가 네 성질대로 하고 싶은 것만 하면서 망나니처럼 살면 들짐승과 하등 다를 바가 없다고 누누이 말했잖니?"

"그, 그랬습죠……?"

"들소처럼 살겠다면 말리지는 않겠다만, 그러려면 그간 내가 귀한 영애에게 준 건 다 뱉어 내고 가야지? 그게 아니라면 귀한 영애답게 네 일에 책임을 져야 하고."

"책임지겠습니다!"

포기와 항복은 빠를수록 좋았다.

털썩 무릎을 꿇고 항복하는 남궁진혜를 보며, 가모 하후민이 매끄럽게 입꼬리를 끌어 올렸다.

그리고 한쪽에서 식사 시중을 들던 창천정 하녀를 불렀다.

"데려가 사람 꼴로 만들어서 내 방에 가져다 놓거라."

"예, 가모님."

창천정 하녀들이 옷소매가 없는 남궁진혜의 양팔을 단단히 잡고 일으켰다.

힘이라면 정의맹 전체에서도 수위를 다투는 남궁진혜였지만, 이번만큼은 하녀들의 손에 물 먹은 김처럼 질질 끌려 나갔다.

갑자기 숙연해진 분위기.

숨소리 하나 나지 않는 분위기 속에 가모 하후민이 온화하게 웃었다.

"호호호. 신경 쓰지 말고 들어요."

누구 하나 함께 웃는 사람이 없었다.

오직 팽연화만이 온화하게 웃으며 진화의 그릇에 고기를 올려 주었다.

"아가, 이것부터 들렴."

"……."

진화는 어머니 팽연화가 제 생각보다 훨씬 강한 사람은 아닐까 생각했다.

그날 밤.

바람이 세차게 부는 듯 숲이 흔들리는 소리가 유난히 큰 밤이었다.

실제로 청림이 바쁘게 움직이며 천주산의 기적을 막았다.

그리고 남궁경이 연무장에서 검을 휘두르고 있는 남궁진혜를 찾았다.

"어디 얼마나 늘었는지 볼까?"

"……한 수 부탁드리겠습니다!"

오랜만에 검을 들고 사납게 웃고 있는 남궁경의 모습에, 남궁진혜가 마른침을 꿀꺽 삼키며 포권했다.

무공을 처음 배울 때처럼 두근거리기 시작한 심장 소리를 들으며 남궁진혜가 검을 들고 나갔다.

잔뜩 긴장한 채 기세를 끌어 올리는 남궁진혜.

그런 남궁진혜의 눈앞으로 푸른…… 바윗돌이 날아왔다.

콰————광!

창천원이 떠들썩하게 울리는 굉음.

그 소리에 남궁강이 피식 웃음을 터뜨렸다.

"네 아비가 잔뜩 벼르고 있더니 요란스럽게도 하는구나."

남궁강의 옆에는 진화가 함께 있었다.

스스스슷――.

마치 길을 비키는 듯 울창한 나뭇가지가 위로 들렸다.

그러자 천주산 깊은 곳으로 쭉 이어진 길이 나타났다.

"준비되었느냐?"

남궁강이 진화에게 물었다.

눈에서 반짝이는 푸른 정광.

자세히 들여다보면 푸르른 청룡이 진화를 기다리고 있었다.

왜 그랬을까.

온몸의 솜털이 쭈뼛 설 정로 소름이 돋았다.

저도 모르게 걸음을 멈출 뻔했지만, 진화는 고개를 끄덕이며 한 발 내디뎠다.

"부탁드리겠습니다."

"그래, 그럼 가자."

남궁세가가 깊이 숨기고 있는 비지.

두 조손이 길에 들어서자 언제 그랬냐는 듯 다시 울창한 숲이 길을 가렸다.

꘍

신 제국 황궁, 신건궁.

귀천성의 마제들이 모처럼 한자리에 모였다.

검은 용이 새겨진 황포를 걸치고 역천마제가 황금좌에 앉았다.

마치 황제처럼 위엄 넘치다 못해 위풍당당한 자태였다.

역천마제의 곁으로 검마제는 거대한 그늘에 숨어 호위무사처럼 역천마제를 지키고, 정순한 학사 같은 혼현마제가 그 앞에 허리를 조아렸다.

반대편에는 광마제가 심드렁한 얼굴로 자리했다.

황궁에 돌고 있는 소문처럼 역천마제와 다른 마제들은 황궁의 주인이 된 듯 자연스러웠다.

"알아본 바에 의하면 아이를 데려오려다 사패천주에게 덜미를 잡힌 듯합니다."

혼현마제가 권마제의 죽음을 알리자, 역천마제가 의아한 듯 호기심을 비쳤다.

"그 아이는 사패천주의 아들이 아닌가?"

"사패천주가 여자와 권마제를 모두 죽이고 아이만은 곁에 둔 것을 보면, 사패천주의 친자가 확실한 듯합니다."

"허어, 그런데도 여자와 아이를 데려오려 했다? 허허허, 태금호가 뒤늦은 망애(亡愛)에 판단력을 잃었구나."

안타까운 듯한 말투.

하지만 태금호의 사랑을 죽은 사랑, 망애라 칭하는 것을 보면, 역천마제의 말은 조롱처럼 들리기도 했다.

"유감스럽게도 팔현성의 자리가 많이 비었습니다. 대세에 지장은 없을 것이나 필요하여 만든 자리입니다. 계속해서 비워 둘 수 없으니, 재정비를 하는 것이 옳을 듯합니다."

혼현마제가 역천마제를 향해 공손하게 말했다.

그런데 반응은 역천마제가 아닌 맞은편에서 먼저 나왔다.

"흥, 웃기는군."

광마제의 이죽거림에 혼현마제가 무표정한 표정으로 고개

를 들었다.

서늘하게 저를 노려보는 혼현마제의 눈길을 마주하며 광마제가 다시금 비웃음을 흘렸다.

"전부 네 계획이 아니었나? 환마제 여시의 역천대법을 미룬 것, 소리마제 문악에게 의뢰를 한 것. 그리고 애송이에 불과한 태금호를 권마제로 삼은 것까지 전부. 네 계획 중에 잘된 것이 없군."

"내 계획은 귀천성의 완벽한 부활에 초점이 맞춰져 있다고 말했을 텐데."

"그러니까. 팔현성이 없는 귀천맹이 완벽할 수 있나?"

"그러니 이제라도 제대로 자리를 채워야 한다 말을 올리고 있지 않나."

"왜, 처음부터 잘하지 않고?"

광마제가 다른 마제들의 죽음을 혼현마제의 실패로 몰아갔다.

틀린 말은 아니었지만 완전히 맞는 말도 아니었다.

하지만 역천마제의 앞에서 제 잘못이 아니라 변호하는 것이 더 초라해 보일 수 있었기에, 혼현마제는 그저 입을 다물고 광마제를 노려보았다.

그때, 역천마제가 나섰다.

"허어, 이 사람 구훤. 자네를 위해 자활백설옥을 구한 것도 혼현마제일세. 나와 자네를 살린 것이 누구의 공이라 생각하는가. 그쯤 해 두게."

"그조차 일이 틀어지면서 계획보다 앞서 일어났지. 그러니 한 번은 짚고 넘어가야 앞으로 이런 실수가 없지 않겠나."

역천마제의 중재에 광마제도 한 걸음 물러섰다.

역천마제의 말처럼 광마제를 살린 것도 모두 혼현마제의 안배 덕분이라, 광마제는 이쯤에서 봐준다는 듯 비릿하게 웃어 보였다.

혼현마제는 배은망덕하게 저를 비꼬고 있는 광마제의 행태에 이를 갈았다. 하지만 역천마제가 사실상 제 편을 들고 있으니, 이쯤에서 얌전히 수긍하는 모습을 보이는 것이 좋겠다 판단했다.

"팔현성은 천성의 수호성입니다. 각기 어떤 역할을 하는 것보다 그 자리에 존재하는 것이 중요합니다. 해서 필요한 대로 먼저 자리를 채운 것입니다. 그러나 이제는 슬슬 준비를 마쳐 가니, 팔현성의 자리에도 알맞은 주인을 찾으려 합니다."

"음, 정의맹의 손에 있는 역천비록은?"

"필요한 것들은 다시 찾아와야지요."

"……좋다."

혼현마제를 지긋이 보던 역천마제가 마지막엔 고개를 끄덕였다.

허락이 떨어졌으니 이제 혼현마제는 제 말을 이뤄 내야 할 것이었다.

다만 이제껏 그래 왔던 대로 방법과 수단은 혼현마제가 정할 일이었다.

모처럼의 회의를 마치고 나가는 길.

광마제가 혼현마제의 뒤에서 조용히 말을 걸었다.

"참 이상하지? 천하의 혼현이 쫓기는 듯 서두르는 것 같으니. 이번 실패에 자네가 서두를 만큼 치명적인 뭔가가 있는 건가?"

움찔.

광마제의 말에 혼현마제가 걸음을 멈추었다.

혼현마제의 눈가가 파르르 떨렸다.

하지만 곧 자연스럽게 뒤를 돌아보았다.

"광룡의 운명은 파도와 같지 않나. 들어온 다음엔 밀려나기 마련이니. 슬슬 중요하신 분의 때가 된 듯하여, 대비를 하려는 것뿐일세."

권마제 때문이 아니라 네가 위험할 차례인 듯해서 대비를 하는 것이다.

혼현마제는 광마제의 의심을 악담으로 돌려주었다.

그에 광마제의 얼굴 있던 미소가 짙어졌다.

"내 차례라……. 그거 기대되는군."

광마제가 혼현마제의 악담을 비웃음으로 흘리며 지나갔다.

혼현마제는 그런 광마제의 뒷모습을 꽤 오래 노려보고 있었다.

'인시, 사패천주의 아들이 진짜였다고? 권마제가 그걸 어떻게 알았지? 아니, 그보다, 저 미친 늙은이가 뭔가 냄새를 맡기 전에 서둘러 처리를 해야겠구나.'

돌아가는 즉시.

서거전으로 교성흑오대와 수오가 번갈아 불려 갔다가 바쁘게 황성을 떠났다.

엿볼 진診 불행 화禍 : 운명의 시작

사방이 절벽으로 둘러싸인 허허벌판.

풀이 무성한 평탄한 땅 군데군데에 거대한 바위가 박혀 있지 않았다면 남궁세가에서 천주산을 깎아서 만들어 놓은 비밀 연무장인 줄 알았을 것이었다.

그만큼 기암절벽을 벽으로 두고 입구를 알지 못하면 찾기 힘든 비지였다.

심지어 달빛이 유난히 밝게 비쳤다.

주변의 깜깜한 어둠과 달리 깊은 밤에도 어렴풋이 앞이 보일 정도였다.

대체 이런 곳을 어떻게 찾았을까.

이전 생에선 존재조차 알지 못했으니, 어쩌면 정말로 제왕검이나 직계들만 알고 있던 비지였을지도 몰랐다.

진화가 놀란 눈으로 주변을 구경했다.

그때 앞서 남궁강이 마침내 자리에 섰다.

"이쯤이면 되었구나."

공터의 한가운데.

남궁강이 달을 등지고 진화를 돌아보았다.

그 순간, 진화가 눈을 크게 부릅떴다.

남궁강의 형체가 달빛을 모두 가릴 만큼 크게 보였기 때문
이다.

"허허허, 녀석아, 벌써 그리 놀라면 어쩌느냐."

남궁강이 귀엽다는 듯 웃고 있었다.

달빛에 그 표정이 보이는 것을 보면 분명 평소의 남궁강이
었지만, 진화는 여전히 한 걸음도 떼지 못할 만큼 남궁강이
거대하게 느껴졌다.

"검을 들거라."

천 근처럼 떨어지는 무거운 목소리.

현 무림의 천하제일 고수라 불리는 이와 검을 섞을 기회였
다.

진화의 속에서 존재했었는지도 몰랐던 호승심이 끓어올랐
다.

진화는 최근에 얻은 깨달음이 제왕검에게 어떻게 비칠지
궁금했다.

"가르침을 청하겠습니다."

진화의 눈에 푸른 번개가 번뜩이는 것과 동시에, 진화의 신형이 앞으로 쏘아져 나갔다.

쉐에에엑———!

새파란 검강이 안개를 갈랐다.

하지만 남궁강의 도포 자락 하나 베지 못했다.

"바람에 날리는 옷자락 하나, 나와 다르지 않다."

남궁강의 목소리가 진화의 머릿속을 때렸다.

휘이이익!

강이 굽이쳐 돌아 나오듯 진화가 몸을 회전하며 곧바로 목소리가 들리는 쪽으로 팔을 뻗었다.

쉐에엑—!

검이 허공을 찌르는 순간, 진화의 왼손이 반대쪽 바람을 쳤다.

퍼—엉!

남궁강의 옷자락이 크게 떠올랐다 가라앉았다.

"호오, 이번에는 제법이구나."

마치 어린아이와 놀아 주는 듯 칭찬이 돌아왔다.

'왜……!'

진화는 당황스러움을 감추지 못했다.

안계가 넓어졌다.

어둠이며 안개며 아무 장애가 되지 않았다.

진화의 눈에는 남궁강의 숨소리조차 보이는 듯했으니까.

인지력도 달라졌다.

시간이 느려진 듯, 바람보다 빨리 움직이는 남궁강의 움직임도 아무렇지 않게 잡아챌 수 있었다.

분명 오래전 경지를 넘어서고 육체의 한계를 잊은 뒤, 감각의 차원이 달라진 곳에서 새롭게 알게 된 세상이었다.

저는 분명 그 속에서 번개처럼 빠르게 움직이고, 최근에 깨달은 자유(自由)를 떠올리며 초식에 얽매이지 않고 검을 휘둘렀다.

그런데 남궁강의 옷자락 하나 건들기가 쉽지 않았다.

'어떻게……?'

천뢰제왕신공이 울렁이며 진화의 물음에 답했다.

쉐에엑――!

진화의 검이 더 빨라졌다.

'어떻게?'

진화의 고개가 더 이상 움직이지 않았다.

진화의 전신에서 일렁이는 푸른 기운이 그가 보는 것보다 더 많은 것을 전해 주었기 때문이다.

'어떻게……!'

휘이이이익―――!

천뢰제왕검법 낙엽이 사방으로 흩어지는 남궁강의 모든 기운을 쫓았다.

태산같이 굳건한 남궁강의 기운을 향해 성난 검기가 날아들었다.

순한 얼굴 속 어디에 이런 오기가 남아 있었을까.

"허어!"

남궁강이 감탄했다.

하지만 날카롭게 내리꽂히는 진화의 검기가 사방을 때리고 나서 보니, 남궁강의 기운은 여전히 중앙을 벗어나지 않고 있었다.

'어떻게!'

분노가 솟아올랐다.

'어떻게! 어떻게!'

파지지지직——!

진화의 분노에 그의 안에 있던 혼돈기가 응답하며, 진화를 둘러싼 푸른 기운이 사납게 성을 내기 시작했다.

쉐에에엑——!

진화가 뿌리는 검강이 번개로 휩싸였다.

남궁강이 비로소 검을 빼 들었다.

퍼—————엉!

한쪽 절벽이 부서져 내렸다.

그런데 아직도 남궁강의 태산같이 굳건한 기운은 한 자락도 움직이지 않았다.

'여기서 더 무얼 해야 한단 말인가!'

절벽보다 더 높고, 더 단단한 벽을 두드리는 느낌이었다.

아무리 두드려도 꿈쩍도 하지 않는 태산 앞에 진화는 점점 더 분노했다.

'깨져라! 깨져라!'

진화의 눈이 오직 한 곳을 향했다.

그때 진화의 머릿속에 남궁강의 목소리가 울렸다.

─너의 의지와 정신이 육신의 한계를 넘어 주변과 하나가 되고, 내공을 통해 네 의지가 퍼져 나간다. 그런데 말이다. 아가. 너의 육신 또한 너의 것이다.

'알아!'

그래서 더 자유롭게.

사패천주에게서 보았던 것처럼, 몸이 움직이는 대로 흐름을 거스르지 않고 움직였다.

카───앙!

진화의 검이 남궁강의 검을 때렸다.

천뢰제왕검법 필거심뢰가 진화의 걸음과 반대로 움직인 것이 남궁강의 허를 찌른 것이다.

─아직 멀었다. 육신은 뛰어넘을 한계가 아니라 너의 일부다. 너의 뇌전은 그것을 아는데, 너의 검은 어째서 네 손안에서만 움직이는 것이냐.

'뇌전……?'

우우웅…….

몸이 떨렸다.

마치 진화의 안에 있던 혼돈기가 응답하듯.

천뢰제왕신공의 내공과 혼돈기가 진화의 단전에서 뭉치고, 깨지고, 퍼져 나가기를 반복했다.

진화의 몸이 푸른 정광과 번뜩이는 번개로 휩싸이고, 진화는 더 이상 남궁강보다 느리지 않았다.

그러자 남궁강의 눈빛이 달라졌다.

-남궁의 모든 검은 하늘로부터 내려온 것이니. 천뢰제왕검법 또한 다르지 않다.

진화의 움직임을 자신에게 맞춰 끌어 올린 남궁강이 마침내 검을 들었다.

-보아라! 이것이 남궁의 하늘이다-!

쉐에에에엑---!

제왕무적검법 제왕검형 불위(不爲).

남궁의 하늘에 거칠 것은 아무것도 없단다.

그것이 남궁의 창궁이 그린 자유다.

쉐에에엑---!

달빛을 가르며 날아간 섬광이 절벽을 때렸다.

진화의 눈에 남궁강의 검강과 절벽이 부딪히는 순간이 적나라하게 보였다.

'언제⋯⋯.'

언제 이렇게 안계가 넓어졌을까.

단단한 바위와 흙을 가르고 들어가는 푸른 섬광이 어떤 식으로 절벽을 자르는지.

콰광광------쾅!

무너지는 절벽을 보며 진화가 자리에 우뚝 멈춰 섰다.

진화의 눈이 절벽에서 벗어나지 못하고 있었다.

-너의 뇌전은 너의 것이고, 너의 내공, 너의 의지도 너의 것이다. 네 육신 또한 네 것들과 다르지 않다. 너의 우주는 만물과 다르지 않단다. 이것이 남궁이 전하는 천하(天下)다.

콰과광----쾅!!!

하늘로 떠오른 남궁강이 다시 제왕검형을 휘둘렀다.

태산 같은 거대한 기운이 높디높은 절벽과 함께 아래로 내려앉았다.

인간의 우주와 만물의 우주가 결코 다르지 않으니.

그것이 남궁세가가 전하는 평등이고 정의였다.

"⋯⋯."

뿌연 안개가 걷히고.

절벽의 한가운데 남궁강이 새긴 청룡이 진화를 굽어보고 있었다.

그 자리에서 멈춰 우뚝 선 진화의 몸에서 밤하늘보다 검은 기운이 뿜어져 나왔다.

혼돈지체(混沌之體).

진화의 숨겨 둔 힘인 동시에 가혹한 운명의 시발점.

하지만 결국 진화가 극복해야 할 한계(限界)도, 우주 만물과 다른 이상(異常)도 아니었다.

달을 향해 번뜩이며 뿜어지던 검은 기운이 점차 달빛보다 시린 푸른색으로 변해 갔다.

청명하고 푸르른, 남궁세가가 그리던 창공이 어둠 속에서 퍼져 나갔다.

"……이런!"

심상에 들어간 진화를 보며 남궁강이 낭패한 듯 탄성을 뱉었다.

그때, 누군가 급하게 남궁강의 곁으로 뛰어내렸다.

"또 무슨 짓을 하신 겁니까?"

"내, 내가 하긴 무슨 짓을 해? 진짜 무슨 짓은 지금 저 녀석이 하고 있지!"

남궁호명의 말에 남궁강이 놀라서 펄쩍 뛰었다.

"본래 저랬는가?"

"그러게 함부로 건들지 말라고 했지요? 남의 제자를 왜 굳이 건드려서…… 쯧. 호법 서실 것 아니면 비켜요!"

남궁호명이 귀찮다는 듯 남궁강을 밀쳤다.

남궁강은 억울한 듯 남궁호명을 노려보았으나, 밤새 어린 손자의 호법을 설 생각은 없었기에 순순히 물러났다.

스스스스스스스––––슛.

천주산 자락의 바람이 세차게 움직였다.

서거전.

혼현마제의 거처에 의외의 인물이 들었다.

호리호리한 체격, 검은 가면을 쓰고 사슬이 달린 송곳 같은 단창을 손에 쥔, 광룡귀면대 임시 대주로 있는 효서였다.

혼현마제와 광마제는 심심치 않게 부딪히는 터라 황궁의 궁인들조차 그들의 사이를 알고 있었다.

그런데 광마제의 대표적인 수족이라 할 수 있는 효서가 혼현마제의 거처를 찾자, 아닌 척 사람들의 눈길이 따라붙었다.

스윽.

혼현마제의 집무실로 들어가는 효서의 앞을 팔 하나가 가로막았다.

효서의 눈썹이 꿈틀거렸다.

"뭐야?"

자갈을 긁는 듯 거친 목소리에 짜증이 섞여 나왔다.

하지만 효서의 앞을 가로막은 교성흑오대원은 아랑곳하지 않았다.

─무기는 두고 가야 한다.

"하! 별 같잖은 소리를 들어 보는군."

─두고 가라.

"한번 뺏어 보지그래?"

효서가 마룡아를 교성흑오대원에게 겨누었다.

하지만 교성흑오대원의 검도 어느새 효서의 목에 겨누고 있었다.

가면을 쓴 효서의 눈과 복면 속 교성흑오대원의 눈이 날카롭게 엉켰다.

서로 눈치를 살피며 조그만 빌미라도 보이면 망설이지 않고 먼저 급소를 노릴 기세였다.

그때, 안에서 조용한 목소리가 그들을 멈췄다.

"그만하고 들여보내거라."

혼현마제의 목소리에 교성흑오대원이 검을 거두었다.

"흥."

망설임 없이 검을 거두는 교성흑오대원을 향해 효서가 코웃음을 치며 안으로 들어갔다.

어쩌면 가면 안에서 교성흑오대원을 비웃고 있을지도 모르겠으나, 교성흑오대원은 안으로 들어가는 효서를 덤덤하게 보고 있었다.

"들어가겠습니다."

효서가 담담하게 고하며 문을 열고 들어갔다.

그 순간.

쏴아아아아ㅡㅡ.

"훗!"

방으로 들어가자마자, 효서는 서늘한 기운이 제 목을 감싸는가 싶더니 곧바로 목이 졸리는 느낌을 받았다.

아니, 진짜 목이 졸리고 있었다.

"으읏."

효서가 놀란 눈으로 앞을 보자 혼현마제가 그녀를 향해 웃고 있었다.

효서의 눈엔 거대한 붉은 뱀이 보였다.

똬리를 튼 뱀이 저를 향해 혀를 날름거리는데, 저는 얼어붙은 생쥐처럼 아무것도 할 수 없었다.

"그래. 이제 고분고분하구나."

혼현마제는 효서의 굴복을 금방 알아보고 목을 감고 있던 기운을 풀어 주었다.

풀려난 효서는 저도 모르게 손으로 목을 쓸었다.

그 모습을 보며 혼현마제가 피식 웃음을 흘렸다.

"광마제의 수하치고는 성질머리가 남았구나."

"……!"

칭찬일 리 없었다.

아직 세뇌가 끝나지 않았다.

혹시 제 충성심을 의심받은 것일까.

효서의 눈동자가 크게 흔들렸다.

하지만 혼현마제는 불안하게 흔들리는 효서의 눈동자엔 그다지 관심이 없는 듯했다.

툭.

혼현마제가 효서의 앞으로 뭔가를 던져 주었다.

"정의맹 적호단이 움직일 경로다. 남궁금영을 죽일 수 있다면 좋겠지만, 그것까지 기대하지 않는다. 광마제와 이야기가 된 일이니, 교성흑오대와 함께 사패천에서 보낸 역천비록을 가져오거라."

"……."

혼현마제의 명을 들으며 효서가 앞에 높인 목책을 들었다.

"안내는 교성흑오대가 맡을 것이다. 광마제가 자랑하는 광룡귀면대의 실력을 기대하지."

"……."

협박같이 들린다면 착각일까.

'광룡귀면대의 실력을 기대한다고?'

효서가 가면 안으로 입술을 깨물었다.

어차피 효서가 광마제에게 받은 명령은 혼현마제의 것과 달랐다.

어느 쪽을 따를지는 고민할 필요도 없는 문제였다.

'실컷 기대해 보라지. 돌아와서 소식을 전해 줄 교성흑오

대가 남아 있을지 모르겠지만!'

효서가 독기를 감추며 혼현마제를 향해 인사한 뒤 조용히 그의 집무실을 나갔다.

효서가 집무실을 나가고, 집무실 한쪽에서 수오가 모습을 드러내었다.

"준비는 마쳤느냐?"

"예. 그런데 광룡귀면대를 이용할 생각이십니까?"

수오가 효서가 나간 문을 보며 물었다.

그러자 혼현마제가 저도 모르게 입꼬리를 올렸다.

"그저 남궁이라 하니 좋다고 나서더군. 미친 늙은이!"

싸늘한 비웃음이 누구를 향하는지 굳이 확인하지 않아도 되었다.

둘의 관계가 어떠한지 말해 뭐하겠는가.

수오는 오히려 스승인 혼현마제가 광마제의 부활을 돕고 있는 것이 놀라울 정도였다.

'애증인가? 아니면 누누이 말씀하시던 대업에 광마제가 그만큼 중요하다는 건가?'

팔현성의 자리를 채울 거라고 했다.

듣기만 해도 설레는 말이었지만 거기에 수오의 자리는 없었다.

일전에 보았던 짐승 같은 그것조차 환마제가 될 거라는데 말이다.

수오의 눈이 혼현마제를 향했다.

조용히 가라앉기 시작하는 눈빛.

그때, 혼현마제가 수오의 앞에 작은 병을 내놓았다.

"응? 이게 무엇입니까?"

순식간에 눈빛을 달리한 수오가 궁금한 듯 물었다.

혼현마제는 쉽게 답을 알려 주었다.

"독이다."

"독요?"

"한 방울만으로도 무림 고수를 산송장으로 만들 수 있는 극독이다. 먹이든, 뿌리든, 묻히든 방법은 상관없다. 다만 너 또한 이걸 만지거나 냄새를 맡아선 안 되겠지."

"와, 조심해야겠네요."

수오가 질린다는 듯 독이 담긴 병을 보았다.

말과는 달리, 수오는 처음 본 장난감을 살피는 아이처럼 독이 든 병을 향해 눈을 빛내고 있었다.

"누구에게 쓰면 되나요?"

"아이를 죽이거라."

"……네?"

"남궁금영과 사패천주의 아이를 데려와 권마제로 삼을 수는 없으니, 그들을 전부 죽여 새 제물을 찾을 것이다."

"그렇군요. 아, 그런데 스승님. 사패천주의 아이는 생시가 다른데요? 그 아이는 인시(寅時)인데……?"

수오가 말끝을 흐렸다.

혼현마제가 온기 하나 없는 차디찬 눈으로 저를 보고 있었기 때문이다.

이런 눈빛을 보는 건 처음이었다.

"만에 하나, 혹시 모를 가능성을 없애려는 것이다. 차질 없이 처리하고 돌아오거라."

뭔가 석연치 않았다.

하지만 대답을 강요하는 눈빛에 수오는 고개를 끄덕일 수밖에 없었다.

"아, 예. 그리하겠습니다."

혼현마제의 덤덤한 말투는 차디찬 눈빛과 함께 서늘하게 느껴질 정도라, 조용히 서거전을 나오면서도 수오는 여전히 얼떨떨한 표정이었다.

"인시인데…… 만에 하나라고?"

수오의 손에는 한 방울이면 어떤 무림 고수마저 산송장으로 만든다는 극독이 쥐여 있었다.

한참 독병을 보고 있던 수오가 서거전을 돌아보았다.

'고작 만에 하나를 없애려고 이런 극독을 쥐여 준다고?'

돌아서는 수오가 입가에 미소를 머금었다.

모두가 자신만의 우주를 가진다.

그것은 만물이 가지는 우주와 다를 바가 없었다.

"너는 비범하다. 특별한 것이지!"

"그래. 나는 이상(異常)한 게 아니라 비범(非凡)한 거야."

아니었다.

나는 평범(平凡)한 개인이었다.

나는 유일한 우주를 가진 개인(個人)이었을 뿐이었다.

모두가 특별하기에 평범하다는 것.

평범함과 특별함은 인간 안에서 공존할 수 있는 것이었다.

콰과광---쾅!

진화의 속이 환희로 들끓었다.

그의 몸이 천지가 개벽하듯 요동쳤다.

그럴 수밖에.

이제까지 진화의 안을 가득 채우던 개념과 논리, 자아가
모두 달라지고 있었기 때문이다.

파지지직---!

단전의 내공이 온몸을 유영하며 곳곳에 퍼져 있던 혼돈기
를 깨웠다.

혼돈기가 천뢰제왕신공과 싸우듯 부딪혔다.

마치 혼돈기가 자신의 특별함을 내세워 투쟁하는 것 같았다.

하지만 상관없었다.

진화는 이전에 제 속에 있는 혼돈기가 순리를 거스른 부조화스러운 것이 아님을 깨달았던 것에서 더 나아가 그것이 다른 기운과 전혀 다르지 않다는 것을 깨달았기 때문이다.

아니, 모든 기운이 그러했다.

파파파———팟!

천주산 개벽지.

남궁세가에서 직계들의 은밀한 수행을 위해 찾아내고 세가의 모든 비법을 쏟아부은 천혜의 비지.

그곳에 소가주인 남궁진휘나 지금 세가에서 남궁경에게 얻어맞고, 아니 가르침을 구하고 있을 남궁진혜보다 먼저, 양자 출신인 남궁진화가 들어 있었다.

개벽지는 천주산의 기운이 가장 충만하게 모여드는 중심부로, 자격 있는 자들의 깨달음을 돕기 위한 곳이었다.

제왕검과 남궁가주는 진화가 그 자격을 갖추었다고 인정했다.

"아무리 그래도…… 너는 대체 뭘 넘어서고 있는 것이냐."

개벽지의 주변을 에워싸고 호법을 서고 있는 남궁호명은

푸른 불꽃으로 둘러싸인 제자를 경악을 넘어 걱정스러운 눈으로 보고 있었다.

제왕검과의 대련 이후, 진화는 사흘 밤낮 동안 저 푸른 불꽃 속에 있었다.

푸른 불꽃은 천뢰제왕신공을 통해 받아들이는 정기였다.

진화는 마치 구멍 난 항아리에서 물이 빠지듯 급속도로 천주산 전체의 기운을 빨아들이고 있었다.

그런 와중에.

파———팟!

"저런……!"

남궁호명이 자리에서 벌떡 일어났다.

나흘째 새벽이 밝기 전이었다.

이제 서서히 진화가 깨어나도 모자랄 판국에, 진화를 둘러싼 푸른 불꽃으로 뇌전이 번뜩거리는 것이 아닌가.

혹, 일이 잘못된 건가?

과유불급이라 했는데 주화입마라도 빠지면 어쩌지?

지금 당장 진화를 깨우면 더 위험해지는데……!

남궁호명이 심각하게 고민하기 시작했다.

그때, 진화가 눈을 번쩍 떴다.

그리고 그대로 개벽지 절벽 위로 솟구쳐 올랐다.

"진화야—! 이런 망할!"

남궁호명이 눈 깜짝할 사이에 사라진 진화의 뒤를 다급하게 쫓았다.

내공심법은 단지 기(氣)를 머금는 수단이었다.

혼돈기는 진화에게 머무는 특별함일 뿐.

세상의 모든 기운이 다르지 않았다.

파———팟!

새롭게 눈을 뜬 진화의 시선에 천주산에 섞여든 기운들이 감지되었다.

남궁세가 사람들과 다른 방식으로 머물고 있는 기운들.

'감히……!'

진화의 시선이 움직였다.

그리고 곧바로 남궁세가의 영역으로 들어온 침입자들을 찾아 나섰다.

탓. 탓. 탓. 탓.

나뭇가지를 스치듯 밟고 공중을 나는 듯 달렸다.

진화는 어느새 천주산 자락의 끝에 도착했다.

하늘과 맞닿은 듯 높은 나무의 끝에 서서, 진화의 눈이 아래를 향했다.

스스스슷———!

흑의에 복면을 쓴 무리가 깊은 어둠을 헤치며 숲을 달리고 있었다.

눈에 익은 자들이었다.

'교성흑오대.'

바위에 찍혀 있는 발가락 세 개, 흑조보의 흔적이 진화의 시야에 들어왔다.

삐익!

앞서 달리던 교성흑오대원 하나가 뒤에 있던 자들을 멈춰 세웠다.

앞에 있던 자의 손짓에 따라 교성흑오대가 흩어졌다.

휘이이—잉.

숲의 끝에서 휘돌고 있던 기운이 미미하게 흔들렸다.

진화는 천주산이 남궁세가의 북쪽 방어벽이라 말하던 어른들의 말이 이제 이해가 되었다.

천주산 전체에 청림에 있던 기묘한 진법이 펼쳐져, 침입자들의 등장과 함께 이질적인 바람이 불기 시작했기 때문이다.

뜻하지 않은 곳에서 남궁세가의 안배를 알게 된 진화가 조용히 미소를 머금었다.

진화는 조용히 교성흑오대가 뭘 하는지 지켜보았다.

쒜에에엑━━━━━!

곳곳에서 공기가 찢어지는 날카로운 소리와 함께, 무언가가 반짝였다.

진화는 달빛을 받아 반짝였다가 금세 어둠 속으로 사라지는 현홍사를 보며 눈빛을 빛냈다.

진화는 이전에 숭산에서 저러한 것을 본 적이 있었다.

갈가리 찢긴 매화단원들의 시체가 걸려 있던 그것.

저들은 지금 눈에 보이지 않는 현홍사를 나뭇가지 곳곳에 걸어서 짐승을 사냥하듯 남궁세가 무사들을 함정에 빠뜨리려 하는 것이었다.

'감히…… 짐승처럼 죽는 것은 네놈들이 될 것이다!'

진화의 눈에서 살기가 피어올랐다.

교성흑오대의 의도를 안 이상, 진화는 망설임 없이 땅으로 내려섰다.

조용히, 깃털 하나 닿은 흔적 없이 교성흑오대원의 앞으로 모습을 드러냈다.

"……!"

번―쩍.

순식간에, 비명도 없이 교성흑오대원이 진화의 팔 위로 쓰러졌다.

그가 쥐고 있던 현홍사는 이제 진화의 손에 쥐어졌다.

조금 떨어진 곳에 있던 교성흑오대원이 고개를 돌린 순간. 진화가 현홍사를 쥐고 환하게 웃어 보였다.

그리고 양손에 있던 현홍사를 휘둘렀다.

휘이이익――――!

진화를 중심으로 숲으로 퍼진 현홍사가 춤을 추듯 움직였다.

달빛을 받아 반짝이는 현홍사의 모습이 마치 달무리가 내려앉은 듯 아름다웠다.

파, 팟!

퍼—엉.

천뢰제왕검법 월명무전(月明舞電)와 함께 반짝이던 빛무리는 순식간에 사라졌다.

진화의 기운을 견디지 못한 현홍사가 하얀 재가 되어 날리지 않았다면 그저 아름다운 환상이라 생각했을지도 몰랐다.

"진화야……!"

언제 도착했는지, 남궁호명이 떨리는 목소리로 진화를 불렀다.

진화의 몸엔 아직 푸른 정기가 다 사라지지 않고 머물러 있었다.

안개와 어둠 속에서, 홀로 푸르게 빛나는 진화의 모습은 마치 달빛이 인간이 되어 내려온 듯 신비롭고 아름다웠다.

뿌연 안개가 내려앉은 바닥에 수십 명의 흑의 복면인들이 소리도 없이 죽어 있지 않았다면 말이다.

"이들은 대체……!"

"교성흑오대입니다, 스승님. 놈들이 세가로 들어왔습니다. 그런데 노릴 만한 게 너무 많아서 뭘 노릴지 모르겠어요. 어림도 없다는 걸 알면서 왜 여기에 함정을 만들고 있었을까요?"

진화가 미간을 찡그리며 물었다.

"허어!"

사흘이 넘도록 심상 속에 있던 녀석이 깨달음에서 깨어나 자마자 소리도, 기척도 없이 수십 명을 죽여 놓고, 어릴 적처럼 순진유구(純眞有垢)한 얼굴을 하고 제게 묻고 있었다.

남궁호명은 그저 기가 막혀서 웃고 말았다.

녀석은 알까.

백 척이 넘는 절벽을 단번에 뛰어오르고, 하늘을 달리는 듯 숲을 달린 것을.

혼현마제의 독문무기에 천뢰기를 실어 천뢰제왕검을 펼친 것이 어떤 의미인지.

묻고 싶은 것은 남궁호명이 훨씬 많았지만, 남궁호명은 깨달음에 대해 묻는 대신 다른 말을 하고 말았다.

"입술이나 집어넣어, 인마."

진화는 어릴 적부터 심사가 꼬이면 입술을 불퉁 내미는 버릇이 있었다.

사패천.

돌아 나오는 강을 끼고 있을 정도로 거대한 사파의 성은 여전히 활기찬 모습이었다.

"쓰불! 덤벼! 이 고추 대가리 같은 새끼야!"

"뭐? 고추 대가리? 내가 고추 대가리면 넌 씨 바른 수박이냐!"

"뭐야? 씨를 발라? 이 새끼, 너 오늘 죽어 봐라!"

"누가 할 소리!"

챙――! 챙!

"와아아아! 붙었다!"

사랑탑 한쪽엔 여전히 태금호와 삼부인이 시체가 걸려 있어, 그 난리가 난 지 얼마 지나지 않았음을 알려 주었다.

하지만 사파 무인들의 신경은 온통 사랑탑 앞에 벌어진 싸움을 향해 있었다.

"이번에는 누구야?"

"호방도 진가와 사곡검 자공이야!"

"오, 사곡검이 삼 층을 오르려는 건가?"

"에이, 호방도가 호락호락 길을 내주겠어?"

내기판이 벌어지는 건 금방이었다.

요즘 들어서 사랑탑 앞에는 하루가 모자랄 정도로 결투전이 벌어졌다.

권마제의 죽음도 죽음이었지만 금수대가 축출된 후로 그 자리를 노리는 사파 무인들이 몰려들기 시작한 것이다.

어쩌면 일이 터지기 전보다 훨씬 강한 무인들과 화려한 무공, 피가 끓은 결투가 잦아진 모습이, 사패천이 전성기를 모습을 찾아가는 듯했다.

그때, 사랑탑 안에서 촐랑촐랑 아이 하나가 뛰어나왔다.

싸움판을 구경하고 싶은지 순식간에 어른들 사이로 뛰어들어 이리저리 움직이는 한수림과, 그런 한수림을 쫓아다니는 것만도 힘겨워 보이는 하녀 하나.

싸움판을 구경하던 사람들 속에 있던 사내가 그들을 발견하고 조용히 움직였다.

'너무 쉬워서 황당할 정도군. 그 사달이 난 지 얼마나 지났다고 외부인도 막지 않고 애도 혼자 다니게 해?'

수오가 기가 찬 듯 입꼬리를 비틀었다.

사패천의 안일함이 제게 나쁠 건 없었기 때문이다.

"친자식인지 모를 아이를 데려오려다 권마제가 죽었다. 생시라는 것을 정확하게 아는 사람은 아이의 어미뿐이었는데 그조차도 죽었지 않느냐. 가능성은 없애는 것이 좋겠지."

혼현마제의 말을 떠올리며 수오의 눈빛이 조용히 가라앉았다.

아이의 생시는 당시 출산을 도운 하녀에게서 얻은 것이었다.

바로 저기, 아이를 찾아다니고 있는 하녀 말이다.

사패천주가 아이의 사주를 점쳤다고 했으니 의심할 여지

도 없는 것이었다.

그것을 혼현마제도 알고 있었다.

'그런데도 죽여야 한다는 말이지, 사패천주의 자식을?'

처음 수오는 혼현마제가 저를 죽이려는 것은 아닌가 의심했다.

하지만 그건 아닐 것이다.

그의 손에 쥐어진 극독이 증거였다.

무색무취에, 먹든, 만지든, 냄새를 맡는 것만으로도 사람을 죽일 수 있는 극독이 흔할 리 없었다.

이런 극독이라면 사패천주의 자식이 아니라 사패천주 본인을 독살하다고 해도 시도해 볼 만했다.

그래서 더 의심스러워진 것이다.

'이런 극독을 동원해서라도 이 아이를 죽여야 할 이유가 있나?'

수오가 아이를 보았다.

그의 예감이 스승 혼현마제에게 불리하고 작용하고 있었다.

그런데 문제는 그게 제게도 불리할 것 같진 않다는 것이었다.

"공자님, 여기요, 여기!"

"알았어!"

하녀가 방법을 달리했는지, 제 쪽에서 한수림을 불렀다.

한수림은 하녀가 제법 좋은 자리를 잡았다고 생각했는지 사패천 무인들의 헤집고 그녀 쪽으로 왔다.

"안녕, 소공자님, 자리를 조금 내줄까?"

수오가 제 옆자리까지 다가온 한수림에게 다정하게 물었다.

"……."

한수림이 멀뚱멀뚱한 눈으로 수오를 보았다.

"왜? 여기 자리에 온 것 아니니?"

하얀 얼굴에 순하게 처진 눈.

선한 미소를 짓는 소년을 보며 한수림이 고개를 갸웃거렸다.

"요즘은 이 몸을 노리는 납치범으로 이런 샌님도 쓰는 거야?"

"뭐, 뭐?"

건방진 비웃음을 흘리며 되묻는 말에, 수오가 당황하고 말았다.

한수림은 그런 수오의 반응에 오히려 더 기세등등하게 말했다.

"이봐, 이봐, 샌님같이 생겨서 딱 이용하기 좋게 보이더니."

"저기, 애야."

"봐요, 형. 아직 나이도 어린데 이렇게 일 처리가 서투르면 나중에 성공한 어른이 되지 못한다고. 눈치가 있으면 주변 좀 돌아봐. 여기 아저씨 중에 형처럼 호구같이 생긴 사람이 있나. 척 봐도 수상하잖아."

"……!"

한수림의 말에 수오가 눈을 크게 떴다.

그러자 한수림이 손가락을 흔들며 말했다.

"태금호인지 나발인지 때문에 예쁜 형아도 떠났는데, 형도 역적질하려고 나한테 붙는 거야? 그런 인간이 한둘이어야지. 쯧쯧쯧, 아직 어린데 인생 종치지 말고 가 봐. 호구 같아서 불쌍하니까 내가 인심 써서 한번 봐줄게."

이제까지 그렇게 접근한 권마제의 일파가 꽤 있었는지, 충고하는 한수림의 모습이 퍽 익숙해 보였다.

되바라진 손가락이 사랑탑 구석에 아무렇게 쌓여 있는 사람의 머리통을 가리키고 있었다.

어쩐지 사패천주가 한수림을 홀로 둔 이유를 알 것도 같았다.

하지만 그들과 수오는 달랐다.

"하하하, 내가 그렇게 호구같이 생겼어?"

"엉."

"이런. 그래도 처음 보는 사람한테 그럼 못써. 내가 상처받을 수 있잖아."

"나 참, 형, 바보야? 여기 사패천이야. 뭘 바다는 고……

어?"

한수림이 놀란 눈으로 수오를 보았다.

점점…… 한수림의 얼굴이 굳어 가고, 동그랗게 커진 눈이 빛을 잃어 갔다.

뒤로 넘어가는 한수림의 몸을 뒤에 있던 하녀가 자연스럽게 안아 들었다.

"조심해야지. 내가 복수할 수도 있잖아."

수오가 창백하게 굳은 한수림을 내려다보며 말했다.

잠시 후.

"승자는 사곡검 자공이다!"

"와아아아――!"

싸움판에 결론이 나고 사람들이 고함이 터져 나왔다.

그와 동시에.

"꺄―――아! 공자님!"

사람들의 함성을 뚫고 한수림을 안아 든 하녀의 비명이 울렸다.

한수림이 쓰러졌다.

하녀의 비명이 울리자마자 활짝 열려 있던 사패천의 문이

닫혔다.

뿌우우우우----.

뿔나팔 소리에 사패천 무인들이 사랑탑에 들었다.

권마제 태금호의 일이 있고 불과 며칠이 지나지 않았다.

사패천은 태금호의 일을 내부 배신으로 처리했고, 지금의 축제 분위기는 배신자들로부터 완전히 승리한 데에서 기인한 것이었다.

게다가 사패천은 한수림을 자유롭게 두면서 알게 모르게 남아 있는 태금호 세력을 축출하는 데에 써먹고 있었다.

소천주 강무련 입장에선 한수림의 편에 서서 미래의 경쟁자가 되도록 만드는 이들을 사전에 처리하는 효과도 있었다.

그 누구도, 누군가 한수림이 목숨을 직접 노릴 것이라곤 생각지도 못했다.

사패천주의 분노가 하늘을 찔렀다.

타-앙!

"독에 대해선 알아보았더냐?"

"그것이……."

사패천주의 물음에 의원이 우물쭈물했다.

척 보면 알지 않는가.

알지만 말을 못 하는 것과 아예 알지도 못하는 것.

의원의 모습은 명백하게 후자였다.

그것이 사패천주의 부아를 돋웠다.

"태어나자마자 소혈환을 먹였다. 만독불침은 몰라도 천독불침 정도는 되는 몸을 가졌단 말이다! 게다가 고 잔망스러운 녀석이 아무나 주는 것을 먹었을 리도 없고, 몸에 상처도 없다 하지 않았더냐! 그럼 독은 어찌 침투했다는 거냐!"

노성을 터뜨리는 사패천주의 앞에서 모두가 침묵을 지켰다.

이 많은 사파 무인들이 소공자 하나 지켜 내지 못했다는데에서부터, 누구 하나 입을 열 면목이 없었다.

그때, 문이 열리면서 소천주 강무련이 들어왔다.

그의 손에는 검은 실타래처럼 누군가의 머리채가 잡혀 있었다.

강무련은 머리채를 쥐고 질질 끌고 왔던 사람을 사패천주의 앞에 던졌다.

"아─악! 제, 제발…… 사, 살려 주십시오! 살려 주십시오!"

"저, 저년은!"

모두가 사패천주를 향해 손바닥을 비비는 여인을 알아보았다.

바로 한수림의 전담 하녀였다.

"인근 화공이란 화공은 모두 불러서, 그곳에 있었던 무인들의 기억에 낯선 자가 있다면 모두 그리라 했습니다. 남은건 이년뿐입니다."

강무련이 조용히 말했다.

사실 일이 터졌을 때 하녀에 대해 떠올리지 않은 사람이 없었지만, 한수림에게 엄마나 다름이 없는 여인이라 선뜻 건드리려 하지 않았을 뿐이었다.

　그런데 강무련이 잔뜩 얼어붙은 얼굴로 하녀를 끌고 오자 몇몇 이들은 오히려 속이 시원하다는 표정이었다.

　"처, 천주님, 저는 정말 아무것도 보지 못했습니다. 저는 무공을 알지 못하지 않습니까! 그저 싸움을 구경하던 공자님이 제 품에 안기기에, 어린 공자가 보기에 무서우셨나 보다 했을 뿐입니다. 그러다가 공자님이 대답이 없어서…… 제발! 제발 살려 주십시오! 아니, 공자님이 깨어나는 것만 보고 죽여 주십시오!"

　절절한 목소리.

　눈물을 흘리며 빌고 비는 하녀는 오직 한수림에 대한 걱정만으로 가득 찬 사람 같았다.

　"하긴 무공도 모르는 사람이 몰래 접근하는 암살자를 어떻게 알았겠어."

　"애초에 소천주가 소공자를 지나치게 경계해서 무공도 모르는 여자를 붙여 준 것이 문제였던 거야."

　"소공자가 죽으면 소천주 세상이겠군."

　조심성 없이 들리는 목소리들이 모두의 귀에 들렸다.

　여기 있는 누구나 기존의 질서를 따르지 않는 반골들이었으니, 소천주 강무련에 충성하지 않는 자들이 그를 탓하거나 의심한다고 해서 문제 될 것은 없었다.

강무련도 그들이 하는 말에 눈 하나 깜짝하지 않았다.

"이년을 데려가 조사해 보아야겠습니다."

"귓구멍이 열렸으니 너도 들었겠지. 네가 붙여 준 년인데 의심하는 것이냐?"

사패천주의 물음에 사방이 조용해졌다.

불화인가.

사패천주도 강무련을 의심하는 걸까.

기회를 노리는 승냥이처럼 조용해진 이들도 있었고, 다분히 걱정스러운 눈빛으로 사패천주를 보는 이들도 있었다.

모두가 긴장하고 지켜보는 속에, 강무련만큼은 처음부터 끝까지 변함이 없었다.

"전 무공은 못해도 특별히 눈썰미 좋은 년을 알아보고 붙였습니다. 지나치는 사람을 스무 명도 넘게 기억하던 년이 갑자기 아무것도 기억하지 못한다니. 알아봐야 하지 않겠습니까."

"흐음."

사패천주가 조용히 하녀를 내려다보았다.

하녀는 감히 눈도 마주치지 못하고 납작 엎드려 벌벌 떨고 있었다.

가만히 지켜보던 사패천주가 입꼬리를 비틀었다.

"탑주, 데려가서 죽이든 살리든 머릿속에 있는 걸 모두 꺼내 와라. 이년의 사돈에 팔촌까지 데려와서 외부와 접촉한 자가 있는지 알아보고."

"헉! 처, 천주님!"

사패천주의 명이 있고 사랑탑주가 나서기도 전에, 놀란 하녀가 고개를 들었다.

눈물로 범벅된 얼굴에 두려움이 가득했다.

"저는 아닙니다! 정말로 기억나는 이들은 다 말을 했습니다! 공자님, 공자님께는 제가 있어야 해요! 제발, 제발 부탁합니다!"

하녀가 실성한 사람처럼 빌고 또 빌었다.

하지만 강무련은 덤덤하게 사패천주를 보았다.

"제 실수인 듯합니다, 감히 이년이 수림이를 방패 삼아 목숨을 연명하려는 것을 보면. "

강무련의 말이 있자마자 하녀의 목소리가 뚝 그쳤다.

강무련이 그런 하녀를 죽일 듯 노려보며 으르렁거렸다.

"수림이가 싸움 구경을 하다가 겁을 먹어? 돼먹지 못한 변명이 네년의 명을 재촉했구나."

"아……."

차라리 실성한 사람처럼 빌고 빌었다면, 무공도 모르는 여자가 겁에 질렸구나 했을 텐데.

제 실수를 깨닫고 당황한 듯 눈알을 굴리는 하녀의 모습에 모두가 의심의 눈초리를 보냈다.

그때, 한쪽에 있던 사랑탑주가 나섰다.

"허허, 소공자를 위해 한발 나설 수 있어 다행이군요."

"아아!"

입은 여전히 사람 좋은 미소를 짓고 있으나 눈은 사납게 하녀를 노려보고 있었으니.

살기로 번들거리는 눈빛과 마주한 하녀의 얼굴이 이제서야 독에 당한 사람처럼 새파랗게 질렸다.

사랑탑의 질서를 관리하는 사랑탑주의 악명을 모르는 사파인이 있을까.

그는 단지 사패천주를 보필하며 사랑탑을 관리하는 관리인이 아니었다.

전각사(典刻士) 마모섬.

사패천주 한구혈이 사파를 통일하기 이전 사파에 질서를 만들 뻔했던 사람인 동시에 현 사패천의 질서를 만들어 낸 사람.

질서를 거부하는 사파인들에게 질서를 새겼다는 말은 단지 그들을 힘으로 굴복시켰다는 의미가 아니었다.

마모섬은 천둥벌거숭이같이 날뛰는 적들의 살을 도려내고 하얀 뼈에 글자를 새긴 광인(狂人)이었다.

"가지."

사랑탑주가 하녀의 머리채를 쥐고 끌고 나갔다.

모두가 그 광경을 보고 있을 때, 강무련은 한쪽에 몸을 웅크린 의원을 보았다.

그리고 굳은 결심을 한 듯 사패천주를 보았다.

"사패천 의원들이 수림이의 독을 알아보지 못한다면, 방법은 하나입니다. 천하제일 의원에게 수림이를 맡겨야지요."

"……의선을 말하는 것이냐?"

"그자라면 최소한 수림이를 죽게 두지 않을 겁니다. 그 사이에 누구 짓인지 밝히든, 해약을 찾든, 뭐든 해 봐야 하지 않겠습니까."

사패천주가 강무련을 보았다.

"죽든 살든, 이제 끝을 봐야지 않겠습니까."

제 사형제들에게 결사 대전을 청하기 전에도 저렇게 다부진 눈을 했었다.

사파인답지 않게 곧고, 반드시 제 뜻을 관철시키겠다는 고집스러운 눈빛.

사패천주는 이번에도 강무련을 믿어 보기로 했다.

"낯이 익은 독이다. 내 생각이 맞다면, 네 말대로 의선은 최소한 수림이를 죽이진 않을 것이다. 네가 직접 수림이를 데려가라. 그리고 대가는……."

툭.

사패천주가 탁자 아래에 넣어둔 책자를 강무련에게 던져

주었다.

"또 다른 역천비록이다. 혼현마제의 것이지."

사패천주의 말에 강무련이 눈을 크게 떴다.

"혼현마제, 그놈이 쓴 독에 천수현인이 아직 누워 있다. 의선이 지금까지 그자의 명을 붙여 놓았지."

"……!"

설마 한수림이 당한 독이 천수현인 제갈길현을 쓰러뜨린 독이란 말인가!

사패천 무인들이 경악스러운 표정으로 사패천주를 보았다.

독도 독이지만 무엇보다 놀라운 건, 사패천주가 한수림이 당한 독을 알아보고 이 모든 것을 추측하고도 이제까지 침묵을 지켰다는 사실이다.

아무것도 모르는 척 그들의 반응을 지켜보고 있었던 것이다.

사패천 무인들의 머릿속에 그 옛날 사파를 통일하던 낭아왕의 공포가 떠올랐다.

"초산하."

"예, 천주님."

사패천주의 부름에 어두운 곳에 서 있던 이가 앞으로 나섰다.

여인처럼 분을 칠한 하얀 얼굴에 인주를 바른 붉은 입술.

붉디붉은 화려한 옷을 입은 노인.

신양 초가의 가주이자 사패천주의 밀사라 불리는, 홍랑대부 초산하였다.

그의 또 다른 별호는 살인술사(殺人術士).

진법, 진식, 천문과 역술 등 술법으로 사람을 죽이는 데에 타의 추종을 불허하는 사패천 제일의 술법사였다.

"귀천성 놈들이 감히 내 새끼를 노렸어! 찾아라! 의선과 손을 잡든 뭐든, 수단과 방법을 가리지 말고 놈들의 혼까지 씹어 먹을 방법을 찾아!"

"존명."

사패천주가 마침내 누르고 있던 분노를 터뜨렸다.

"그 하녀 년이 언제부터 귀천성 놈들과 연통하고 있었는지 찾아내. 사패천 안에 있을지 모를 첩자들도 모조리 찾아라!"

"존명!"

"혼현마제 놈이 괜히 움직였을 리 없고, 기어이 역천마제 늙은이가 힘을 찾은 모양이군. 쓰불, 전쟁이다――! 이번에야 말로 귀천성 쓰레기들을 모조리 씹어 먹을 것이다─!"

사패천주의 분노가 사랑탑 안을 쩌렁쩌렁 울렸다.

잠들어 있던 늑대가 피 냄새를 쫓기 시작했으니, 평화롭던 사파 무림에도 바람이 불기 시작했다.

무림 한편에서 피 냄새를 쫓는 늑대들이 준동할 때.

그 아래에 있는 남궁세가는 마치 다른 세상인 듯 조용했다.

"진화야! 아이고, 내 새끼!"

제왕무적단주 남궁경이 버선발로 뛰어나와 진화를 끌어안았다.

"몸은, 몸은 괜찮아? 아이고, 밥도 못 먹고 수척한 것 좀 봐라."

"미친, 수척하긴 무슨! 온 천주산 정기란 정기는 죄다 빨아먹고 얼굴 반지르르하구먼."

남궁경이 호들갑을 떠는 모습에 남궁호명이 입을 삐죽거렸다.

나흘 동안 진화의 호법을 선 것도 모자라서 진화가 죽인 수십 명의 교성흑오대의 시체를 수습하기까지 했으니.

다른 사람은 몰라도 남궁호명은 남궁경에게 투덜거릴 자격이 있었다.

그때, 천화정 문이 벌컥 열리며 누군가가 뛰어 들어왔다.

"이 피도 눈물도 없는 망나니 놈아!"

다짜고짜 천화정을 뛰어 들어온 사람은 대뜸 남궁경의 멱살부터 쥐었다.

"가, 가주?"

남궁호명이 놀란 나머지 가주 남궁성의 얼굴을 확인했다.

제왕검의 망나니 피가 남궁경에게 몰빵 되며, 그나마 근엄한 가주 소리를 듣는 남궁성이 아니던가. 게다가 똘똘 뭉쳐 제왕검이 없는 남궁세가를 지켜 낸 남궁성과 남궁경은 우애롭기로 유명한 형제였다.

그런데 남궁성이 체면 불고하고 천화정을 질주해 들어와 동생의 멱살을 쥐다니.

덕진 할매마저도 호통을 치려다 놀란 얼굴로 보고만 있었다.

"아, 혀, 형님, 보는 눈도 있는데, 왜 그러시오?"

"보는 눈? 보는 눈이라고 했냐, 이 망할 놈아?"

남궁경의 말에 남궁가주가 더 흥분했다.

"이런 망할 소 새끼! 곰 새끼! 어느 숙부 새끼가 연약한 조카의 척추를 꺾어 놓더냐! 의원이 조금만 잘못했으면 저세상 갈 뻔했다잖아!"

"처, 척추를 뭐?"

남궁가주의 호통에 남궁호명마저 경악한 얼굴로 남궁경을 보았다.

남궁경이 억울하다는 듯 버럭 했다.

"아, 의원이 괜히 설레발친 거지. 그리고 그 들소 같은 것이 연약하긴 뭐가 연약해! 연약한 것이 제 숙부 모가지를 비틀 뻔하나? 말만 한 기집애가 힘은 싸움소 저리 가라니."

"뭐야? 네가 그러고도 잘했다는 거냐?"

"나도 다칠까 봐 들이받은 거지. 팔다리 부러뜨리는 걸로는 도무지 멈출 수가 없으니 별수 있소? 대체 어떻게 키우면 숙부랑 대련하면서 사생결단을 내려 달려드는 것이오?"

"뭐야? 내가 키웠냐? 다 네놈이 키웠잖아!"

진화가 나흘 동안 심상에 든 동안, 남궁경과 남궁진혜도 사흘 동안 대련을 이어 갔다.

그러나 그 피 터지는 대련 속에서 남궁진혜가 얻은 것은 깨달음이 아니라 허리가 접히는 부상이었으니.

무인의 깨달음이라는 것이 본래 지적에 닿은 듯싶어도 쉽게 얻을 수 있는 것이 아니었다.

얻고 싶다 다 얻을 수 있다면 누가 고수라 불리겠는가.

'저게 정상인데…… 아니, 저게 정상인가?'

남궁호명이 고개를 갸웃거렸다.

그때 보다 못한 진화가 남궁가주를 말렸다.

"백부님, 누님은 괜찮으십니까?"

진화는 남궁경의 손에 쓰러진 남궁진혜의 소식이 궁금한 눈치였다.

잔뜩 걱정을 담은 진화의 얼굴을 발견하고, 남궁가주가 반색하며 진화를 끌어안고 얼굴을 쓸었다.

"오오! 진화야, 여기 있었구나! 아니고, 예쁜 내 새끼!"

"내 새끼야!"

"장한 새끼! 예쁜 새끼!"

제왕검과 남궁호명에게 진화가 또다시 심상에 들었음을 들었던 남궁가주는 진화에게 어떤 진척이 있었냐 묻기도 전에 그를 칭찬하기 바빴다.

"저, 저기 백부님, 누님은……?"

"암암, 들소 같은 몸뚱어리가 허리 좀 접혔다고 끄떡할까. 네 큰엄마는 고 녀석이 당분간 힘도 못 쓴다고 좋아하더라."

다행히 남궁진혜는 크게 다치지 않은 듯했다.

아니, 허리가 꺾였는데 크게 안 다칠 수가 있던가.

진화는 눈이 번쩍 뜨였지만, 다른 누구도 아닌 남궁가주의 말이라 일단 고개를 끄덕였다.

"정말 다행입니다."

"으흡! 누굴 닮아 이렇게 착하기까지! 아이고, 내 새끼!"

"내 새끼라니까!"

다 큰 사내 녀석을 끌어안고 유별을 떠는 남궁가주와 남궁경을 보며 남궁호명이 고개를 저었다.

하긴 약관도 넘지 않아 두 번의 깨달음이라니.

남궁호명조차 보는 눈이 없다면 업고 다니고 싶은 심정이었다.

"아이고, 우리 진화, 아빠 등에 업힐래?"

"이 큰아빠의 등이 더 편하지 않겠느냐? 큰아빠랑 진혜 누님 보러 갈까?"

"……."

진화의 앞에 다투듯이 등을 내미는 형제를 보며, 남궁호명
은 남궁세가에 저라도 체면과 명예를 차릴 줄 알아 다행이라
생각했다.

그날 밤.

고요하고 평화로운 남궁세가의 한편에 횃불이 밝혀졌다.

밖에서는 불빛이 새어 나가지 않는 깊은 동굴.

불이 밝혀진 곳은 남궁세가의 죄인을 가둬 두는 갱옥(坑獄)
이었다.

남궁가주와 남궁경이 갱옥을 걸어 깊이 들어갔다.

그리고 어떤 곳에 들어서 걸음을 멈추고 고개를 숙였다.

"장로님."

남궁가주의 부름에 어둠 속에서 쉬고 있던 인영이 몸을 일
으키며 인기척을 냈다.

"허허, 벌써 오셨소?"

팟―!

순식간에 어두운 공간이 환하게 밝혀졌다.

딱 남궁경의 허리에 올 정도의 키에 꼽추처럼 굽은 등을
제외하면 특이할 것 없는 연약한 노인. 이전 갱옥의 주인이
자, 남궁문 이후 다시 갱옥을 맡게 된 천금수 명현보가 모습
을 드러냈다.

명현보는 친절하게 웃으며 횃불을 들고 한쪽을 가리켰다.

"이번 놈들은 제법 급한 일인가 봅니다."

화르르르-.

바람을 따라 횃불이 움직이고, 그 빛을 따라 땅에 솟아 있는 존재들이 모습을 드러냈다.

구덩이 속에 목만 내놓은 수십 구의 시체들.

그중 몇몇은 하얀 백골이 되어 있었고, 몇몇은 썩어 가며 살점이 떨어졌다.

그리고 명현보가 가리킨 곳엔 다른 것에 비해 제법 멀쩡한 이들의 목이 십여 개 있었다.

고통스럽게 일그러진 표정이 너무 생생하게 남아서, 창백하게 식은 낯빛이 아니었다면 살아 있다고 해도 믿을 것 같았다.

"알아내셨습니까?"

"허허허허, 우리 예쁜 공자가 몇 놈은 싱싱하게 살려 주셔서 제법 알아낸 것이 많습니다."

고통스럽게 일그러진 시체들의 표정을 보며 명현보가 껄껄 웃어 보였다.

"우리 예쁜 소공자 가시는 길에 파리 떼가 꼬였더군요."

명현보의 말에 남궁가주와 남궁경의 얼굴이 차갑게 굳었다.

"읏! ……흐읍!"

남궁진혜가 몸을 일으키려다가 그대로 힘을 풀어 버렸다.

남궁진혜의 입장에선 안간힘을 써서 침상에서 다섯 치 정도 몸을 일으켰다가 다시 누운 것 같았지만, 사실 그녀는 머리만 살짝 들었다 다시 누웠을 뿐이었다.

자고 일어나서 이런 격통을 느낀 건 오랜만이었다.

온몸을 골고루 두들겨 맞은 듯한 고통.

게다가 무공을 처음 배울 때 이후로는 느껴 본 적 없었던 피곤함도 몰려들었다.

"이런……."

그러고 보니 얼마나 맞았더라.

반나절 정도는 제대로 싸운 것 같았는데, 그 이후로는 기억이 없었다.

"맞다가 맞다가 눈이 돌아갔던 것 같은데. 숙부가 열받아서 기절한 뒤에도 쥐어 팼나?"

남궁진혜가 누워서 진기를 돌리며 혼자 중얼거렸다.

그때, 침상을 가리고 있던 휘장이 걷혔다.

"제왕무적단주님이 들으면 무척 억울해하실 소리네요."

"쩡미야, 아으으으."

정미는 어릴 적부터 친구처럼, 자매처럼 남궁진혜를 보살핀 하녀였다.

정미의 얼굴을 보자 남궁진혜의 입에서 앓는 소리가 나왔다.

"혹시 나 죽었냐?"

"유감스럽게도 살아 계십니다."

어릴 적부터 남궁진혜를 보아 온 정미에겐 씨알도 먹히지 않았다.

"아가씬 눈 돌아간 것도 모르고 제왕무적단주님과 사흘 밤낮을 대련하셨어요. 그러다가 아가씨 이렇게 되시고 가주님이 제왕무적단주님 멱살까지 잡으셨으니…….'

"푸하! 우리 아부지, 그래도 귀한 딸내미가 다쳐서 마음 아프셨나 보네."

남궁진혜가 기분 좋게 웃음을 터뜨렸다.

그 모습에 정미가 잠시 멈칫했다.

지난밤, 반으로 접혀서 남궁경에게 들려 오던 남궁진혜의 모습이 떠올랐던 것이다.

그땐 다들 큰 사달이 난 줄 알았다.

하지만 모처럼 아버지의 사랑을 느끼고 있는 남궁진혜를 보며 굳이 그 말은 하지 않았다.

"……귀한 줄 아시면 좀 조심하세요. 앞으로는 어음 말고 정상적인 전서도 좀 보내시고요."

"하하하, 그럴까? 난 그렇게 서운해하실 줄은 몰랐지."

정미의 속도 모르고 남궁진혜가 푼수처럼 웃어 댔다.

괜히 죄책감이 밀려든 정미가 억지로 남궁진혜를 일으켰다.

"으악! 살살해. 나 부상자라고!"

"괜찮아요. 의원이 짐승 같은 회복력이라 까딱없을 거라고 했어요."

그 주인에 그 하녀라고.

정미는 남궁진혜를 잘 알았다.

"아, 허리가 굳어서 당분간 힘쓰기 불편하실 거라긴 했어요. 호호호! 그 소리 듣고 가모님이 어찌나 좋아하시던지. 자자, 청담포목에서 좋은 비단 와서 옷 지어 놨어요. 오랜만에 꾸며 보자고요."

"악! 살살해! 하지 마! 아, 젠장! 너 꺼져!"

정미가 제대로 저항하지 못하는 남궁진혜를 일으켰다.

잠시 후엔 가모 하후민까지 들이닥쳐 남궁진혜를 마음껏 단장했다.

툭.

젓가락이 떨어져 내렸다.

놀란 팽치가 급히 주변의 눈치를 살피는데, 누군가 스윽—새 젓가락을 주었다.

"고, 고맙……소."

팽치는 뭔가 다 안다는 눈빛을 한 노인에게 떨떠름한 얼굴로 인사했다.

식탁 주변의 많은 사람들이 흐뭇한 눈으로 그를 보고 있었다.

'대체 내가 왜 여기에…….'

팽치는 제가 왜 남궁세가 직계들의 아침 식사에 끼어 있는 건지 이해할 수 없었다.

그런 사이, 팽치의 옆으로 남궁진혜가 앉았다.

순간 코끝에 처음 맡아 보는 꽃향기가 밀려들었다.

'이런 씨!'

놀란 팽치가 남궁진혜를 노려보았다.

"왜, 왜요?"

"……아무것도 아니야."

가까이서 보니 곱게 화장까지 했다.

대체 남궁진혜를 잡아다 어떻게 한 것인지.

단복 소매를 찢어 팔근육을 드러내고 들소처럼 날뛰던 남궁진혜만 알던 팽치는 뭔가에 단단히 홀린 기분이었다.

그래서 자꾸 옆에서 꽃향기를 풍기는 남궁진혜를 힐끗거리는 것이라 생각했다.

"……?"

눈이 마주친 남궁진혜가 이상하다는 듯 눈을 동그랗게 떴다.

송아지처럼 크고 까만 눈.

남궁세가 특유의 짙은 이목구비에 시원한 입매, 산천을 뛰어다니며 곱게 탄 피부는 평소처럼 남궁진혜 특유의 기분 좋은 건강함이 느껴졌다.

다만 양가 규수처럼 곱게 땋아서 늘어뜨린 머리에 하늘하늘한 옷차림, 가는 허리만 조여 여성미를 한껏 드러낸 남궁진혜는…….

오싹.

소름이 돋았다.

주변을 보자, 모든 남궁들이 흐뭇한 눈으로 그를 보고 있었다.

새까만 흑요석 같은 눈 하나는 무슨 생각을 하는지 복잡했다.

"누님, 불편하시면 제가 도와드릴까요?"

"우리 진화, 누님 식사 시중들어 주는 거야? 다치는 게 꼭 나쁘진 않구나!"

얌전한 사고뭉치인 남궁진화가 애써서 남궁진혜의 그릇 위에 고기를 올리고, 남궁진혜는 평소처럼 남궁진화를 끌어안고 바보같이 웃고 있었다.

다 큰 남동생을 뭐 저렇게 끌어안는 건지.

못마땅하게 쳐다보는데 또다시 시선이 느껴졌다.

가모 하후민이 그를 향해 눈을 빛내고 있었다.

"아니, 그게……."

당황한 팽치가 뭐라 말을 하려는데, 가모 하후민이 더 빨랐다.

"호호호, 많이 들어요. 아침에 이이가 직접 닭을 잡았답니다."

"닭, 말입니까?"

"푹 고았어요. 사위."

"네?"

"많이 들게. 오늘도 진수성찬이네. 자네 덕에 닭요리가 많아. 하하하하!"

뭔가 들어서는 안 될 것을 들었는데.

팽치는 마치 요괴 소굴에 끌려온 느낌이었다.

하지만 그의 접시 위엔 이미 큼지막한 닭 한 마리가 놓여 있었으니.

'……!'

닭의 날개가 없었다.

팽치는 가모 하후민이 여전히 흐뭇한 얼굴로 저를 보고 있는 것을 느끼며 마치 생사 대전을 앞둔 듯 심장이 떨려 왔다.

'나가야 해! 한시라도 빨리 여기서 나가야 해!'

팽치는 하루라도 빨리 남궁세가를 벗어나기로 결심했다.

적호단의 휴식은 그렇게 끝이 났다.

적호단이 떠나기 전.

남궁가주의 집무실에 모여 이동 경로를 의논했다.

남궁세가 본가가 있는 잠삼현에서 정의맹이 있는 양청현까지, 육로로는 최선을 다해 달려도 한 달은 족히 걸리는 멀고 험한 거리라 적호단은 하는 수 없이 수로를 이용하기로 했다.

"놈들의 함정이 있을 것이네."

"예? 무슨 정보라도 얻으신 것입니까?"

놀란 적호단주의 물음에 남궁가주가 흐뭇하게 웃으며 진화를 보았다.

적호단주가 대번에 상황을 파악하고 도끼눈으로 진화를 노려보았다.

"너, 또 무슨 사고를 친 거냐!"

적호단주가 진화를 닦달하려는데, 스-윽, 두툼한 손 하나가 진화의 시선을 가렸다.

"쓰-읍."

"……."

팽치는 세상에 태어나서 누구한테 쫄아 본 적 없는 사람이었다.

하지만 어쩐지 남궁세가에 들어서는 마음껏 큰소리 한번

못 낸 느낌이었다.

"진화가 가문의 수련 중 교성흑오대 놈들을 발견했네. 남궁세가에 대한 공격인가 싶어서 처리를 하긴 했는데…… 그게 아무래도 석연치가 않아 심문해 보니, 역시 자네들을 노린 것이더군."

"적호단을요?"

"정확히는 역천비록이겠지."

남궁가주의 말에 적호단주 팽치가 입을 다물었다.

남궁세가에 있으면서 조금 느슨해졌던 긴장감이 바짝 조여 오는 듯했다.

"있던 놈들은 말끔히 처리했네. 문제는 거기에 없는 놈들이지."

"습격을 예상하시는 겁니까?"

"습격? 하하하하, 이 사람 농담도."

적호단주의 물음에 남궁가주가 웃음을 터뜨렸다.

그리고 대번에 칼날같이 날카로운 눈빛으로 적호단주를 보았다.

"역천마제나 다른 마제가 직접 나서지 않는 이상 놈들의 공격을 두려워할 필요가 없지. 우린 감히 겁 없이 남궁세가의 영역에 들어온 놈들을 사냥하려는 거네."

남궁가주의 말에 적호단주가 놀란 듯 눈을 크게 떴다.

중원 무림에 귀천성을 눈앞에 두고 이처럼 광오한 말을 할 수 있는 곳이 있었던가.

'사패천주나 제왕검…… 하지만 이건 제왕검이 아니라 남궁세가 자체가 가진 자신감이다.'

적호단주의 머릿속에 남궁세가 본가에 들어온 소리마제가 하룻밤 사이에 죽임을 당했다는 말이 떠올랐다. 그때도 제왕검이 나섰다는 말을 들은 적이 없었다.

"어찌하실 생각이십니까?"

적호단주가 조심스럽게 묻자, 두 형제가 나란히 웃었다.

"사냥을 어찌하겠나?"

"찾아야지. 그리고 죽여야지."

간단한 말 한마디에는 승자의 자신감이 배어 있었다.

망나니처럼 불물 가리지 않고 전투에 뛰어드는 적호단주조차 한 번도 가지지 못한 것이었다.

꾸욱.

적호단주의 주먹에 힘이 들어갔다.

부러움, 질투, 경외. 하지만 그보다 속에서 화가 끓어올랐다.

그런 적호단주의 모습을 보며 남궁가주와 남궁경이 조금 기다려 주었다.

남궁경의 입가에는 미소가 맺혔고, 남궁가주는 덤덤했다.

호승심 넘치는 적호단주의 모습이 남궁경에게는 흡족했고, 남궁가주에게는 아직 부족한 듯했다.

진화는 입을 다물고 가만히 그들을 지켜보았다.

"문제는 말이야, 놈들이 어디에 있는지 알 수 없다는 거지. 대충 유추는 해 볼 수 있지만 말이야."

"그게 가능합니까?"

적호단주가 놀란 듯 물었다.

툭 찌르면 톡 나오는 단순한 반응이 남궁진혜와 많이 닮았다.

"양주 땅 끄트머리에 들자마자 진화에게 당했으니, 아쉽게도 양주 땅으로는 다시 들어오진 않을 걸세. 문제가 바로 그것이지. 양주 밖으로는 남궁세가 무단을 함부로 움직일 수 없다는 것."

남궁가주가 말을 멈추고 적호단주를 보았다.

마치 적호단주의 반응을 살피려는 듯하여, 적호단주는 일부러 더 눈에 힘을 주었다.

남궁가주가 피식 입꼬리를 올렸다.

"적호단의 이동 경로가 어찌 될지 모르니 대충 가장 가능성이 높은 길목을 찾겠지. 육로와 수로, 어느 곳을 택하든 이 세 지점은 지나야 하거든."

그러면서 남궁가주가 지도에서 어떤 곳들을 가리켰다.

달소항과 남양관 그리고 여남현.

육로를 택하든 수로를 택하든, 길이 모여든 곳이었다.

적호단주가 긴장된 얼굴로 지도의 세 곳을 보았다.

적호단주가 지도에 집중하며 주변 지형이나 전투 방식에 대해 고민이 깊어지는 그때.

남궁가주가 뜬금없는 말을 꺼냈다.

"사패천에서 정의맹으로 움직이고 있네."

"예?"

적호단주로서는 처음 듣는 이야기였다.

하지만 그럴 수밖에.

사패천이 움직인 지 고작 하루도 지나지 않은 소식이었기 때문이다.

"한수림이 귀천성 놈들의 독에 당했다는군. 사패천에는 의선문의 도움을 얻길 원하고."

"한수림이 말입니까?"

남궁가주의 말에 적호단주 팽치가 크게 놀랐다.

권마제의 마수에서 한수림을 구한 지 얼마 지나지 않아 또다시 귀천성에서 한수림의 암살을 시도할 줄은 상상도 못 했기 때문이다.

사패천도 눈 뜨고 당한 일이었다.

"귀천성에서 한수림을 노릴 이유가 있습니까? 아, 귀천성에도 누군가 한수림이 권마제의 진짜 제물인 것을……!"

"눈치챈 것이지. 이미 알고 있었거나. 어쨌든 사패천에 다시 빼내 올 수는 없으니, 아예 죽이기로 작정을 한 것이고."

잔망스럽고 귀여운 아이의 모습이 아직도 생생한 적호단

주는 금방 냉정해질 수 없었지만, 남궁가주는 달랐다.

냉정하게 상황을 파악한 남궁가주는 소식을 들은 순간부터 남궁세가의 정보원들을 움직이고 있었다.

"소천주 강무련이 직접 한수림을 데리고 움직이고 있네. 그들도 이곳, 남양관과 여남현을 지나겠지."

"그렇다면?"

"한수림을 확실하게 처리하려는 놈들과 자네들이 가진 역천비록을 노리는 놈들이 함께 움직일 수도 있다는 말일세."

"아!"

남궁가주의 말에 적호단주가 탄성을 뱉었다.

사패천 소천주가 지키는 사패천주의 아들과 적호단이 지키는 역천비록.

이 둘을 모두 노린다면 그들도 적잖이 준비를 해 올 것이 분명했다.

"괜찮겠나?"

남궁가주가 또다시 적호단주의 반응을 살피듯 물었다.

마치 자신을 시험하는 듯한 눈빛.

적호단주 팽치는 저도 모르게 냉정해졌다.

"따로따로 노릴 가능성은 없습니까? 놈들에게 기회이긴 하지만, 놈들 또한 위험부담이 큰 일입니다."

적호단주의 물음에 남궁가주가 되레 놀란 눈을 떴다.

그리고 조금 의외인 듯 적호단주를 보았다.

"음……."

남궁가주가 슬쩍 신음을 내자 옆에서 남궁경이 능글맞게 웃어 보였다.

영문을 모르는 적호단주가 의아한 듯 그들을 보았지만, 남궁가주는 입을 굳게 닫았다.

대신 남궁경이 씨-익 웃으며 이를 드러냈다.

"아까 말했지 않은가. 사냥이라고. 사냥감을 몰아야지."

"사패천에 이미 전갈을 보내 두었네. 달소항을 지나고 나면 그들이 기다리고 있을 것일세."

"아! 처음부터 사패천과 우리가 함께 움직이면 놈들은 선택지가 없겠군요!"

적호단주가 크게 감탄했다.

하지만 이내 미심쩍은 듯 물었다.

"정의맹에서는 아는 사실입니까?"

적호단은 정의맹의 명 없이 함부로 움직일 수 없었다.

적호단주의 예리한 질문에 남궁가주가 고개를 끄덕였다.

"양주와 사패천 영역의 일은 남궁세가와 사패천의 협력만으로 충분하지. 아마 전갈을 받고 나면 정의맹에서도 반대하지 않을 것이네."

허락받지 않은 것인가.

남궁가주의 여유로운 미소에 적호단주는 영 불안감이 가시지 않았다.

하지만 결론은 달라지지 않을 것이었다.

"많든 적든, 숨어 있는 놈들은 모조리 죽이고 가면 되겠지요."

적호단주가 자신감 있는 모습으로 자리에서 일어섰다.

"하하하! 바로 그거지. 말이 잘 통하는 사내군!"

"무단을 움직일 수는 없으나, 남궁세가에서도 지원을 아끼지 않겠네."

"예, 그럼 전 이만 준비하러 가 보겠습니다."

남궁경과 남궁가주가 매우 흡족한 얼굴로 적호단주를 배웅했다.

"영 똑같은 놈이면 어쩌나 했는데 그래도 진혜보단 낫지 않소?"

"그렇긴 하다만……."

"왜? 이제 와서 보내려니까 아깝소?"

"아니. 저 녀석이 팽가로 언제 돌아갈까 싶어서. 진휘가 화근덩어리가 둘이 될 수 있다고 걱정하더군."

"아……."

등 뒤에서 남궁경과 남궁가주의 대화가 들렸다.

적호단주는 심상치 않은 대화 내용에 불안감을 느끼며 뒤도 돌아보지 않고 자리를 떴다.

적호단주가 도망치듯 창천정을 나간 뒤.

남궁가주와 남궁경이 순식간에 미소를 거두었다.

"천주산에 남아 있는 놈들은?"

"아버지가 신나서 뛰어나가셨잖소, 오랜만에 몸 푸신다고."

"사패천주가 십이좌회를 모았다지?"

"영감탱이 말로는 아들 녀석이 당한 독이 천수현인이 당한 그것과 같다고 하니까."

"흐음. 귀천성 놈들이 본격적으로 날뛰겠군. 신 제국의 기세도 심상치 않으니, 황실에 전서를 보내 보아야겠구나."

남궁가주와 남궁경의 표정이 무겁게 굳었다.

그리고 불안한 눈빛으로 진화를 보았다.

"괜찮겠느냐? 놈들의 준비도 만만치 않을 것이다."

"걱정 마십시오. 아까 백부님이 말씀하셨듯이, 이건 사냥일 뿐입니다."

진화가 담담하게 말했다.

자신감을 뽐내지도, 불안감을 드러내지도 않는 담담한 얼굴. 그래서 더 믿음직스러워 보였다.

언제 저렇게 컸는지.

남궁가주의 눈에 감격이 차올랐다.

다만 남궁경은 여전히 걱정을 놓지 못했다.

"놈들이 남양관에 기다리고 있겠지 싶구나. 사패천 놈들이 독이 잔뜩 올랐어."

"걱정 마세요, 아버지. 독은 제가 더 많이 올라 있어요."

진화가 환하게 웃으며 말했다.

"하하, 이 녀석!"

생각지도 않은 말에 남궁가주와 남궁경이 웃음을 터뜨렸다.

남궁경은 아비를 위해 잘 할 줄 모르는 농담으로 애쓰는 진화가 기특한지 단정한 머리를 마구 쓰다듬었다.

그러나 진화는 정말로 농담 같은 건 할 줄 몰랐다.

'중독…… 천수현인과 같은 독이라면.'

지난날 제왕검과 남궁가주가 당했던 독이었다.

무색무취, 경로도 출처도 알지 못했던 독.

진화의 눈빛이 진득하게 가라앉았다.

적호단이 남궁세가를 떠났다.

귀천성의 습격이 예견된 여정.

적호단원들의 표정이 전투에 나서는 것처럼 불안하고 비장했다.

남궁세가는 대대적인 환송식을 준비했다.

최대한 밝은 분위기로 적호단을 배웅하기로 한 것이다.

"다음에 올 때는 셋이 와도 괜찮단다."

"응? 무슨 말이야?"

가모 하후민의 은밀한 당부는 상대가 좋지 않았다.

남궁진혜는 가모 하후민의 의도를 전혀 알아채지 못한 듯 고개를 갸웃거리다 자리로 가 버렸다.

"눈치라곤 자빠져서 코 닿을 데 있어도 못 찾을 년."

"형님."

답답한 마음, 서운한 마음, 걱정스러운 마음이 농담 섞인 거친 말로 대신해 나왔다.

옆에서 팽연화가 가모 하후민을 위로했다.

하지만 자식을 떠나보내기는 팽연화도 마찬가지였다.

팽연화가 애틋한 시선으로 제왕검 앞에 선 진화를 보았다.

제왕검이 다정하게 진화를 불렀다.

"아가."

한 줌도 안 될 듯 작고 마른 몸을 끌어안고 구해 온 것이 엊그제 같은데, 이제 그 아이는 약관을 바라보는 건장한 청년이 되었다.

하지만 제왕검의 눈에 진화는 여전히 그때 그 위태로운 아이 같았다.

한 제국의 적통 황자가 되었어도, 무림에 내로라하는 고수가 되었어도, 아이의 어둠이 깊은 눈은 변하지 않았기 때문이다.

"이겨야 한다. 이 제왕검의 손자가 어디서 맞고 다니는 건 아니지. 귀천성, 그 양아치 좀도둑들에게는, 특히! 아무것도 빼앗겨선 안 된다."

"하하, 예."

제왕검의 그다운 기운찬 당부에 진화가 웃음을 터뜨렸다.

맑게 웃는 그 모습을 보며 제왕검이 진화를 끌어안았다.

'지금은 그리 웃을 줄 아는 것으로 되었다.'

"이 할아비는 네가 자랑스럽다."

"……."

제왕검의 말에 진화는 가슴이 울컥하는 것을 겨우 참아 냈다.

꾸―욱.

제왕검이 진화의 어깨를 힘주어 잡았다.

"힘주어 버티거라. 강한 힘에 따르는 책임. 네가 지켜야할 것에는 네 목숨도 있는 것이다. 그걸 명심하거라."

"예, 할아버님."

"그래. 부탁하마."

제왕검이 진화의 어깨를 토닥이고 물러났다.

벌써 몇 번 있었던 이별이건만 이번이 특별히 다른 것은 적호단을 노리는 적들이 있을 거라는 정보 때문일까.

어쨌든 진화는 이전 생을 거쳐 지금까지 남궁을 지키면서도 '부탁한다.'는 말을 처음 들었기에, 집을 떠나는 내내 가슴이 울렁거렸다.

그래서일까.

"공자님, 빨리 돌아오세요!"

"아가씨-, 힘내세요!"

소천로를 지나는 동안 들려오는 사람들의 응원이 다른 때보다 특별하게 느껴졌다.

"남궁세가는 좋은 곳이더군."

"제대로 지켜진 곳은 어떠한지 덕분에 실감하게 되었다."

한동안 볼 수 없었던 관도생들도 남궁세가에서 잘 지냈는지 한마디씩 건넸다.

아름다운 산천, 밝게 웃는 사람들, 때가 되면 모락모락 피어오르는 밥 냄새.

그들이 중원을 지켜야 할 이유였다.

잠시지만 평화를 맛본 이들은 이제 곧 다가올 전쟁에 앞서 마음을 다잡을 수 있었다.

"결국 어머님, 아버님은 뵙지 못했군. 열일곱 번째 혼인의 향서를 직접 전해 드릴 작정이었건만, 눈 마주칠 새 없이 바쁜 분들이었다."

"너 때문에 바빠지신 거겠지, 도망 다니시느라!"

나하연의 아쉬운 소리에 당혜군이 그녀를 타박하는 소리가 들렸다.

적호단과 함께 관도생들도 그들의 일상으로 돌아가는 소리였다.

떠나는 적호단의 뒷모습이 모두 사라질 때까지 가모 하후민과 팽연화를 비롯한 남궁세가의 식솔들이 자리를 지켰다.

다만 제왕검과 남궁가주, 남궁경은 일찌감치 천명관으로 들어왔다.

그들까지 남아 있게 된다면 자칫 환송식이 특별해 보일 수 있기 때문이다.

제왕검의 행동이 평소와 달라지면 사람들이 불안감을 느낄 수 있었다. 하여 손자, 손녀를 배웅하는 것 하나도 신경 써야 했던 것이다.

"후우, 역시 무단을 보내는 것이 좋게 않겠습니까?"

"사패천에서 홍랑대와 교룡대가 함께 움직였다는데, 우리 쪽에서 적호단 외에 따로 무단을 움직인다면 주변에서 가만히 있지 않을 게다."

"하지만 귀천성 놈들이……."

"따로 무단을 뺄 여력도 없지 않으냐."

제왕검의 날카로운 반문에 남궁가주와 남궁경도 입을 다물었다.

"남해검문 쪽 일은 어떻게 되었더냐?"

"창궁무애단이 움직이긴 했지만, 내일 제가 합류할 생각입니다."

제왕검의 물음에 남궁경이 답했다.

귀천성 세력의 대대적인 공격.

차츰 정리될 줄 알았던 귀천성 세력들이 다시 거세게 반격해 오기 시작했다.

남해검문으로는 현재 주작단과 창궁무애단이 나가 있었는데, 곧바로 남궁경이 제왕무적단을 끌고 갈 생각이었다.

남해검문이 뚫린다면 곧바로 귀천성 세력과 양주가 맞닿게 되기 때문이다.

전운이 점점 짙어지고 있었다.

"거보아라, 세가도 여력이 없지 않으냐."

"경이가 움직인다고 해도 남은 제왕무적단이나 천풍대연단이……."

"그럼 양주는 누가 지키고? 흐흐흐, 싸워 이기는 것보다 지키는 것이 힘들다는 말이 이러한 상황을 두고 일컫는 것이지."

제왕검이 곤란한 얼굴의 형제를 향해 얄밉게 웃었다.

하지만 곧 결연하게 말했다.

"남궁세가의 무사들은 양주 땅을 지켜야 한다. 그게 나와 남궁결사대가 밖으로 나가 싸운 이유였다."

남궁가주와 남궁경도 더 이상 말을 잇지 않았다.

당시 가문을 이끌기엔 어렸던 남궁가주와 남궁경 형제가 죽자 살자 양주를 지켜 냈다.

하지만 그조차도 가문을 지킬 세력을 남기고 제왕검과 남궁결사대가 밖으로 나가 싸웠기에 가능한 일이었다.

"정의맹에 도착하고 나면 아이들도 알게 되겠지. 적호단도 곧 어디론가 갈 수도 있고. 전쟁에선 누구도 자유로울 수 없다. 너희가 그러했듯, 저 아이들의 몫은 저들이 해내야 한다. 알지 않느냐? 전쟁에서 기회는 한 번밖에 없다."

귀천성에 한번 패배하는 순간 다시 일어설 기회 따윈 없었다.

불안하고 걱정스러웠지만, 제왕검의 말처럼 누구든 전쟁에서 살아남기 위해선 스스로 이겨 내는 수밖에 없었다.

남궁가주와 남궁경은 그저 역천비록을 빼앗기는 한이 있더라도 진화와 진혜, 정도 무림의 젊은 무인들이 무사히 살아남기를 바랐다.

🔹

달소항에서 배를 타고 남양에 들었다.

이후엔 협곡 사이로 놓인 인적 없는 길을 따라 남양관까지 가야 했다.

"주변 경계를 늦추지 마라!"

"충!"

적호단주의 명에 적호단원들이 이전과 비교할 수 없을 정도로 비장한 모습으로 흩어졌다.

진화를 비롯한 관도생들도 날카로운 기세로 주변을 경계

했다.

짐을 실은 수레 하나.

남궁세가에서 말과 마차를 지원하겠다고 했지만, 적호단주는 앞으로 있을 전투를 위해 단호하게 거절했다.

말과 마차는 편리한 수단일 뿐, 언제 적들의 기습이 있을지 모를 상황에서 말 울음이나 발굽 소리, 마차의 육중한 크기는 방해만 될 수 있었기 때문이다.

협곡에 들어서부터는 바깥 경계를 서는 대원들 모두 검을 빼 들고 있었다.

그렇게 잔뜩 긴장한 속에 협곡 사이를 통과하고 얼마 후.

검은 기와가 덮인 남양관문이 보였다.

"저기!"

"……잠깐."

누군가 소리를 치기 전 적호단주가 그를 말렸다.

뒤에 서서 일행을 따라오던 진화가 앞으로 나섰다.

적호단주는 진화의 전음을 받고 대원을 멈춘 것이었다.

"무슨 일이냐?"

"피 냄새가 짙습니다. 관문 안에서 싸우는 소리가 들리고요. 제가 먼저 가 보겠습니다."

"……맡기지."

적호단주는 정확한 무위는 알 수 없지만 진화가 경지를 넘었다는 것만은 확신하고 있었기에, 진화의 의견에 고개를 끄덕였다.

진화라면 무슨 일이 있더라도 관문을 넘어 도망쳐 올 수 있을 것이라 판단했다.

"그럼."

탓.

땅을 딛는 소리와 함께 순식간에 진화의 신형이 사라졌다.

바람 속을 헤치듯, 아니 바람을 딛고 넘는 것처럼 공중을 뛰어오르며 진화가 순식간에 관문을 넘었다.

성벽을 오르자마자 순식간에 짙어진 혈향이 진화의 코를 찔렀다.

성벽이 혈향마저 막고 있었던 듯했다.

챙――! 챙―!

"막아라―!"

누군가의 외침.

진화는 그 목소리가 익숙했다.

탓.

천뢰제왕신공이 아닌 바람을 타고 넘는 천풍보법(天風步法).

진화는 이제 남궁세가의 다른 무공을 익히고 쓰는 데에 아무런 제약이 없었다.

기(氣)에 다름이 없듯, 기를 다루는 무공에도 구별이 없는 경지에 든 것이다.

'음?'

곧 죽을 듯 비틀거리는 무인들을 공격하는 흑의 무인들.

그들의 어깨에 거꾸로 그려진 천(天) 자가 새겨져 있었다.

'귀천성!'

쉐에에에엑----!

진화의 검에서 푸른 검기가 뿌려졌다.

"으아악!"

"아악!"

진화의 검기에 앞에 있는 무인들을 공격하던 귀천성 무사들이 피를 뿌리며 쓰러졌다.

살아남은 이들이 갑작스러운 공격의 출처를 찾아 진화를 보았지만, 진화는 이미 그들의 코앞에 있었다.

쉐에에에엑-! 쉐엑!

구름 사이로 천둥 번개가 번쩍이듯.

진화가 줄지어 서 있는 귀천성 무사들 사이를 번개처럼 지나며 그들의 목과 가슴, 치명적인 급소를 베어 나갔다.

그리고 마지막, 진화의 검이 마지막에 선 귀천성 무인의 목을 꿰뚫으려 할 때.

익숙한 목소리가 다급하게 외쳤다.

"독이오!"

목소리와 함께 급해진 귀천성 무인의 눈빛.

귀천성 무인이 다급하게 진화의 검을 향해 뛰어들었다.

툭.

첫 번째 피부를 꿰뚫는 느낌과 함께 뼈가 걸리는 느낌.

그리고 투욱-, 반대쪽 피부를 꿰뚫는 느낌.

그런데 그 사이에서 팟-! 하고 뭔가가 터지는 느낌이 들었다.

죽어 가는 귀천성 무인의 얼굴에 안도의 빛이 떠올랐다.

그 모습을 보며 진화의 눈매가 꿈틀거렸다.

파지지지짓----!

"크어……!"

제대로 비명도 내지 못한 채, 고통스러운 얼굴로 귀천성 무인이 온몸을 떨었다.

하얗게 나오려던 독연은 회색빛 재가 되어 피에 젖어 들어갔다.

진화의 눈동자에 검은빛이 번뜩였다.

쉐에에에엑----!

천뢰제왕검법 무수전뢰가 공기를 뚫고 나가며 보이지 않게 퍼져 있던 독연을 모조리 태웠다.

파파파파파팟-!

귀천성 무인들이 한발 뒤로 물러났다.

진화와 그들 사이로 무거운 침묵과 극도의 경계심이 흘렀다.

그 틈에 온몸을 검은 피로 물들인 강무련이 진화에게 다가

왔다.

"후. ……오랜만인데, 꼴이 말이 아니군."

검은 피는 강무련의 옷 외에 입가에도 묻어 있었다.

그 모습을 본 진화가 품에서 뭔가를 꺼내 강무련에게 던졌다.

"잠시 동안 독기를 막아 줄 것입니다."

진화의 말에 강무련이 두말하지 않고 환약을 씹어 삼켰다.

"우릴 기다리지도 않았군요."

진화가 귀천성 무인들을 둘러보며 말했다.

진화가 죽인 이들의 자리는 어느새 다른 이들이 차지하고 있었다.

"역천비록은 그쪽에만 있는 게 아니니까. 단 한 번, 사랑탑에서 단 한 번 혼현마제의 비록이라는 말을 했을 뿐인데 이렇게 되었더군."

강무련이 피로 물든 이를 빠드득 갈았다.

눈빛은 진득한 살기로 번들거렸다.

만일 배신자들이 눈앞에 있었다면 산 채로 씹어 먹고도 남았음이었다.

하지만 현실은 애석하게도 사패천 무인들의 상태가 좋아 보이지 않았다.

아마 진화가 오기 전에 독에 당한 모양이었다.

그때.

"어-이! 괜찮나!"

멀리서 번개가 번쩍이는 모습을 보고 적호단이 성안으로 뛰어 들어왔다.

그 모습을 보고 강무련이 피식 웃음을 터뜨렸다.

"죽으라는 법은 없는 모양이군."

강무련의 농담 속엔 안도감과 함께 복수심이 끓고 있었다.

"이 약, 정말 독기가 멈추나?"

"예. ……아마도."

진화의 말이 채 끝나기 전에 강무련이 귀천성 무인들 속으로 뛰어들었다.

진화가 잠시 그 모습을 지켜보았다.

해신단이라면 분명 효과가 확실했다.

이번 생에 청룡단을 통해서도 효과를 확인했지만, 진화도 이전 생에 먹어 본 적이 있었다.

독이 몸에 침투하는 것은 막아 줄 것이다.

차분하게 대주천을 한다면 독기를 밀어내는 것도 가능하겠지만, 그건 어디까지나 차분하게 대주천을 했을 때의 일이었다.

진화는 한참 분풀이를 하듯 우각살호권을 휘두르는 강무련을 보며 조용히 시선을 돌렸다.

'좀 아픈 거야 생명엔 지장이 없으니까.'

사패천의 남은 인물들도 적호단이 내놓은 해신단을 먹고

뒤로 물러났다.

　남은 것은 잔뜩 벼르고 있던 적호단의 활약뿐이었다.

　멀리서 번쩍번쩍 번개가 내리치는 빛을 본 것은 적호단만
이 아니었다.

　"흐응? 정파에도 꽤 재밌는 걸 하는 사람이 있나 보네."

　가마의 창문이 열리고, 주렴 사이로 옥구슬 같은 목소리가
흘러나왔다.

　길고 뾰족한 손가락 장신구가 주렴을 치웠다.

　"적호단이로구나. 저들도 역천비록을 들고 있다지?"

　여인의 물음에 가마를 지키던 귀천성 무인이 다가갔다.

　"예. 어찌할까요? 다시 움직일까요?"

　"흠……. 아니, 내버려 둬. 가가에게 필요한 건 아니니까.
가가가 원한 건 가가의 역천비록과 내 독."

　여인의 품에는 이미 낡은 죽간이 든 상자가 있었다.

　한수림을 죽이진 못했지만 사패천이 운반하던 역천비록은
이미 손에 넣은 것이다.

　"내 독을 썼다면 저 작은 아이도 죽은 것이나 마찬가지지.
잘난 의선도 수십 년 동안 내 독은 해독하지 못했으니까. 가
엽기도 하지. 호호호호."

　여인의 말과 웃음소리.

　과장되게 '가엽다' 말하는 말투와 가볍기 그지없는 웃음소

리는, 어린아이의 악의 없는 놀림처럼 무의미하게 들렸다.

"정파 애들이 뭔가 재밌는 걸 가진 모양이지만…… 으음, 가가보다 중요한 건 없으니까. 그보다 늦었으니 슬슬 출발하자꾸나."

"존명."

마찬가지로, 흥미가 식은 여인은 금세 창문을 닫고 가마를 출발시켰다.

상황에 여유가 생기자 진화는 한수림부터 찾았다.

한수림은 사패천 무인들이 지키는 건물의 안쪽, 관문 병사들의 숙소였던 곳에 있었다.

창백한 얼굴로 누운 아이의 곁에는 홍랑대부 초산하가 있었다.

"한수림의 상태는 괜찮습니까?"

진화가 걱정스레 묻자 초산하가 빙그레 웃었다.

"독이 이곳까지 오진 못했습니다."

초산하의 시선을 따라 주변을 보자, 그들의 주변으로 부적과 향이 타고 있었다.

지금까진 그것들이 독연을 막고 있었던 듯했다.

"역천비록은 어떻게 되었습니까?"

"안타깝지만 혼현마제의 비록은 빼앗겼습니다."

초산하가 과장되게 눈썹을 일그러뜨리며 고개를 저었다.

그 모습을 보며 진화가 고개를 끄덕였다.

"다행입니다. 그게 가짜란 걸 알 때까진 시간을 벌었군요."

진화의 말에 초산하가 말없이 웃어 보였다.

다음 권으로 이어집니다

황태자는 은퇴가 하고 싶습니다

로튼애플 퓨전 판타지 장편소설

황제가…… 과로사?
이번 생은 절대로 편하게 산다!

31세에 요절한 황제 카리엘
개같이 구르며 제국을 지킨 대가는
역사상 최악의 황제라는 오명?
싹 다 무시하고 안식에 들어가려 했더니……

"다시 한번 해 볼래? 회귀시켜 줄게."
"응, 안 해."
"이번엔 욜로 라이프를 즐겨 보면 어때?"

사기꾼 같은 신에게 속아 회귀하게 된 카리엘
즐기며 편히 살기 위해서는
황태자 자리에서 먼저 내려와야 하는데……

제국민의 지지도는 계속 오른다?
황태자의 은퇴 계획, 과연 성공할 수 있을까?

One for all
원포올

일라잇 스포츠 장편소설

작렬하는 슛, 대지를 가르는 패스
한계를 모르는 도전이 시작된다!

축구 선수의 꿈을 품은 이강연
냉혹한 현실에 부딪혀 방황하던 중
운명과도 같은 소리가 귓가에 들어오는데……

당신의 재능을 발굴하겠습니다!
세계로 뻗어 나갈 최고의 축구 선수를 키우는
'One For All' 프로젝트에, 지금 바로 참가하세요!

단 한 번의 기회를 잡기 위해
피지컬 만렙, 넘치는 재능을 가진 경쟁자들과
최고의 자리를 두고 한판 승부를 벌인다!

실력만이 모든 것을 증명하는
거친 그라운드에서 당당히 살아남아라!

ROK
MEDIA
로크미디어

기갑천마

거짓이슬 퓨전 판타지 장편소설

종말을 막지 못한 절대자
복수의 기회를 얻다!

무림을 침략한 마수와의 운명을 건 쟁투
그 마지막 싸움에서 눈감은 무림의 천하제일인, 천휘
종말을 앞둔 중원이 아닌 새로운 세상에서 눈을 뜨는데……

"천휘든 단테든, 본좌는 본좌이니라."

이제는 백월신교의 마지막 교주가 아닌 평민 훈련병, 단테
그럼에도 오로지 마수의 숨통을 끊기 위해
절대자의 일 보를 다시금 내딛다!

에이스 기갑 파일럿 단테
마도 공학의 결정체, 나이트 프레임에 올라
마수들을 처단하고 세상을 구원하라!